Über dieses Buch

Am 13. Oktober 1969 fliegt Gustafsson von Frankfurt nach Berlin, wo er seinen Freund Enzensberger treffen will...
Im Flugzeug macht Gustafsson die Bekanntschaft einer etwa gleichaltrigen Berliner Philosophie-Dozentin, die für den in der Welt Verirrten und sich selber Abhandengekommenen zur großen, das Leben aufrührenden Anima-Figur wird, die jenen Prozeß der Selbsterforschung auslöst, der in dem Buch seinen literarischen Niederschlag gefunden hat.
Da aber Selbsterforschung natürlich auch Rekapitulation des bisherigen Lebensweges bedeutet, werden in die Schilderung der Gegenwart immer wieder Beschreibungen früherer Stationen eingebaut: Erinnerungen an die Kindheit auf dem Lande, wo der Autor auch jetzt immer noch einige Tage verbringt; Szenen aus den Studentenjahren in Oxford und Uppsala, wo er Philosophie studiert hat; Bilder und Episoden aus der Zeit, da er die schwedische Literaturzeitschrift »Bonniers Litterära Magasin« redigierte; Erinnerungen an Reisen in den Vorderen Orient; Rückblick auf die politische und kulturelle Szene der früheren Jahre.
Im Frühjahr 1970 sieht Gustafsson noch einmal die marxistische Dozentin Johanna Becker in Berlin und reist dann an den Lago Maggiore weiter, in dessen Nähe er in einem alten Turm das Buch »Herr Gustafsson persönlich« zu schreiben beginnt. Die Aufarbeitung seiner Vergangenheit scheint beendet, und der letzte Satz klingt wie eine Hoffnung: *»Bald war es heller Tag.«*

Rudolf Hartung

Der Autor

Lars Gustafsson, Lyriker, Essayist, Romancier, Dramatiker, Kritiker und Philosoph, ist der bedeutendste Schriftsteller der jungen Generation Schwedens. 1936 in Västeras, Mittelschweden, geboren, promovierte er 1961 nach Studien in Oxford und Uppsala und war bis 1972 Herausgeber der größten schwedischen Literaturzeitschrift »Bonniers Litterära Magasin«. Er lebt heute noch in Västeras.
Im Fischer Taschenbuch Verlag sind außerdem erschienen: ›Eine Insel in der Nähe von Magora‹ (Bd. 1401), ›Sigismund‹ (Bd. 2092).

Lars Gustafsson

Herr Gustafsson persönlich

Roman

Fischer
Taschenbuch
Verlag

Titel der Originalausgabe:
Herr Gustafsson själv
Albert Bonniers boktryckeri 1971, Stockholm

Aus dem Schwedischen von Verena Reichel

Fischer Taschenbuch Verlag
1.–12. Tausend: Februar 1975
13.–17. Tausend: März 1980
Ungekürzte Ausgabe

Umschlagentwurf: Jan Buchholz / Reni Hinsch
unter Verwendung des Originalumschlags von Ulla Wiggen

Fischer Taschenbuch Verlag GmbH, Frankfurt am Main
Lizenzausgabe mit freundlicher Genehmigung des
Carl Hanser Verlags, München

Gesamtherstellung: Hanseatische Druckanstalt GmbH, Hamburg
Printed in Germany
480-ISBN-3-596-21559-5

Inhalt

Zur Erinnerung an Hector Berlioz

»In most books, the *I*, or first
person, is omitted; in this
it will be retained.«

Henry David Thoreau

I Trauerarbeit

Im Schraubstock der Mächte

Über den Flußtälern von Rhein und Main lag die bleigraue Schicht der schwefeldioxydvergifteten Luft wie ein Deckel. Frankfurts chemische Industrien mischten eine tückische kleine Dosis von tödlichem Gift in die Luft; wie ein unsichtbares Gift drang meine eigene Müdigkeit immer tiefer in die feinen Gefäße und Schichten des Organismus ein.
Ich fühlte eine Müdigkeit, die größer war als Jahre und Tage, und ich wußte, daß sie tieferen Quellen entsprang als nur der Luft, dem Ort und der Stunde.
Noch einige Tage zuvor hatte ich die schwache Hoffnung genährt, daß mein Freund E., dieses kluge reptilartige Geschöpf, der nach seiner jahrelangen Tätigkeit als Ratgeber bei Fidel zuletzt aus der kubanischen Gemeinschaft ausgestoßen worden war und nun wieder einsam in einer abgeschiedenen Villa in Friedenau seine Manuskripte ordnete, mir einige Tage der Ruhe würde schenken können, eine Atempause, eine kleine Weile jener kostbaren und seltsamen Kühle, über die nur er verfügt.
Einige wenige Reptilien sind freundliche Geschöpfe. Sie betrachten uns mit ihren ruhigen, klügeren Augen, sie hören uns geduldig an. Sie verstehen uns nicht, ebensowenig wie wir sie verstehen, aber sie betrachten uns ohne Verachtung und ohne Liebe.
Schon jetzt am Nachmittag, zwei Stunden vor dem Abflug nach Berlin, begann ich die Sinnlosigkeit meines Entschlusses zu erkennen. Und ich sah mich selbst als ein mechanisches Wesen, ein aufgezogenes Blechmännchen mit einem Schlüssel im Rücken, das seinem festgelegten Programm folgt und es nicht mehr aufhalten kann.
Einige Tage zuvor hatte ich den Hotelportier am Telefon einige Worte auf Polnisch sagen hören, und am gleichen Nachmittag, während ich wartend vor seiner geschmacklos eleganten Loge saß, hatte ich aus Spaß einige der wenigen mir bekannten polnischen Wendungen vorgebracht.
Diese Worte hatten uns zu Landsleuten gemacht. Und als ich jetzt meine Rechnung bezahlen wollte, beugte er sich vertraulich über die Theke und ließ durchblicken, als würde er mir damit eine besondere Gunst erweisen, daß er für zwanzig

Mark bereit sei, mir ohne weitere Umstände ein Zimmer für die Buchmesse des nächsten Jahres zu besorgen. Mit einem plötzlichen Kältegefühl im Zwerchfell erkannte ich das ganze Ausmaß meiner Leere, meiner Verzweiflung. Nächstes Jahr!
Allein der Gedanke, daß jemand die leichtfertige Kühnheit, den blinden Optimismus besitzen könnte, an so etwas wie den Oktober des nächsten Jahres zu denken, ließ mich mit schmerzenden Lungen Atem holen.
Ich gab ihm zehn, was ihn offenbar erstaunte, ohne daß ich ausmachen konnte, ob er darüber staunte, daß die Summe groß oder daß sie klein war. Wir trennten uns mit ein paar höflichen Phrasen, und als ich endlich draußen auf der Straße stand, in dem immer schwerer lastenden Nebel, der blau war von Auspuffgasen, hatte ich einen Augenblick lang das Gefühl, als wäre meine letzte Verbindung zur Menschheit abgebrochen.
Nicht unähnlich einem Ballon, der das letzte seiner locker befestigten Schleppseile abgestreift hat, fühlte ich mich in eine immer größere Leere hineintreiben.
Montags geht der Linienflug der Pan American von Frankfurt am Main nach Westberlin um 18:10. Man reist von der Inlandhalle ab, und das ist mir immer paradox erschienen. Zwei Länder könnten sich nicht mehr voneinander unterscheiden als das narbige, das kluge Berlin mit seinem lebhaften, scharfen Intellekt, mit seinen revolutionären Gruppen, marxistischen Kinderläden, anarchistischen Kommunen, seinen blauen, roten, weißen Pamphleten, seinen Straßencafés und Buchhandlungen, Berlin, diese geheimnisvolle Schmiede zukünftiger Kräfte, eingesperrt hinter hohen Mauern und Minengürteln inmitten endloser Kartoffeläcker, dieses Berlin, das alles weiß, alles erfahren und seit langem seinen Zustand akzeptiert hat, und die dumme, geldstrotzende Bundesrepublik mit ihren Supermärkten, ihren transportablen Fernsehgeräten und ihren knarrenden Prachtmöbeln, schweren Teppichen, gläsernen Tischplatten und Sesseln aus schwarzem Leder und Stahlrohr.
Aber man reist nach Berlin, mit der Maschine der Pan American um 18:10 Uhr, von der Inlandhalle in Frankfurt ab.
Ich gab meine bleigraue Reisetasche am Schalter auf, mit dem Gefühl, daß das eine völlig sinnlose Maßnahme sei, daß mir aber auch nichts Sinnvolleres einfallen würde. Prinzipiell hätte ich (da ich eine amerikanische Kreditkarte in der Tasche hatte) ebensogut einen Flug nach Rom, Tel Aviv, Karachi oder Söndre Strömsfjord auf Grönland buchen können — es hätte keinen Unterschied gemacht. Ich hätte auch zur Autobahn gehen und nach Heidelberg trampen können (wenn meine Tasche nicht so schwer gewesen wäre, aber die hätte ich andererseits

leicht in der Wartehalle des Flugplatzes stehenlassen können), um mich in irgendeinem schäbigen Motel an der Autobahn Richtung Bonn oder Karlsruhe als Kellner anstellen zu lassen und zu vergessen, wer ich bin und wer ich war.
In regelmäßigen Abständen wurde die Decke der Wartehalle von den explosionsartigen Geräuschen der Jetmaschinen erschüttert, die über mich hinwegflogen. Und mit sinnlosem Neid dachte ich an die gewaltige Kraft, die freigesetzt die großen Motoren der Boeingmaschinen antrieb, an die freigesetzten Flammen von expandierendem Gas in ihren Verbrennungskammern, an die ungeheure Geschwindigkeit der mit Karbid legierten stählernen Schaufelräder im Inneren ihrer Motoren. Bis zum Abflug der Maschine war es noch so lang hin, daß man nur zögernd meine Tasche angenommen hatte. Ich saß zusammengesunken auf einem Stuhl in der Wartehalle, eine ungeöffnete Ausgabe der *Zeit* auf dem Schoß, und überlegte, ob es überhaupt noch einen Sinn für mich hätte, zu dem kleinen Tabakladen links neben dem Eingang der Wartehalle zu gehen und ein rotes, altmodisches Päckchen Rothändle zu kaufen, diese starken Zigaretten, die man nur in Deutschland bekommt und die mit ihrer bitteren Nikotinladung das Wurmblut in meinen Adern noch in einem zumindest bewegungsähnlichen Zustand halten konnten.
Dies war der Zustand am Montag, dem 13. Oktober 1969, um 16:35 nachmittags, mitteleuropäischer Zeit.
Hier beginnt nun ein Roman. Gott weiß, wie er enden wird!

Dreiunddreißig Jahre alt, also inmitten meines Lebensweges, wie es früher hieß, fand ich mich in einen dunklen und finsteren Wald versetzt, nein, ein Wald war es nicht, sondern etwas, das einem Wald glich, ein dunkler und düsterer Ort, kalt von all dem Beton, in Kästchen eingeteilt, die zu verschiedenen gewaltigen Flugzeugriesen führten, und wo die Decke von dem ungeheuren Spiel der Kräfte erschüttert wurde, weil der rechte Weg abhanden gekommen war.
Hatte es ihn jemals gegeben? Ich weiß nicht. Der rechte Weg, ein Weg für mich? Und welcher Weg ist heute der rechte?
Niemand soll mir mangelnde Gewissenhaftigkeit vorwerfen. Die Wege, die ich ging, bin ich gründlich gegangen. Ich habe immer die Karten zu Rate gezogen, die zur Hand waren, ich habe nach bestem Vermögen versucht, die Abweichungen des Kompasses in getrennten Kraftfeldern auszugleichen.
Im Jahr 1936 geboren, von stärkeren Klassenkameraden in einer riesigen ziegelroten Volksschule mißhandelt und malträtiert, als Einzelkind in einer exzentrischen Familie von Einsamkeit geplagt, für dumm bis zur Lernunfähigkeit gehalten, als vermutlich geistesschwach zum Schularzt geschickt und der

ganzen Verachtung ausgesetzt, die einem kraftlosen und vielleicht auch debilen Kind zukommt, veränderte ich mich rasch, als in der Pubertät ein heimliches und der Wissenschaft noch unbekanntes Gift sich in einem versteckten Winkel meines Körpers bildete und mein großes träges Gehirn befruchtete, das einen allzu großen Raum beanspruchte, um von einem Anstaltsinsassen oder einer verblödet grinsenden Hilfskraft in dem Kartoffellager eines einsamen Vorstadtviertels herumgeschleppt zu werden. Und jenes Gift befruchtete diesen trägen Gallertklumpen, entzündete ihn, wie man eine Lötlampe entzündet.
An die Zeit vor der Pubertät (sie begann übrigens ein paar Jahre früher als bei den Schulkameraden, und ich erschreckte sie beim Turnen fast zu Tode durch den plötzlichen starken Haarwuchs um meine Männlichkeit herum) habe ich dunkle, runde, wolkenähnliche Erinnerungen, in die hie und da, wie eine Nadel in einem Polster, etwas Scharfes eingebettet ist, ein Frosch aus grünem Blech, der hüpfen konnte, wenn man ihn aufzog, meine Angst vor Motorrädern, eine Schlange, die sich durchs Gras windet, wie ich einmal fast bis zur Taille in einem vom Regen aufgeweichten lehmigen Acker versank und von einem vorbeikommenden freundlichen Onkel gerettet wurde. Nach der Pubertät ist jede Erinnerung glasklar; eine gleichmäßige helle Beleuchtung war in den Raum gekommen. Von meiner Einsamkeit nach dieser seltsamen Veränderung ebensosehr geplagt wie davor, wurde ich nun in der Schule als großes Licht behandelt, verließ das Gymnasium mit einem Ehrenstipendium, wurde an der Universität als junges Genie begrüßt, studierte in Uppsala und Oxford die ausgefallene, aber notwendige Wissenschaft, die sich in Ermangelung einer treffenderen Bezeichnung Philosophie nennt, wurde aber von Verzagtheit ergriffen angesichts dieses ganzen Handwerks, schrieb unter dem Einfluß einer unklaren, einer unglücklichen Liebe einen Roman, wurde plötzlich begrüßt als Teil des besonderen, unterbezahlten und zweifelhaften Betriebs, den man die schwedische Literatur nennt, schrieb weitere Bücher, noch viele weitere, wurde von einigen Kritikern als Genie gefeiert, von anderen für einen Dorfidioten gehalten, zwei Auffassungen, die sich beide mit dem Bild decken, das ich selbst von meinem Leben habe, bekam Freunde und Feinde, schrieb Tausende von Zeitungsartikeln, geriet in eine immer unklarere Beziehung zu meinem Professor und zu den geheimnisvollen Machtsphären der Universität und faßte vor neun Jahren Wurzel bei der klugen Familie Bonnier, in deren Verlagshaus ich eine Freistatt gefunden habe.
Ich weiß – das erklärt gar nichts, erklärt auch nicht, warum ihr mich in diesem düsteren Wald findet.

Die dunkle Decke aus schwarzgrauem Beton vibrierte unter den Schallwellen der riesenhaften Lötlampen. Um mich herum drängelten sich Geschäftsleute mit Specknacken, uralte, krumme Damen, amerikanische Touristen, ein Herr mit einem Papagei in einem Käfig und kleine, erschreckend vitale Kinder, die ihre Puppen und Bären mit den Händen umklammert hielten.
So viele entschlossene, zielstrebige Menschen, alle in ernsthaften Angelegenheiten unterwegs! Und ich selbst kaum mehr als eine sinnlose Posse.
Und von der Einsamkeit wie von einem Glasgefäß umgeben, nicht unähnlich einem mittelalterlichen Homunculus in seinem Kolben, den gerade ein unvorsichtiger Alchimist durch sein allzu leichtfertiges Spiel mit Säuren und Scheidewässern erzeugt hat, in einem Zustand jenseits von Angst und Hoffnung, ließ ich mich im Flugzeug auf einem Fensterplatz nieder, zusammengerollt wie ein Embryo auf dem allzu engen Sitz, umgeben von dem Geruch durchnäßter Wollsachen.
So zusammengekrümmt und in mich gekehrt lieferte ich mich unbekannten Mächten aus, wie Flugpassagiere sich immer im Augenblick des Starts unbekannten Mächten mehr oder weniger ausliefern.

Immer noch zusammengekauert und geschüttelt von einer Kälte, die eher von innen kam als aus der kleinen Ventilationsdüse an der Decke über mir, sah ich in zehntausend Meter Höhe, mit der dicken bleigrauen Wolkendecke im Dunkel unter mir, den zarten Schimmer der Abendröte die dünne Luft färben.
Und da im gleichen Augenblick hörte ich eine tiefe Altstimme neben mir
– Ah!
sagen, mit einem so deutlichen Ausdruck ästhetischen Genusses, daß dasselbe Gefühl sich einen Moment lang auf mich übertrug. Und ich erinnerte mich ganz genau, daß ich früher einmal, als ich noch den Namen Lars Gustafsson trug und mit menschlichen Lungen atmete und nicht wie jetzt embryonal zusammengekauert in einem Glaskolben reiste, etwas ähnliches gefühlt hatte, und daß es wie ein Rausch gewesen war.
Ich blickte vorsichtig nach rechts und konnte eine rotblonde Haargardine ausmachen, die jetzt im letzten Abendlicht einen deutlichen Goldton annahm.
Die Atmosphäre um uns herum hatte sich merkbar verändert.
Was heißt »uns«?
Von der Dame neben mir strahlte geheimnisvoll eine dunkle, eine erdbraune, eine mütterliche Kraft auf mich aus, als sei der Erdgeist selbst in weiblicher Gestalt, heraufbeschworen von

meiner eigenen Leere, meiner eigenen Verzweiflung, mir zur Hilfe gekommen.
Meine nackte, trockene, harte Müdigkeit begann plötzlich in eine gewöhnliche, triviale Schläfrigkeit überzugehen. Ich seufzte tief auf und rollte mich in meiner embryonalen Haltung noch fester, noch hilfloser zusammen, aber diesmal hatte ich den Kopf leicht an die Schulter der fremden, ungesehenen Dame gelehnt, die eine dunkelbraune, flauschige Strickjacke trug. Durch mein offenes Ohr strömte eine milde, geheimnisvolle Wärme. Und unter dem Ohrläppchen konnte ich deutlich die äußerste Spitze ihres Schlüsselbeins wahrnehmen, und schwach, sehr schwach, aber doch spürbar, das ferne Schlagen ihres starken Herzens.

Ich schloß die Augen und ließ mich im Halbschlaf durch das Luftmeer tragen, von dieser unbekannten Mutter umschlossen und geborgen wie ein richtiger Embryo in dem Körper seiner ihm ebenso unbekannten Mutter.
Ich muß eingeschlummert sein, ich muß fünf, zehn Minuten geschlafen haben. Als die starke Boeingmaschine auf ihren breiten Flügeln in einem turbulenten Sonnenuntergangswind zehntausend Meter über Preußen erzitterte, erwachte ich und merkte, daß mein Kopf im Schoß der fremden Dame ruhte. Offenbar mit großer Mühe balancierte sie in der einen Hand eine Tasse Tee und ein Stück Mürbekuchen, alles sehr vorsichtig, um mich nicht zu stören. Und endlich sah ich ihr Gesicht.
Es war nicht schön. Aber auch keineswegs abstoßend. Über einer wohlgeformten Nase mit breiten, sensiblen Nasenflügeln wölbte sich eine breite, eine schöne Stirn, wie man sie fast nur bei großen Mathematikern und Philosophen findet. Ihr Mund mit den ungewöhnlich vollen, sinnlichen Lippen war von jenem feinen Netzwerk von Falten umgeben, das nur extrem kultivierte Menschen haben, die mit äußerst genauer Artikulation sprechen. Und diese kleinen Fältchen sagten mir, daß sie etwa in meinem Alter sein müßte, zwischen dreißig und fünfunddreißig Jahren.
Und an der einen Schläfe, diskret unter einer Locke des rotbraunen Haares verborgen, zeichnete sich deutlich, als rote Erhebung auf der leicht sommersprossigen Stirn, eine Narbe ab, die ich aus irgendeinem Grund mit dem Schlag eines Gummiknüppels in Verbindung brachte.
Sie ist also Studentin, oder vielleicht eher noch Hochschullehrerin in Berlin. Es ist die Spur eines Polizeiknüppels, dachte ich.
In diesem Moment bemerkte ich ihre Augen, ihre wunderbaren Augen. Durch die leichten kleinen Wölbungen der Kontaktlinsen blickten mich mit wunderbarer Klarheit, mit blauer,

nicht eisiger, eher zerstreuter Freundlichkeit, ruhig und durchdringend, die intelligentesten Augen an, die ich je gesehen habe.
Diese Augen nahmen sich Zeit, es war nicht die geringste Spur von Angst darin, ihr Ausdruck erinnerte mich an den Blick eines feinen alten Botanikers, der auf einem abgelegenen Felsbord in den lappländischen Bergen endlich die seltene Carexart findet, die er schon seit langem dort vermutet hat.
Die großen Nasenflügel weiteten sich ein wenig, es war ein Lachen in diesen Augen, aber auch etwas Ernstes, etwas, das mich aufforderte: ich solle die Welt verändern, oder zumindest ihrer Veränderung nicht entgegenarbeiten, etwas, das mir sagte, daß diese Augen nicht nur mich wahrnahmen, sondern auch meinen Platz in der Geschichte, in der Wirklichkeit, im dialektischen Zusammenhang.
Sie sahen mich an, sanft und klug, nicht wie ein fremdes Insekt, das einem an einem Sommertag mit gebrochenen Flügeln auf das Fensterbrett flattert, sondern wie etwas, das auch im Prinzip voll und ganz zu begreifen und aus seinen historischen und gesellschaftlichen Voraussetzungen zu erklären war.
In diesem Augenblick wurde mir schmerzhaft bewußt, daß mein Nacken auf der harten kleinen Armlehne zwischen unseren Sesseln ruhte, und daß, während mein eines Ohr noch die milde Wärme der großen, mütterlichen Brust dieser Fremden einatmete, ja, wirklich: einatmete, mein anderes Ohr völlig zerknautscht wurde von dem Aschenbecher, den die Boeing Inc. in weiser Voraussicht in diese Armlehne eingebaut hatte. Die infernalischen Blechkanten waren nun gerade dabei, wie ein gieriger, eifersüchtiger junger Schäferhund an meinem Ohr herumzukauen.
Ich richtete mich auf, machte im Sitzen eine leichte Verbeugung: — Verzeihung,
und ließ mich an das runde Flugzeugfenster zurücksinken, benommen und glücklich, als sei ich nach einem großen und stürmischen Fest nach Hause gekommen.
Die Dame antwortete mit einem verbindlichen Nicken, trank dann, von meinem mageren Gewicht befreit, ihren Tee aus, reichte der Stewardess die Tasse zurück und begann in der großen geflochtenen Basttasche zu kramen, die die ganze Zeit über zu ihren Füßen gestanden hatte. Zum Vorschein kamen der Reihe nach
Horkheimer-Adorno »Dialektik der Aufklärung«
Elias Canetti »Die Blendung«
Georg Lukàcs »Geschichte und Klassenbewußtsein«
und nach einer kurzen Unterbrechung, die dem entzückten Herumblättern, Abschmecken, Beriechen, Prüfen diente und

dazu noch einem kleinen Lachen über etwas, das offenbar ganz oben auf einer rechten Seite in dem Roman des alten sephardischen Meisters Canetti stand, und nach einer weiteren Pause, um irgendwelche Nasentropfen in die große, empfindliche Nase zu inhalieren, folgten rasch hintereinander zwei kleine Bücher aus Carl Hansers berühmter gelber Reihe.
Wolf Wondratschek »Früher begann der Tag mit einer Schußwunde« und, zu meiner aufrichtigen Verblüffung, mein eigenes verzweifeltes kleines Buch, mein frostklirrender, unwirklicher, düsterer Roman
»Der eigentliche Bericht über Herrn Arenander«,
den sie mit leicht gerunzelter Stirn und mit jenem nachdenklich prüfenden Gesichtsausdruck betrachtete, wie man ihn oft bei jemand antrifft, der unvorbereitet ein Stück aus einem arabischen Prosatext lesen soll. Sie nieste kurz, als hätte ein winziges Staubkorn zwischen den kleinen Seiten des Buches ihre sensible Nase irritiert, und dann verschwand »Der eigentliche Bericht über Herrn Arenander« wieder in der Basttasche. Darauf vertiefte sie sich in Wondratscheks avancierte, labyrinthische Prosa.
Und ich, der ich meinen jüngeren Kollegen niemals getroffen, nicht einmal etwas von ihm gelesen habe, Wolf Wondratschek, geboren 1943 in Rudolstadt/Thüringen, z. Zt. wohnhaft in Frankfurt am Main, das wir eben in Finsternis und Verzweiflung hinter uns gelassen hatten, Verfasser mehrerer Stereohörspiele und 1968 mit dem »Leonce und Lena-Preis« ausgezeichnet für sein Gedicht
»Als Alfred Jarry merkte, daß seine Mutter eine Jungfrau war, bestieg er sein Fahrrad«
ich hätte diesen Wolf Wondratschek töten, auslöschen, vernichten und seine Buchstaben ins Meer streuen können.
Was hat Wolf Wondratschek mir voraus?
Und ich war wieder daheim in der kalten Nacht meiner Verzweiflung, daheim in meiner Melancholie, meiner Sinnlosigkeit, meiner Trauer.
Wir durchflogen nun auf 2000 Meter Höhe eine gewaltige Wolkendecke, und bald breitete sich unter uns, mit Hunderttausenden von Lichtern illuminiert, das furchtbar erfahrene, das kluge, das schizophrene Berlin aus.
Vor meinen müden, starren Augen glitt nur der schwere Kopf der lesenden Dame mit seiner roten Haarmähne vorbei, ihre mächtige Denkerstirn, ihre großen, geheimnisvollen Ohren, verborgen unter den schweren Haargardinen: sie lehnte sich über mein Knie hinweg, um die Stadt unter sich durch das Fenster in Besitz zu nehmen. Meine Nase streifte ihr Haar mit seinem milden Duft nach Moschus, nach Moschusochse, und beim Anblick der Stadt unter uns sagte sie zum zweiten Mal

– Ah!
Beide beugten wir uns mit derselben Bewegung zum Fenster vor. Vollkommen glücklich betrachteten wir die Stadt unter uns. Gewaltige, breite Straßen glitten vorbei, Rauch stieg aus den Schornsteinen auf, die Kirchtürme trugen kleine Kränze aus roten Warnlichtern.
Es war plötzlich Nacht geworden und sternklar.
Mit zurückgenommener Schubkraft glitt die Maschine über die letzten Dächer auf Tempelhof zu, und plötzlich fiel mir ein, daß wir noch kein einziges Wort gewechselt hatten, daß sie nichts gesagt hatte außer zweimal dieses tiefe »ah«.
Fieberhaft suchte ich nach einem Satz, nach einem Anhaltspunkt. Müde, unglücklich sah ich die Lichter der Landebahn unter uns herangleiten, spürte, wie die Räder aufsetzten, sah die Markierungslichter unter uns verschwinden, jedes gleich einem vertanen Tag, fühlte alle Kräfte verebben und alle Möglichkeiten schwinden und dann wieder die aufsetzenden Räder.
Homunculus in seiner Flasche. Rings um mich her liegt Berlin.
Und in seiner großen einsamen Villa in Friedenau wartet mein Freund E. auf eine Nachricht von mir.
Die Passagiere stehen auf, Wollmäntel fegen mir über die Nase, sie hebt ihre geflochtene Tasche auf und geht, ich bleibe noch sitzen und lasse ihr höflich Platz, damit sie ihren duffelcoatartigen Mantel anziehen kann. Und in dem Augenblick, als sie auf den Ausgang zugeht, dreht sie sich zu mir um und sagt mit warmer, lebhafter Stimme, als glaube sie daran:
– Auf Wiedersehen!
Kleiner Stachel der Verzweiflung im Herzen, scharfe Spitze, die tief eindringt, schwarze Strudel der Ohnmacht! Die einzige freundliche Macht, die einzige Wurzelfaser, die mich noch in der Wirklichkeit festhält, gibt mich auf und verschwindet.
Und immer weiter hinab auf dem dunklen Wasser . . .

In meinem Leben sind bei zwei oder drei Gelegenheiten Wunder geschehen. Ich habe mich immer geweigert, an sie zu glauben, weil damit Konsequenzen für alle übrigen persönlichen Glaubensvorstellungen verbunden sind, Spekulationen über Gottheiten, Mächte, niedere und höhere Gewalten und Strukturen, die meine Vernunft nicht beherrscht. Der Wunderglaube führt rasch zu einem unkontrollierbaren Irrationalismus, einem System von Ordnungen jenseits des Menschen, die für mich erschreckend sind und verboten.
Gleichwohl habe ich sie zwei oder drei Mal geschehen sehen: und das Seltsame ist, daß sie sich so deutlich von jedem an-

deren Ereignis unterscheiden, wenn sie sich begeben, daß man sie keinen Augenblick lang verkennen kann.
Eins dieser Wunder geschieht jetzt.
(Und mit dem seltsamen Gefühl, daß es als eine Art wohlwollende *Machtdemonstration* eintraf, daß das Ganze als freundlicher, aber ernstgemeinter Fingerzeig für mich bestimmt war, der ich vor meiner eigenen Rettung davonzulaufen versuchte, sah ich es kommen.)

Ein Großteil der Passagiere war jetzt aufgestanden, ich sah das mütterliche Wesen, das mich vor kurzem beschützt hatte, nach dem freundlich gemeinten »Auf Wiedersehen« sich auf den Ausgang zubewegen. Da scheppert es im Lautsprecher, und ich höre die sonore, metallische Stimme der Stewardeß: — Meine Damen und Herren! Eine Maschine, die direkt vor uns steht, muß starten. Aufgrund der Sicherheitsvorschriften muß ich Sie deshalb leider bitten, sich freundlicherweise noch einen Augenblick auf Ihre Plätze zu setzen.
Wir setzen uns, wir setzen uns wie zwei Begnadigte. Und atemlos sage ich:
— Sie sind in Frankfurt gewesen?
— Ja. Ich war auf der Buchmesse.
— Ich auch. Aber ich bin davongefahren.
— Kennen Sie den Dozenten Janos Elbert in Budapest?

(Ich habe sie einmal, viel später, gefragt, wie sie auf die wahnwitzige Idee kommen konnte, diese Frage zu stellen, und da hat sie mir versichert, das sei absolut die einzige gewesen, die ihr überhaupt einfiel.)

Im letzten Frühjahr hatte ich zwei Wochen in Budapest verbracht, auf die Einladung des ungarischen Schriftstellervereins hin hatte ich nächtelang in verräucherten Cafés bei Czardasmusik und leisen Gesprächen mit ungarischen Intellektuellen gesessen, ich hatte den PEN-Club und den Schriftstellerverein besucht, ich hatte atemlos dem mageren, intensiven Georg Lukács in seiner Wohnung in Budapest gelauscht, ich hatte die seltsamen blauen Nebel gesehen, die in der Dämmerung die unwirklich breiten Boulevards einhüllen. Ein paar schöne Frühlingstage lang war ich durch das grüne Hügelland gefahren, vorbei an der Donaubiegung, wo langmähnige Pferde auf den Sandbänken des Flusses weiden, über das schöne Visjagrad mit den Ruinen von König Matthias rotem Palast, immer weiter flußabwärts bis in die Gegenden, wo der seltsame Balaton mit seinem milchweißen Wasser alles Licht zum Himmel zurückwirft.
Ich hatte Dutzende von Intellektuellen getroffen, Verleger,

Redakteure, Journalisten mit gelbgefleckten Fingern, liebenswerte alte Lyriker, die darüber klagten, daß es unmöglich sei, Limericks in ungarischer Sprache zu verfassen. Ich hatte gehört, wie die Regierung gepriesen und verflucht wurde, wie die neue ökonomische Politik als terroristisch dargestellt wurde oder als Riesenfortschritt, als stalinistisch, als liberal, als freidenkerisch.
Zusammen mit dem alternden Meister Tibor Déry hatte ich einen blühenden Feigenbaum betrachtet und hatte ihn reden hören über seine Müdigkeit, und darüber, daß er keinen Hunger auf die Welt mehr habe, daß keine Reise ihn mehr locken könne, hatte ihn erzählen hören vom Glockenklang, der am Feiertagabend in Wellen an den Weinbergen des frühlingshaften Balaton entlangschwebt.
Und auf all diesen Reisen, bei all diesen Gesprächen hatte ich einen Mann zum Begleiter, der mir nicht von der Seite wich, den klugen, freundlichen Dozenten für Slawistik und Redakteur bei Nágyvilag, Doktor Janos Elbert.
Janos Elbert mit den häßlichen, vortretenden Vorderzähnen, die einen in den ersten beiden Tagen unentwegt dazu brachten, sich zu fragen, wie er es anstellen mochte, ein Käsebrot zu essen, Janos Elbert, der jahrelang im Nachtzug die hundertzwanzig Kilometer lange Strecke zwischen Zagreb und Budapest fuhr und von einem englischen Kollegen gefragt wurde:
— Did you get time to get your pyjama on, really?
Janos Elbert mit seiner schönen Frau Susie, die einer dunklen Madonna auf einem mittelalterlichen ungarischen Altar glich, der kleine Janočka mit seinem sprudelnden Geplapper und seinem kleinen abgenutzten Spielzeugauto unterm Arm
und wie noch von der Terrasse des Flughafengebäudes der kleine Janočka mir mit seinem roten Auto zugewinkt hatte . . .

— Ja, antwortete ich. Den Dozenten Janos Elbert kenne ich sehr gut.
— Was halten Sie von seinen Zähnen?

Das Haus an der Fregestraße

Graubrauner Nebel wälzte sich draußen vor den hochgewölbten Rundbögen Tempelhofs, dieses nazistischen Gebäudes, das einst der Architekt Ernst Sagebiel entworfen hatte. Bald würde kein Flugzeug mehr landen können.
Noch ganz benommen wickelte ich mir den Schal zweifach um den Hals und fror in meinem leichten Herbstmantel, fror und

bewachte meine Reisetasche und Aktenmappe, meine liebe, erfahrene, mütterliche braune Aktenmappe, die mich auf so vielen Kongressen in so vielen Teilen der Welt begleitet hat, auf so vielen Reisen im Triebwagen durch die Ebene von Uppland, bei so vielen ländlichen Vortragsveranstaltungen, so vielen Universitätsseminaren, und die schweigend so viele fremde Manuskripte in sich aufgenommen hatte, und dazu noch die kleine schwarze Tasche für den Rasierpinsel, den Rasierapparat, Zahncreme und Kopfwehtabletten. Ja, diese braune Aktenmappe mit dem unbegrenzten Fassungsvermögen hatte sogar einmal als Angeltasche bei einer Forellentour zum glasklaren Panther Lake in The Adirondacks gedient, und einmal, als sie auf dem Rücksitz eines israelischen Taxis stand, hatte sie nach einem Überfall der Al Fatah auf die West-Jordanbank das 9-mm-Geschoß einer Handfeuerwaffe weich aufgefangen und es, leicht verformt und gequetscht, wieder von sich gegeben. Als ich nun diese Aktenmappe und meine große graue Reisetasche bewachte, hatte ich plötzlich noch eine unter meine Obhut bekommen, eine kleinere aus solide gegerbtem Rindsleder, die sich vertrauensvoll an meine große graue lehnte, während ihre Besitzerin, die marxistische Philosophiedozentin Johanna Becker, auf dem labyrinthischen Parkplatz verschwand.

Wer war sie? Wer hatte im letzten Augenblick diese gütige, rettende Macht zu meiner Hilfe geschickt? Sollte ich mich geirrt haben? Existierten trotz allem Engel?

Und welcher furchtbaren Bedrohung war ich ausgesetzt, welche übermenschlichen Aufgaben erwarteten mich, da man zu meinem Schutz eine so außergewöhnliche Maßnahme ergriffen hatte? Und wer war »man«?

Und was meinte ich übrigens mit diesem »im letzten Augenblick«? Meinte ich es ernst?

Ich hatte das unklare Gefühl, einer Katastrophe entronnen zu sein, ohne daß ich herausfinden konnte, worin diese eigentlich hätte bestehen können.

So wartete ich am Rand des Bürgersteigs, fünf, zehn, fast fünfzehn Minuten lang. Der Nebel wurde dichter. Plötzlich fiel mir auf, daß der Verkehr an dem großen Flugplatz, der eben noch so lebhaft war, unglaublich schnell abgenommen hatte, seit das Landeverbot bekannt geworden war. Nur ab und zu tastete sich ein vereinzeltes Taxi durch den Nebel, die Scheinwerfer verdunkelt von dem Dunstkreis millionenfacher, plötzlich aufleuchtender Feuchtigkeitströpfchen.

Mir wurde die plötzliche Veränderung bewußt: beim Einflug nach Berlin war das Wetter noch klar gewesen. Jetzt war es nach neun Uhr, und der Nebel wurde dichter. In seinem großen, leeren Haus an der Fregestraße wartete sicher mein

Freund E. seit einer halben Stunde. Hätte ich gleich ein Taxi genommen, wäre ich schon dort ...

Schritte kamen näher und verhallten im Nebel. Manchmal schienen sie von weit her zu kommen, dann war es wieder, als seien sie direkt hinter meinem Rücken. Mit angespannten Sinnen spähte ich in das Dunkel. Mit klammen Fingern stopfte ich meine Pfeife und zündete sie an.

Es kam mir in den Sinn, daß ich so unvorsichtig gewesen war, beim Aussteigen auf der Gangway laut und deutlich zu sagen, zu wem ich unterwegs war. In Berlins revolutionärer Welt ist E. kein unbedeutender Mann, ebenso verhaßt bei der CIA wie bei den kleinen fanatischen Agitationsgruppen am Rande der APO. Die geheimen Informationen, die er über Kuba besitzt, könnten eine ganze Abteilung des State Department monatelang beschäftigen.

Und ich selbst? Ich selbst, unverbesserlicher Kleinbürger, Hypochonder, Lyriker: hatte ich nicht tatsächlich in vielen revolutionären Zellen persönliche Freunde, Kontakte, Einblicke; Guerillakämpfer aus Goa, unterwegs über Stockholm, um sich der FRELIMO in Angola anzuschließen, spanische Marxisten, die Anarchistische Allianz in Malmö, die Revolutionäre Föderation in Oslo, die Black-Panther-Gruppe in London, die entschlossene und unsentimentale Gesellschaft für Sozialen Fortschritt in der Odengatan, die scheue und geheimnisvolle Väster Våla Kommunale Befreiungsgruppe mit ihren schweigsamen Männern in Regenmänteln, die manchmal aus Mooren oder schmalen Bachbetten in der Gegend hinter dem Landsberg auftauchten und mich und meinen Hund prüfend musterten, bevor sie mich mit einem grimmigen Lächeln des Wiedererkennens meinen misanthropischen Spaziergang fortsetzen ließen!

Es gehört zu meinem Schicksal, meinem Charakter, meiner historischen Situation, daß ich, jämmerlicher Spießbürger, der ich noch im letzten Jahr 24 Iggesund-Aktien besaß (die ich verkaufte, um ein Auto anzuschaffen, nachdem ich zuvor einen Industriellen in meinem Freundeskreis über die Entwicklung auf dem Großmarkt befragt und erfahren hatte, daß Iggesund noch in diesem Dezennium zum Untergang verurteilt und von der Liquidation kaum weiter entfernt ist als Ramnäs Bruk), ich, der ich in meinem ganzen Leben noch nichts Radikaleres getan habe, als der FNL Fünfzigmarkscheine zu schicken, mich kaum rühren kann, ohne mit Revolutionären in Kontakt zu kommen. Sie lieben mich. Irgend etwas an mir läßt sie mich als einen natürlichen Verbündeten, fast als Freund betrachten. Irgend etwas an mir sagt ihnen, daß ich im Grunde genommen zu genau den Menschen gehöre, die sie zu befreien haben, ja, daß ihr verzweifelter und entschlossener

Kampf gegen die lähmende kolonialistische oder postindustrielle Übermacht auf geheimnisvolle Art insgesamt verfehlt wäre, wenn er nicht auch dazu beitragen könnte, mich ein ganz klein bißchen weniger melancholisch zu machen.
Und während die Feuilletonschreiber der großen Zeitungen mit Abscheu und Verachtung von meiner unklaren, halbliberalen Ichsucht sprechen, finde ich mich nicht selten bei schwarzem, kräftigem Tee, pechschwarzem Kaffee und Tequila in spärlich beleuchteten Räumen, zu denen die Liberalen von gestern, die die Taschenbuchausgaben von Antonio Gramsci aufgeschlagen auf dem Nachttisch liegen haben, nicht einmal im Traum Zutritt bekommen könnten.
Unsere gemeinsame Verweigerung der bestehenden Wirklichkeit gegenüber, unsere gemeinsame tiefe, dunkle, trotzige Überzeugung, daß der Mensch, daß der Intellekt letztlich die Geschichte zu formen vermag, verbindet uns und macht uns zu Freunden.
Jetzt kam mir in den Sinn, daß jemand, der tatsächlich wußte, wieviele derartige Freunde ich habe, und außerdem wußte, daß ich jetzt ohne einen offensichtlichen äußeren Anlaß unterwegs war, um E. in seiner Villa an der Fregestraße zu besuchen, daß dieser jemand dann leicht die Situation mißdeuten könnte.
Hinter der hohen Ligusterhecke waren wieder Schritte im Nebel zu hören. Ich konnte ein Schaudern nicht unterdrücken und wickelte mir den wollenen Schal noch ein weiteres Mal um den Hals. Während der Stunden, in denen der Flugverkehr wegen des Herbstnebels stillgelegt wird, ist der große Platz vor Tempelhof also ein sehr einsamer Ort. Ich begann das Warten unerträglich zu finden. Was bereitete man vor?
Wer »man«? Und diese Johanna, wer war sie? Warum hatte sie mich hier zurückgelassen mit dieser eigentümlichen maskulinen, bauchigen Rindsledertasche, die von breiten Lederriemen wie von Sattelgurten umspannt wurde?
Ich spähte so angestrengt in den Nebel hinter mir, daß es eine Weile dauerte, bis ich bemerkte, daß ein sehr mitgenommener Volkswagen hinter mir gehalten hatte. Sowohl seine vorderen wie seine hinteren Kotflügel wiesen kräftige Beulen auf, die offenbar ganz frisch waren, denn der Rost hatte sich noch nicht hineingefressen.
Mit einem Seufzer der Erleichterung entdeckte ich Johanna Becker, die schon dabei war, unsere Taschen in den Kofferraum zu laden.
Im Inneren des kleinen Autos herrschten Licht und Wärme. Ihre schwere rotblonde Haargardine leuchtete im Schein der kleinen Deckenlampe, die jetzt brannte, weil die Tür noch halboffen stand, und aus dem Autoradio kam der dunkle,

männliche und trotzige Marsch aus Hector Berlioz' »Symphonie Phantastique«. Es war ein Gefühl, wie nach Hause zu kommen, und mit einem Seufzer des Wohlbehagens machte ich den vergeblichen Versuch, mich in dem kleinen Auto wieder zu meiner embryonalen Haltung zusammenzurollen. Die nackten, spitzen Finger hatten wieder nach meinem Herzen getastet, und wieder hatten sie ihr Ziel verfehlt. Ich atmete aus.
Johanna Becker betrachtete mich aufmerksam, mit jener alles durchschauenden Liebe, die in dem Luftraum über Preußen einen Augenblick lang an meine innersten Wurzeln gerührt hatte.

— So können Sie nicht sitzen, sagte sie mit ihrer tiefen Altstimme. Sie müssen die Sicherheitsgurte umschnallen!
— Warum denn?
— Weil ich erst vor acht Tagen meinen Führerschein gemacht habe.
— Und da fahren Sie schon im Berliner Verkehr?
— Ja; um die Angst zu überwinden.
Nach diesen Worten ließ sie mit einem kurzen, unbeschreiblichen kleinen preußischen Lachen den Wagen in den Verkehr hinausgleiten, kreuzte mit verbissener Miene eine riesige Chaussee, wo kreischende Bremsen anzeigten, daß es nicht allen so leicht fiel wie ihr, die Angst zu überwinden.
Mit einer Geschwindigkeit von achtzig Stundenkilometern bewegten wir uns durch den dichten abendlichen Verkehr, durch Steglitz auf das idyllische Friedenau zu.
Man konnte in diesem Nebel kaum etwas von der Außenwelt erkennen; wir durchquerten unbekannte Vorortviertel, bis plötzlich die rote Backsteinkirche, die zu den vernehmlichen architektonischen Schönheiten Friedenaus zählt, aus dem Nebel auftauchte.
Hier passierte der erste Zusammenstoß. Er war nur ganz leicht; ich hatte sie gebeten, unvorsichtigerweise, könnte man meinen, aber im nachhinein hat man gut reden, mir die hegelianischen Wurzeln des marxistischen Mystifikationsbegriffes zu erläutern.
Mit dem gleichen unbeschreiblichen, kurzen preußischen Lachen wie vorhin kletterte sie aus dem Auto, stellte fest, daß der rechte elegante Kotflügel des parkenden Sportwagens verbeult war, daß er aber bestimmt von dem Gummihammer eines erfahrenen Autoklempners wieder gerichtet werden könnte, und steckte mit einer Geste, die von beachtlicher Übung zeugte, eine Visitenkarte aus ihrer imponierenden Handtasche unter den Scheibenwischer des fremden Wagens.
Nach weiteren fünfzehn Minuten mußten wir beide feststel-

len, daß wir offenbar in einem unüberwindlichen Labyrinth von Einbahnstraßen gelandet waren. Sie lachte wieder ihr preußisches Lachen – ein Mittelding zwischen einem kurzen Schnauben und einem Niesen, und stellte fest:
– Es sieht so aus, als hätten wir Schwierigkeiten, die Fregestraße zu finden.
– Ich könnte eine Ewigkeit hier drinnen bei Ihnen sitzen. Lassen Sie sich Zeit.
Auf diese Erwiderung hin ließ sie sich mit einem warmen, perlenden weiblichen Lachen über das Steuer nach vorn fallen, und dann, nachdem sie lange in dieser Stellung weitergefahren war, sah sie mit vor Lachen tränenfeuchten Augen zu mir auf.
In diesem Augenblick passierte der zweite Zusammenstoß. Seltsamerweise war es wieder ein roter Sportwagen, aber diesmal komischerweise ein Volvo, dem der hintere Kotflügel eingedrückt worden war.
Wir waren gerade dabei, die Visitenkarte unter dem Scheibenwischer zu befestigen, als ich aufsah und das Haus hinter der Gitterpforte wiedererkannte.
Ich lud meine Taschen aus, setzte mich wieder in den Wagen, legte den Kopf in ihren Schoß und flüsterte:
– Wir müssen uns wiedersehen!
Mit ihrer starken, sommersprossigen Hand strich sie mir rasch übers Haar, griff rasch in ihre Handtasche und reichte mir noch eine ihrer offenbar zahllosen Visitenkarten. Ich steckte sie in meine Hemdtasche.
Machtlos sahen wir einander einen Augenblick lang an, mit uralter Vertrautheit strichen wir einander übers Haar.
Mit einem Kreischen verschwand der kleine Wagen um die Ecke, und ich kehrte zu meinen Taschen am Straßenrand zurück, der erfahrenen Aktenmappe und der großen grauen. Ein magerer Mann in weißen Hosen aus englischem Leder und einem weißen Sweater lehnte sich nachdenklich über den Zaun und betrachtete mich. Er mußte schon lange dort gestanden haben. Mit uraltem Eidechsenglanz leuchteten die Augen in seinem Reptilgesicht.
– Du bist ziemlich spät dran, sagte er und nahm meine Tasche. Endlich stand ich vor meinem Freund E.
– Du hast dich nicht verändert, sagte er.
– Ich habe einen Bart, sagte ich.
– Ich glaube nicht, daß dieser Bart etwas Besonderes bedeutet, sagte er.
Mit tiefer Zuneigung betrachtete ich dieses seltsame Geschöpf. Er hatte mich schon mindestens einmal gerettet.
In dem riesigen, hellen Wohnzimmer wartete bereits die Teekanne auf uns.

Kurze Unterbrechung der Erzählung

Die sechziger Jahre waren zu Ende gegangen. Frühling und Herbst zugleich, die Zeit, als der Wind zu wehen begann! Die Zeit, als unsere kollektiven Träume sich veränderten und uns tief in den nächtlichen Schlaf hinein verfolgten mit ihren schwachen, deutlichen Warnsignalen, diese Zeit des beginnenden Sturms, des blankeren Eises, der größeren Einsamkeit; und die Zeit, als die Menschen einander wieder fanden; wie kurz, wie bedeutungslos erschien nicht diese Zeit, als sie plötzlich zu Ende war! Ist sie vielleicht doch nur eine Schwelle gewesen?

Nach und nach triumphierte in den Ländern Europas die durch Gesetze geregelte Ordnung der Welt. Die präzise geeichten Mechanismen der Kompromisse, der Lügenmaschinerien, der schändlichen Absprachen, mit denen die Macht herrscht und der erste Frost fällt, die empfindlichen Uhrwerke, die im Inneren der Staaten die Zeit bemessen, waren für ein paar kurze Jahre in der Mitte des Dezenniums aus dem Gleichgewicht geraten. 64 veränderten sich sogar unsere Träume; das Bild Nixons verschmolz mit dem Bild von Rudolf Hess, der noch in seiner abgelegenen Zelle gefangen saß. Bei unserem Erwachen änderte sich der Tonfall.

1967 wurde es allen bewußt, daß der Traum und die Wirklichkeit wiederum ein Zwiegespräch begonnen hatten. Es war die Zeit der Ketzer, der geschlossenen Gesellschaften, der geheimen Sekten, der kollektiven Großfamilien. Oh, wie es stürmte!

In der ganzen Welt stürmte es: es pfiff durch alte morsche Gebäude! In Asien brannten und tobten die Kriege, und der Geruch nach verbrannten Wäldern, verbrannten Häusern wehte mit dem starken, gleichmäßigen Wind über die Hügel Asiens. Die mörderischen Geschwader, die einst das unschuldige Dresden angeflogen hatten, flogen nun Tag und Nacht ihre Angriffe auf Hanoi, es war eine Zeit für Mörder, eine mörderische Zeit, eine blutige, entsetzliche Zeit, aber auch eine Zeit der Hoffnung, eine glückliche Zeit der Verneinung.

Wir hingen an unseren Fernsehapparaten und sahen, wie unsere Welt sich veränderte, und zuinnerst begannen wir zu ahnen, daß der kleine Schimmer von Wahnsinn, die kleine, unterdrückte gelbe Flamme der Schizophrenie, die in uns allen brennt, nicht vergebens gewesen war, daß der kleine Rest von Wahnsinn, den wir durch die Kindheit, durch die Wehrpflicht, durch die kultivierten Seminare an alten Universitäten mit eichengetäfelten Wänden hindurch gerettet hatten, doch irgendwie im Recht war. Daß er da war, weil wir ihn einmal brauchen würden.

Es war eine dieser Zeiten, in der die Schizophrenie zu ihrem Recht kommt, weil sie, nur sie, dem Zustand der Welt entspricht.
Mächtig erhoben sich alte, fast vergessene Schriften aus dem Dampf der Lokomotiven und dem Kohlenstaub des vergangenen Jahrhunderts: Marx, Bakunin, Tschernyschewski, und hinter ihnen ein noch längeres Gefolge, das fast kein Ende nehmen wollte, ein mächtiger Zug von Geistern und Ideen.
Wir sahen, wie die japanischen Studenten mit ihren langen starken Knüppeln Sturm liefen, wie sie sich auf dem Schlachtfeld der Straße gegen die Übermacht schlugen, nicht zu Hunderten, sondern zu Zehntausenden. Und in einem Land nach dem anderen liefen die schwarzen Brigaden der Polizei mit ihren Wasserwerfern, Tränengasbomben, Panzerwagen Sturm.
Am 20. Dezember 1967 wurden die Demonstranten in einem Hinterhalt in der Barnhusgatan eingekesselt, es war die Nacht, in der man Jan Myrdal seine Brille herunterschlug, die Nacht, in der die junge schwedische Generation ihre Lektion in Gemeinschaftskunde auf eine für die Zukunft entscheidende Art auslernte und abschloß. Überall marschierten die schwarzen Polizeiarmeen, die Panzerwagen rasselten, die Helikopter warfen ihre seltsamen insektenhaften Schatten auf Harvard und Cornell, auf Frankfurt und Amsterdam. In Berlin wurde die dreiunddreißigjährige Dozentin für theoretische Philosophie Johanna Becke von einem Polizeiknüppel bewußtlos geschlagen, der gegen ihre rechte Schläfe gerichtet war, aber zu weit hinten traf, um den dünnen Schädelknochen zu zerschmettern.
Da die Gruppe, zu der sie gehörte, in einer wilden Flucht begriffen war, ließ man sie im Rinnstein liegen und begnügte sich damit, nach ihr zu treten. Am Anfang der fünfziger Jahre, als sie auf ähnliche Weise bei einer Demonstration in Paris zusammengeschlagen wurde – damals ging es um Algerien –, hatten freundliche Menschen sie fast unmittelbar darauf in den Schutz eines Treppenhauses gezogen. In Berlin gibt es diese Tradition nicht.
Ich stelle mir ihr wunderbares rotblondes Haar vor, wenn sie da liegt, von Blut und Schmutz befleckt. Dieses Haar habe ich gestreichelt.
Und das Frühjahr 1968! Das Frühjahr, in dem der adrette schwedische Lektor an der Sorbonne, der geistreiche Privatmann Jan Ifvarsson auf die Straße hinaustritt und seinen netten kleinen BMW ordentlich und unwiderruflich in eine Barrikade eingebaut findet, die gerade von der Gendamerie mit Granatfeuer dem Erdboden gleichgemacht wird! Das Frühjahr, in dem Traum und Wirklichkeit einander so nahe kamen, daß es einen Augenblick lang schien, als würde sich

die alte Wirklichkeit tatsächlich auflösen, und wo mitten unter den gewaltigen Inschriften auf Wänden und Bretterzäunen das eine, das mächtige alchimistische Wort auftauchte, das die politische Polizei dazu brachte, mit dem Verbrennen ihrer Papiere zu beginnen, und das de Gaulles Kanzleibeamte zu dem Versuch veranlaßte, mit stumpfen Federmessern ihre Namen von den schlimmsten Dokumenten zu kratzen:
DER TRAUM IST WIRKLICHKEIT
ausgerechnet in diesem Frühjahr war es auch schon zu Ende. Unerbittlich tickten die feinen Uhrwerke weiter in ihrer sicheren newtonschen Zeit. Ihre heimlichen Unruhen hatten sich verschoben, die Bremsblöcke waren in ihren mächtigen Ketten herabgefallen, die Gewichte, Zehntausende von Tonnen schwer, zeigten wieder nach unten.

In Piranesis bitteren Gefängnissen spielt sich alles im Innenraum ab, und wird eine Öffnung sichtbar, ein Gewölbe, das das Tageslicht hereinläßt, dann bemerkt man gleich dahinter ein weiteres Gewölbe.

Sekten tauchten auf. Finstere Ketzergruppen gediehen. In abseits gelegenen Wohnungen in Östermalm sonderten sich fanatische Jugendliche ab, die sich eben noch Seite an Seite mit den anderen auf der Barnhusgatan geschlagen hatten, schalteten das Radio aus, zerrissen die Zeitungen und begannen mit methodischer Langsamkeit, und nicht ohne jenes Quentchen von Gewalt und ausgeklügelter Grausamkeit, das ein Kennzeichen der heiligen Inquisition ist, einander methodisch auszumerzen.

Man setzte die Volksschullehrerbrille auf, zog ein sektiererhaftes Gesicht und sprach von unser aller Schuld und Sünde. Da war ein Zischen wie von Schlangen, ein Seufzen wie auf Gebetsversammlungen.

Der alte Feind war wieder da, aber diesmal kam er von einer ganz unerwarteten Seite, und bald hatten wir wieder das gewohnte alte tabakbraune skandinavische Gebetshaus statt der neuen, der freien Kathedrale der erträumten Welt. Wir hatten geglaubt, nur noch um Haaresbreite von einer ästhetisch-erotischen Gesellschaft entfernt zu sein und drückten doch schon die Armesünderbank.

(Du lügst, du Teufel! Du hast nicht recht!)

Die sechziger Jahre waren zu Ende gegangen. Die Kriege dauerten an, die Gegensätze nahmen zu. Die Demonstranten verschwanden von den Straßen, Sekten und Ketzergruppen verschwanden in einem Laubhaufen zusammen mit dem braunen Laub des Vorjahres, das unter den von Abgasen halb erstickten Bäumen der europäischen Boulevards zusammengekehrt wurde.

Aber etwas blieb zurück. Der lange Marsch durch die Institutionen begann. In seit langem versteinerten Körperschaften begann man wieder miteinander zu reden. Funktionäre, die seit der Nachkriegszeit selbstgefällig auf ihren Floskeln des Einverständnisses herumgekaut hatten, spürten eine Unruhe, ahnten in der Abenddämmerung etwas fast Vergessenes. Es entstand eine Unruhe, sie kam und ging, aber sie war da.
Und die Sprache, wie veränderte sie sich nicht! Wieviele tote alte Phrasen, wie viel morsches Lügenwerk wurde da nicht ausgemerzt!
Es war, als hätten die Menschen zu guter Letzt miteinander zu reden begonnen, als wäre nur noch wenig Zeit übrig, als hätten sie es alle eilig.
1964 hatten wir nachts Träume anderer Art zu träumen begonnen.
Aber im Laufe des Dezenniums sollte es noch einmal zu einer Veränderung unserer Träume kommen.
Die verborgene Gesellschaft unter der sichtbar triumphierenden; das Vertrauen, das ursprüngliche naive Vertrauen war ein für allemal erschüttert, aber das Vertrauen auf die Sprache, auf die kompromißlerischen Phrasen, auf die Versicherungen der Machthaber, daß wir in der besten aller Welten lebten, war auch bei den Machthabern selbst erschüttert, so daß jeder sich schließlich umblickte, als hätte er jemand anders hinter sich stehen.
Und im Herbst 1969, als die Zeiten sich rasch umorientierten, die Formulierungen sich änderten, die Löwen der großen Worte sich wie verschreckte Mäuse in ihre Löcher verkrochen angesichts der Androhung einer Handelsblockade von seiten der mächtigen und kriegführenden USA, ja, da war es, als wäre niemand imstande gewesen, dieses Schauspiel (wieviele solche kleine Pantomimen hat die Geschichte nicht schon gesehen) anders zu nennen als bei seinem rechten Namen.
Und da war niemand, der nicht innerlich über dieses abgeschmackte Spektakel höhnisch gelacht hätte.

Und gerade in den letzten Jahren dieses Dezenniums war es, als ob inmitten all dieser Verwirrung, all dieser Lügenhaftigkeit, die ihre Blöße mit ihren eigenen Lumpen nicht mehr bedecken konnte, sich etwas anderes hören ließe, eine schwächere Stimme, aber eine kristallklare.
Die Mystik, die wie die allerschwächste Flöte vom Beginn des Dezenniums an zu hören gewesen war, in den Seminaren der Logik verirrt, wie die Erkennungsmelodie einer Radiostation vom Rauschen starker Störsender über stacheldrahtbeladene Grenzzonen hinweg gestört, in unklarem Eklektizismus verwaschen und verdreht, im dummen derben Marktgeschrei der

Happeningkunst ertrunken, von neubekehrten Pamphletisten in blindem Eifer mit einem Achselzucken abgetan, diese Musik verschaffte sich zu guter Letzt auf seltsame Weise Gehör.
Nicht umsonst hatten Traum und Wirklichkeit einander einen Augenblick lang berührt, nicht umsonst war einen Augenblick lang das Unwirkliche in unserer eigenen Welt (stinkender Rauch, tote Augen, Bombergeschwader, der Höllenlärm der Fabrikhallen) deutlich hervorgetreten und hatte sich eine andere, eine kommende Welt als die wirkliche abgezeichnet.
Im Frühjahr 1969 malt Ulla Viggen ihr liebevolles und seltsames Porträt des jungen Poeten Peter Cornell.
Der Porträtierte ist auf diesem Bild bleicher und introvertierter, als er in Wirklichkeit erscheinen mag.
Seine Augen sind geöffnet. Er hat einen Gesichtsausdruck wie jemand, der gerade sehr nahe daran war, sich an etwas zu erinnern, das er schon so vollständig vergessen hatte, daß er sich nicht entsinnen kann, es vergessen zu haben.
Im Hintergrund taucht ein sehr blaues, ganz endloses Meer auf, von einer unsichtbaren Sonne beschienen.
In diesem Bild offenbart sich die neue Stockholmer Malerei zum ersten Mal ganz und gar, wird sie in all ihrem Botticellischen Glanz sichtbar. Helligkeit, Liebe, offenes Meer.
Die sechziger Jahre waren zu Ende gegangen. Und ich? Von welchem Beobachtungsposten aus, auf welcher Walstatt hatte ich diese Kämpfe mit angesehen?
Von der Kulisse aus. Wie die Artisten unter der Zirkuskuppel: ratlos.

Ein Privatmann, nicht besonders erfolgreich, am Ende der sechziger Jahre

Der Herr, den E. mit seinen kalten, klugen, eisblauen Augen immer noch aufmerksam betrachtete, stand nach wie vor unschlüssig, von seinen Taschen umgeben, in dem großen weißen Eßzimmer des Hauses.
Sein Haar war noch zerrauft von Johanna Beckers sommersprossiger, mütterlicher Hand.
Als nun der Duft von starkem Tee und getoastetem Brot ihn erreichte, breitete sich ein Ausdruck zögernden Glücks auf seinem Gesicht aus; er legte den grauen Mantel und den rotbraunen Schal ab.
Ein landendes Flugzeug glitt in geringer Höhe über die Hausdächer hin und brachte für einen Augenblick die Fensterscheiben zum Klirren.

(Tatsächlich wiederholte sich dies alle zehn Minuten in dem Haus an der Fregestraße, und es verlieh allen Gesprächen, die dort geführt wurden, einen willkürlichen, aber nicht einseitigen Charakter. Einige Argumente, und man wußte im voraus nie welche, waren von vornherein dazu verurteilt, in dem majestätischen Dröhnen der landenden Flugzeuge unterzugehen.)

Die runde Brille mit der braunen Fassung war am 13. Dezember 1963 in Turin gekauft worden.

Er war eher klein als hochgewachsen. Aber trotz seiner Kleinheit und seiner auffallenden Magerkeit – eine intimere Betrachtung hätte enthüllt, daß alle Rippen deutlich zu spüren und zu zählen waren, sogar auf dem Rücken – war er bemerkenswert muskulös. Seine breiten Handgelenke und die großen kräftigen Hände machten ihn zu genau der Person, die jeder gern zur Hand hat, wenn Glaskonserven mit allzu fest aufgeschraubten Deckeln geöffnet werden sollen.

Auffallend war der dichte braune Bart, von dem E. vorhin gesagt hatte, daß er nichts Besonderes bedeute.

Er irrte sich.

Im Laufe von zehn Jahren hatte ich gesehen, wie die Photographien, die meinen Rezensionen in den Zeitungen beigegeben wurden, sich veränderten. Am Anfang des Dezenniums stellte man mich noch als eine Art anämischen, bebrillten Jüngling dar; Hilfspfarrer oder außerordentlicher Anwärter auf das Lehramt.

Es war eine relativ idyllische Zeit, als meine Bücher für exzentrisch und im Prinzip unverständlich, aber selbstverständlich für völlig statthaft gehalten wurden. Meine Verleger brachten sie mit zerstreuter Gleichgültigkeit heraus. Kein Mensch erwartete, daß ich damit fortfahren würde, welche zu schreiben.

Ich lebte in Frieden und Teeduft in einem Zimmer mit Vorplatz im vierten Stock in der Öfre Slottsgatan 5 in Uppsala. Meine Fenster lagen im Schatten eines mächtigen Ulmenwipfels.

Gegenüber, auf der anderen Seite der Straße, wohnte ein zierliches dunkelhaariges Mädchen, und zur Winterzeit pflegte ich mit Schneebällen an ihre Fensterscheibe zu klopfen, die ich vorsichtig von meinem Fenster aus hinüberwarf.

Die Jahre vergingen.

Dann begann sich dieser bleiche Lehramtsanwärter in den Zeitungen schrittweise zu verändern. Ich weiß weder, wo man die Bilder herbekam, noch weiß ich, wie man sie Schritt für Schritt zu verändern wußte, aber an einem Frühlingstag im Jahre 1969 merkte ich, daß die Entwicklung abgeschlossen war.

Aus jeder Zeitung sah mir jemand entgegen, der angeblich ich sein sollte, der aber tatsächlich so etwas war wie ein böser Zwerg, der kaum mehr sein Wasser halten konnte, ein boshafter Gnom, der aber unbedingt Pipi machen mußte, eine Art Inbegriff aller Kälte, Abstraktion und Teufelei, eine Art schiefmäulige, gefühllose Mißgeburt.

Da legte ich mir meinen großen, dichten, starken Vollbart zu, nicht unähnlich dem braunen Fell eines Bären.

Damit habe ich mich ein für allemal von dem Bild distanziert, das die Öffentlichkeit von mir hat. Macht nur weiter mit euren schiefmäuligen Monstren! Wer, wenn er meinen Namen hört, sich einen boshaften Zwerg vorstellt, der kaum mehr sein Wasser halten kann, mag das jetzt nach Lust und Laune tun.

Bitte schön! Greift zu! Mir könnt ihr nichts vormachen!

Ich kenne euch wohl! Ich weiß Bescheid über euch, ihr kreischenden und grinsenden Wasserspeier unter den Regenrinnen der Zeit, ich kenne euer teuflisches Gelächter. Noch ist eure Frist nicht abgelaufen, noch seid ihr nicht zu schön geformtem Sandstein erstarrt!

Ich kenne dich wohl, du kläffende, bellende, winselnde Hundemeute!

Verwachsene Windhunde mit eigentümlich tränenseligen, großen blutdürstigen Augen, Ulmer Doggen mit roten geifernden Lefzen, triefend vor Gier! Bizarre Köter, aus verschiedenen Rassen gemischt, die nur ein heiseres, krächzendes Bellen zustande bringen, und Möpse, massenhaft Möpse, unglaubliche Mengen von fetten, kurzbeinigen kleinen Möpsen — wer hätte gedacht, daß ihr so schnell laufen könnt? Und Schoßhunde sind dabei, die niedlichsten Schoßhunde mit kleinen roten Schleifen und Bändchen, chinesische Schoßhündchen, alle müssen sie dabei sein! Schnell, schnell!

Jäger, blas in dein Horn! Es knistert in der verharschten Schneedecke, es leuchtet silberhell auf den verschneiten Feldern, es riecht nach Menschenfleisch. Heute nacht kriegen wir ihn! Schnell, schnell!

Heute nacht kriegt ihr mich nicht.

Kurz und gut: deshalb habe ich meinen Bart.

Unruhig näherte ich mich dem gedeckten Tisch. Die Brotscheiben dufteten in ihrem Korb, die ambrafarbene Apfelsinenmarmelade glänzte, der Tee dampfte in seiner braunen Kanne. Da ich während des ganzen Fluges geschlafen oder zumindest in einer Welt geruht hatte, die dem Schlaf sehr nahe ist, begann ich nun deutlich zu spüren, daß der Hunger wie ein Sturm in mir wütete. Und ohne unser Gespräch fortzusetzen, stürzte ich auf den großen einladenden Tisch zu.

Ich bin hungrig, immer hungrig, ungeduldig, schnell. Fast alle

Ereignisse gehen mir zu langsam. Ich stampfe mit dem Fuß auf und zähle die Minuten, wenn der Zug an einem Zweigbahnhof hält, ich drehe die Telefonstrippe zu einer Spirale, wenn ein wortreicher oder allzu schwerfälliger Mensch mir etwas zu erklären versucht, was ich schon längst begriffen habe. Wenn das Schreiben eines Zeitungsartikels so viel Zeit braucht, daß es sich bis zum Mittagessen hinzieht, werfe ich ihn mit einem Fluch in den Papierkorb und greife das Thema nie wieder auf, im Rundfunkstudio weigere ich mich, die Sendung abzuhören, die ich gerade gesprochen habe. Ich verbrauche alles, Bücher, Freunde, Ideen, als wäre es etwas, das man essen kann.

(Ich? Oder mein lächerliches Schattenbild? Nicht immer. Nicht immer ich.)

Ich bin hungrig. Immer hungrig. Meine Metabolismen brennen wie eine Azetylenflamme.

Ich esse den ganzen Tag vom Erwachen gegen sechs Uhr morgens an bis zum Schlafengehen um zwölf Uhr nachts. Um Haaresbreite bin ich stets vom äußersten Hunger entfernt, aber mehr auch nicht. Gelingt es mir nicht, eine ständige, gleichmäßige Zufuhr von Essen zu sichern, waschbeckengroße Tassen mit Tee, Beefsteaks, Käsebrote, gerate ich leicht in einen überreizten, zornigen Zustand, der erst in Wutausbrüche übergeht und dann in Apathie.

Ich bin davon überzeugt, daß ich in tiefe Ohnmacht versinken und dann sterben würde, wenn man mich vierundzwanzig Stunden lang ohne Essen lassen würde. Ich bin friedlich, wie alle größeren Säugetiere, solange man mich nicht angreift, aber ich weiß mit Bestimmtheit, daß ich für Nahrung würde töten können.

Jetzt hatte ich seit sechs Stunden nichts gegessen. Es mußte eine Veränderung geschehen sein, ich muß sozusagen in einem anderen geistigen Klima geweilt haben, einem bedächtigeren, einem glücklicheren als meinem gewohnten, mit einer tieferen Atmung, einer ruhigeren Wärme.

Jetzt wurde ich wieder in mein eigenes Dasein zurückgerissen, und der Hunger machte sich über mich her.

Ich erinnere mich an diesen Hunger seit meinem dritten Lebensjahr.

Auch die sechziger Jahre hatte ich hungernd verbracht.

Ich erinnere mich an die seelenlose Prosa, in der wir am Anfang des Dezenniums miteinander redeten, in Uppsalas schrecklichen Cafés mit ihrem seltsamen Duft von verfaulendem Holz. Wir hausten in der angelsächsischen Erkenntnistheorie, wie man in einem heruntergekommenen Hotel haust, ohne Enthusiasmus, aber froh, überhaupt eine Wohnstatt zu haben. Seitdem habe ich auch in den Philosophien des Kontinents gewohnt, habe an anderen Töpfen geschnuppert, Ich fühle mich fast ebenso heimisch bei Hegel und Marx, bei dem stolzen Bakunin wie bei dem kleinen eigensinnigen, schiefäugigen Sartre und dem klugen Lukács . . . Er sei gesegnet! In seiner dunklen Wohnung, hinter schweren Gardinen, in der V. Beograd in Budapest sah er mich lange mit seinen großen, braunen Rehaugen an und sagte:

— Junger Mann, Sie müssen Geduld haben. Wir können uns nicht aussuchen, in welcher Geschichtsperiode wir leben wollen.

Ich sah den Sturm langsam kommen. Er machte mir nicht Angst, sondern er machte mich frei. Er entsprach einem Sturm in mir selbst.

Aber ich handelte nicht.

Ich sah Ideen kommen und sah sie sich blamieren.

Ich selbst blamierte mich nicht.

Ich sah die Einsicht kommen und sah sie zu Sentimentalität verfaulen, zu schalen und glücklichen Schuldgefühlen.

Ich selbst blieb verschlossen.

Wie fing es an? Wenn ich mich nur erinnern könnte!

Treuloses Gedächtnis! Wenn ich dich darum bitte, dich zu erinnern, dann erinnerst du dich statt dessen an etwas anderes! Wenn ich versuche, mich an meine Ungeduld zu erinnern, dann erinnere ich mich plötzlich nur an Ruhe. Wenn ich versuche, mich an mich selbst zu erinnern, dann erinnere ich mich nur an die Welt, die mich umgibt.

Immer größer wurde die Macht der öffentlichen Lüge. Es begann mit kleinen Rissen, Unstimmigkeiten, einem mikroskopischen Abstand zwischen der Welt, von der man redete, und der Welt, die tatsächlich da war.

Der Morgenzug sollte laut Fahrplan um 9:40 in Stockholm ankommen, aber er kam niemals früher als 9:50. Eine Kleinigkeit, könnte man meinen, aber sie war da. Die Züge wollten nicht mehr so recht mit dem Fahrplan übereinstimmen, weil man so tun wollte, als gingen die Züge schneller, als es tatsächlich der Fall war.

Die Alltagsprosa hatte seit langem ihre Rolle als Sprache des Realismus, als Sprache der Wissenden, der Eingeweihten ausgespielt. Jene, die wirklich Bescheid wußten, jene, die an Macht und Einfluß teilhatten, sprachen die Verwaltungssprache mit ihren geheimnisvollen Abstraktionen und Abkürzungen, eine Sprache, die Schwarz zu Weiß machen konnte, und an der nur jemand, der Mitglied war, jemand, der über die streng bewachten Schlüssel verfügte, ablesen konnte, daß Nein war, was alle als Ja auffaßten, und daß das, was alle Unwissenden und Außenstehenden als Nein auffaßten, ein heimliches Ja war.

So waren die großen Universitätsreformen der sechziger Jahre durchgesetzt worden, unter dem Motto: Erkenntnis für alle; tatsächlich aber bedeuteten sie eine Einschränkung des Wissens, das zugleich der Schlüssel zur Freiheit, zur Einsicht, zu einer besseren, weniger unpersönlichen Zukunft war.
So waren die gewaltigen Kompromisse im Inneren des Staatsgefüges eingebaut und vor der Außenwelt verborgen worden: unter dem Deckmantel des Pluralismus, des Wirtschaftslebens, der Gewerkschaftsbewegung, der Interessengruppen verbarg sich eine einzige, gewaltige, zentralistische Macht. Regionalpläne wurden ausgebreitet, staatliche Zentren abgerissen, die Landgemeinden wurden entvölkert, bis ihr allmählicher Verfall, mit rostenden Maschinen auf den Äckern, mit einstürzenden Dächern und windschiefen Gebäuden schließlich zum Inbegriff der ländlichen Siedlung überhaupt wurde. Innerhalb von Schwedens Grenzen wurden die Landgebiete langsam ausgeräumt und von einer unsichtbaren Besatzungsmacht, die sie in ihrer Gewalt hatte, in weiße, blaue und rote Zonen aufgeteilt.
Die Risse weiteten sich, immer größer wurde der Abstand zwischen Sprache und Wirklichkeit: da war eine Lügenmaschinerie am Werke, und die Lüge breitete sich aus wie eine Infektion und drang in alle Ecken und Ritzen ein.
Mächtig tobten die Oktoberstürme in jenem Jahr; 1969. Der Wald wurde abgemäht wie Gras, die Telephondrähte ringelten sich um gebrochene Masten, es klapperte und heulte in rissigen Bauwerken.
Jetzt kamen Wahrheiten zutage. Das elende Spekulationsgeschäft mit dem Wohnungsbau in den fünfziger und sechziger Jahren, wo die Decken mit Büroklammern befestigt und die Wände mit Tesafilm aneinandergeklebt wurden, zeigte sein wahres Gesicht. Da brachen die Wände heraus! Da flogen die Dächer davon!
Die Experten sprachen von einem neu entdeckten Gesetz: dem Vakuumeffekt.
Der Vakuumeffekt galt nicht für die 103 Meter hohe Turmspitze Nicodemus Tessins des Jüngeren in Västerås, die jahrhundertelang allen Blitzen des Himmels getrotzt hatte, er galt nicht für die Peterskirche in Rom, er galt nur für die Spekulationsbauwerke der fünfziger und sechziger Jahre.
So überlistete die Witterung zu guter Letzt die Grammatik.
Und als 1969 um die Weihnachtszeit die Bergarbeiter in den Erzgebieten im Norden aus ihren Gruben herauskamen und erklärten, sie hätten genug, da geschah etwas Bemerkenswertes: ihre Syntax war einfach, rein, verständlich, und die Funktionäre, die Bergwerksdirektoren, die Minister konnten sich nicht mehr verständlich machen, da ihre Sprache im Ver-

gleich zu dieser verworren, dunkel, vieldeutig, schamlos verschlüsselt war.
Da wurde auch eine Wahrheit offenbar.
Und jene Augen! Jene mütterlichen und durchdringenden Augen, die mich ein paar Minuten lang auf meiner Reise so ruhig und forschend betrachtet hatten.
Sie hatten mich etwas gefragt. Und ich wußte, was.

Wie groß war mein eigener Anteil an der Lüge? Wie tief war die Ansteckung, war der Virus in mich selbst eingedrungen? Welchen parallel laufenden Prozessen bei mir selbst entsprach dies alles? War ich ein Lebender oder ein Toter? War ich ein kleines Pelztier, das den Frost im tiefsten Winter verschläft und sich im Schlaf regt? Oder war das alles schon nicht mehr möglich? War der kleine kalte Punkt da drinnen schon gewachsen, hatte er schon so viele von den feinen Schichten der Seele erobert, daß es kein Zurück mehr gab?

Hungrig. Ruhelos. Wie ein Holzwurm Bücher und Manuskripte durchfressend. Unterwegs in den mit weichen Teppichen belegten Gängen des mütterlichen, höhlengleichen Bonnierschen Verlagshauses. Verfasser einer Reihe von Büchern, die einander nach und nach wiederaufnahmen, bis nichts mehr übrig blieb. Warm und kalt zugleich, unfähig zu festen zwischenmenschlichen Beziehungen und zugleich furchtbar treu und blind ergeben demjenigen, der mich ein einziges Mal gesehen hatte.
Jetzt war ich *gesehen* worden; aus der tiefsten Gleichgültigkeit, aus der totalen Nichtigkeit, die für mich das natürliche und selbstverständliche Ende des Dezenniums bedeutete, war ich zu verzweifelter Aufmerksamkeit erwacht, als mich schließlich jemand angesehen hatte.
Daran klammerte ich mich, wie ein Ertrinkender sich an den dünnsten schwächsten Weidenzweig des Ufers klammert.
In dem Haus an der Fregestraße tickten die Uhren. E. sah nachdenklich zu, wie ich ein Butterbrot nach dem anderen aß und wie der Inhalt des Marmeladentopfes merkbar zusammenschrumpfte. In der rechten Hand balancierte er versonnen ein scharfgeschliffenes, breites halbmeterlanges Messer, eine Zuckerrohrmachete aus Kuba.
Äußerlich war mir nichts anzusehen. Mit ihren seltsamen, klugen und liebevollen Augen hatte die fremde Dame mich aus der Tiefe der Gleichgültigkeit geweckt. Zwei Stunden lang hatte ich mich vollkommen ruhig gefühlt.
Jetzt kam der Schmerz, der der Preis des Wachseins ist.
E. fragte:
– Und was tust du eigentlich in Stockholm?

Ich sah von meiner Teetasse auf, ein Privatmann, nicht besonders erfolgreich, am Ende der sechziger Jahre, und antwortete:
– Ich erlebe meine Zeit, ich zerhacke meine Zeit in kleine Stücke, ich laufe hungernd von einem Teil meines Lebens zum anderen. Ich sehe in ziemlich deutlichen Umrissen, was geschieht, was geschehen wird und muß, aber ich überschaue es nicht.
Ich schreibe Essays, ich rezensiere Theaterpremieren, ich lese vergessene Philosophen an meinem Kaminfeuer in Västerås, ich habe an ein sehr langes Gedicht letzte Hand angelegt: ich werde es dir zeigen, es heißt »Liebeserklärung.«
— Weshalb?
— Weil es eine Liebeserklärung ist.
— An wen?
— Oh, an irgend jemand. An *jemand.*
— Natürlich an jemand.
— An einen besseren Menschen, der kommen muß, an eine bessere Menschheit — und es ist meine feste Überzeugung, daß die Zeit gekommen ist, wo man wählen muß zwischen Untergang und Gemeinschaft.
— Wer war sie?
— Eine sephardische Dame. Ich habe sie flüchtig an einem Ort gesehen. Sie ist fort.
Er strich liebevoll mit der Fingerspitze an der rasiermesserscharfen Schneide des gewaltigen Messers entlang und erwiderte:
— Ich hatte unrecht. Du hast dich verändert.
— Jetzt bin ich sehr müde; du kannst nicht sehen, wie sehr.
Ich muß schlafen.

Donnerstag mit drei Barschen

Das erleuchtete Zifferblatt an der Adolf-Fredrik-Kirche zeigte schon halb sechs. Die Bäume auf dem Friedhof bogen sich unter der weißen Schneelast. Es war dies oder jenes Jahr, vor oder nach den Episoden, die ich gerade erzählt habe.
Auf dem Sveavägen pflügte sich der Verkehr durch dicken Schneematsch, der bis an die Häuserwände hochspritzte.
Im Inneren des großen Verlagshauses ebbten Lärm und Unruhe des Tages allmählich aus. Das Telefongeklingel verstummte, nur vereinzelt wurden noch Schritte laut; nach und nach erloschen in den Arbeitsräumen die Lichter.
Deutlicher war nun das schwache aber durchdringende Geräusch der Druckpressen zu vernehmen, es versetzte die glä-

sernen Wasserkaraffen in Schwingung: so hatten die Prismen in den Kristallüstern des Direktionszimmers jahrzehntelang vibriert.
Ich machte die Lichter in meinem Zimmer aus, brachte eine feierliche, fast zeremonielle Ordnung in die wachsenden Stöße von Büchern und Manuskripten auf meinem Tisch, riß das Kalenderblatt ab und drehte den Schlüssel zweimal in dem altertümlichen Türschloß um.
In der rasch einfallenden Winterdämmerung hörte ich, wie Daniel Hjorth, unser verantwortlicher Herausgeber, mit gerundeten schonischen Diphthongen den Mädchen im Sekretariat ein Rezept für Leberpastete erläuterte. Sie hörten ihm ruhig zu, müde nach der Arbeit des Tages, die Köpfe zwischen den Armen auf den Tisch gelegt.
An der Garderobe, wo der altertümliche Schirmständer die Regenschirme der Besucher mit einem so eisenharten Patentgriff umschließt, daß nicht selten der Bürodiener geholt werden muß, um sie wieder freizubekommen, entdeckte ich Gerard Bonnier. Das letzte Licht fing sich in seinem roten Bart, während er erst nachdenklich die Reste eines zerrissenen Exemplars von Dagens Nyheter aus seinen noch feuchten Galoschen zog und sich dann bemühte, eine Whiskyflasche, die vermutlich für den Hausbesuch bei einem lebensmüden Lyriker bestimmt war, in eine bereits vollgepfropfte Aktentasche zu zwängen. In diesen stillen Ringkampf mit der Außenwelt vertieft, nickte mir der Verleger freundlich und zerstreut zu, als er mich durch die Tür hinausgehen sah.
Die schwere Eichentür schlug hinter mir zu, wie sie schon hinter so vielen Besuchern zugeschlagen war: mit einem glücklichen oder einem unglücklichen Klappen.
Ich stand auf dem Sveavägen. Über mir dröhnten die Schläge der Kirchturmuhren, der rote Winterhimmel, der Sturm der Zeit. Schnee fiel. Unruhige Elstern duckten sich in die Friedhofsbäume. In einem Auto bellte ein eingesperrter Schäferhund. Und in seinen Augen sah ich Trauer.
Wie das Bewußtsein eines schwer gestörten Psychopathen käuten die Schlagzeilen der Zeitungen mit monomaner Hartnäckigkeit die gleichen Gedanken über Gewaltverbrechen und seelenlose Sexualakte wieder wie an schon so vielen Abenden vorher. Wie schon so oft zuvor suchte meine Phantasie, von einem schützenden Instinkt getrieben, Zuflucht bei Hector Berlioz: bei seinem Leben, seinen Mißerfolgen, seinem stolzen Trotz. Schwer spielte dieser Trotz in meiner Phantasie, und begleitet von der unhörbaren, düsteren Pracht des Marschsatzes aus der Symphonie Phantastique, ging ich den Sveavägen hinauf, die schwere mütterliche Aktenmappe im düster feierlichen Takt des Marsches schwenkend.

Wie eine Scheibe von opalisierendem Glas reflektierte der vergiftete Dunstkreis über der Hauptstadt das Licht.
Meine Donnerstage sind von einer eigentümlichen Freiheit geprägt.
Infolge des seltsamen, doppelten Lebens, das ich seit Beginn der sechziger Jahre geführt habe – vier Tage in der Woche zu Hause bei meiner Familie, meiner klugen Frau, meinen kleinen Kindern und meinen Büchern, drei Tage in Stockholm –, hatte ich es mir zur Gewohnheit gemacht, den Donnerstagabend fruchtbaren Nichtigkeiten zu widmen. Die Zeit war zu kurz, um heimzufahren, zu kurz, um ernsthaft an etwas zu arbeiten.
In den ersten Jahren hatte ich diese Donnerstagnächte in irgendwelchen Hotels verbracht, manchmal bei einem Freund, in irgendeiner entlegenen Vorstadt, morgens gegen sechs von fremden kleinen Kindern geweckt, die mir Teddybären unter die Nase hielten und mit bonbonverschmierten kleinen Fingern in meinem Haar wühlten und mit den gleichen Fingern die Manuskripte in meiner Aktenmappe gründlich untersuchten, mit dem Morgenaufwasch in einer fremden Küche beschäftigt, kalten Winterwinden auf den Plattformen entlegener U-Bahnstationen ausgeliefert.
Dieses unruhige Leben, dieses Donnerstagsexil, das übrigens meiner Frau sehr viel bedeutet hat, die an den Donnerstagabenden die Zeitungsartikel schreibt, zu denen ich ihr an anderen Abenden vor lauter Reden keine Zeit lasse, veränderte sich radikal im Jahre 1966, als die Tante meines Mitarbeiters starb.
Diese kleine Wohnung in der Hagagatan mit ihrem Duft nach Kurzwarenladen, mit ihrem altmodischen Gasherd und ihren Öldrucken zeichnete sich vor allem dadurch aus, daß man morgens, wenn man sich seinen Tee kochen oder sein Ei braten wollte, die Küche immer in einer gespannten Erwartung betrat, wen man dort wohl antreffen würde.
Ich hatte das kleinste Zimmer zu meiner Verfügung. Es war ausgestattet mit einem prachtvollen Kachelofen, einem Sessel und einem winzigen Schreibtisch, auf dem in schweren Stapeln meine Bücher ruhten.
(Bücher verfolgen mich wie eine Pest. Ich unternehme nie etwas, um sie mir zu beschaffen. Wo ich mich auch befinde, wachsen sie um mich empor, wie Pilze auf einem bestimmten Boden wachsen. Dicke Folianten, dünne Pamphlete, Bände, in denen es von Notizzetteln wimmelt, folgen mir wie anhängliche Geschöpfe durchs Leben. In meinem Haus in Västerås gibt es nur in der Küche freie Wandflächen; in meinem Arbeitszimmer füllen sie Wände und Tische und die Bodenflächen, die man nicht unbedingt zum Gehen braucht:

machtlos sehe ich den Augenblick näherrücken, wo meine Familie und ich von den Büchern hinausgedrängt werden und eine eigene Wohnung suchen müssen.)

Die übrigen Zimmer waren manchmal von dem Besitzer, öfter aber von seinen Freunden und noch öfter von den Freunden seiner Freunde bevölkert.

Das hatte schließlich die sonderbare Folge, daß man beim Frühstück grundsätzlich jedermann antreffen konnte. In dieser Küche mit ihren freundlich bemalten Kräuterdosen aus Porzellan und den verbeulten Aluminiumtöpfen habe ich mich beim Frühstück mit großen Schauspielerinnen unterhalten, mit dünnen Cambridgedozenten, alten Kindheitsfreunden, kurzhaarigen jungen Männern, die vielleicht noch vierundzwanzig Stunden davor zu einem amerikanischen Marineverband in Vietnam gehört und die Angst der Gejagten noch im Blick hatten, mit russischen Bassisten, jungen Maoisten, die mich bei einer Tasse Tee mit geeigneten Zitaten aus dem handlichen Büchlein des Großen Vorsitzenden erfreuten. Die Wohnung hat ihre großen Zeiten gehabt und ebenso lange Zeiten, wo sie so stumm und tot war, daß ihre Stille mich fast wahnsinnig machte und ich anfing, auf die asthmatischen Atemzüge eines alten Ehepaares zu achten, das in der Wohnung darüber wohnt und sich offenbar jeden Abend ein neues Bett zusammenschreinert, bevor es sich schlafen legt.

Eine Zeitlang wohnte hier eine ganze Familie mit einem kleinen Kind, über dessen Körbchen ich nicht selten im Dunkeln stolperte, wenn ich nach einer Theaterpremiere spät nach Hause kam.

An diesem zerkratzten Küchentisch sind nach und nach die Ideen der sechziger Jahre diskutiert worden, angefangen mit Alain Robbe-Grillets Romanen bis hin zum Straßentheater am Ende des Dezenniums, ja, ich wage zu behaupten, daß einige davon hier entstanden sind. Denn da niemand erwartet hatte, den anderen hier zu finden, sind zwischen den Gruppen Funken übergesprungen; geheimnisvolle und unwahrscheinliche Kontakte sind zustande gekommen, fruchtbare Ströme haben sich zwischen Kraftfeldern entwickelt, von denen niemand glaubte, daß sie zueinander in Beziehung stünden.

Jetzt erlebte die Wohnung in der Hagagatan eine ihrer langen stillen Perioden. Ein hochgetürmter Berg von Post versuchte mich zu Fall zu bringen, als ich zur Tür hereinkam. Eine Teetasse stand ausdruckslos noch immer an der Stelle, wo ich sie abgesetzt hatte. Ein riesiges Portrait von Che Guevara, das jemand beim Telefon in der Garderobe hinterlassen hatte, starrte mich mit feuchten Augen an.

Von plötzlicher Müdigkeit überwältigt, heulte ich lange und ausdrucksvoll mit kleinen nachschluchzenden Lauten; ich zog

mich mit beiden Händen an den Ohren und streckte die Zunge heraus, so weit ich nur konnte. Die totale Sinnlosigkeit dieser leeren Wohnung, all der Repliken und Geräusche, die sie erfüllt hatten, brach über mich herein wie eine Sturzflut.
Der Tag war anstrengend gewesen. Die Vormittagsstunde, in der ich gewöhnlich meine Post durchsehe und die Arbeit des Tages einteile, war mir von einem Herrn gestohlen worden, der mich rechthaberisch davon zu überzeugen versuchte, daß wir alle in Wirklichkeit im Inneren der Welt, im Inneren des Erdballs lebten, und daß die Sterne und die Galaxien in Wirklichkeit nichts anderes seien als Widerspiegelungen unserer eigenen neurotischen Ängste.
Ich machte den Fehler, ihm sofort zu sagen, daß ich ganz seiner Meinung sei.
Das machte ihn mißtrauisch, und er begann sogleich kleinlich nach sektiererischen Abweichungen meines Standpunktes zu suchen. Ich versicherte ihm, daß *einige* Galaxien nicht Widerspiegelungen unserer eigenen neurotischen Angst seien, sondern daß sie eine viel wichtigere, viel bedrohlichere Bedeutung hätten.
Das erschreckte ihn, und er bat um weitere Details. Ich teilte ihm mit, daß ich in Wirklichkeit ein Homunculus sei, den ein Alchimist in einer hermetisch geschlossenen Glasflasche züchtete, und daß ich mich deshalb nicht äußern könne, bevor nicht jemand den Pfropfen herauszöge.
Der hartnäckige Herr verstummte abrupt, zog vorsichtig seine fettfleckigen, zerknitterten und insgesamt unappetitlichen Manuskripte über den Tisch zu sich heran und verdrückte sich mit einem Blick, der angstvolles Erstaunen verriet, rasch aus dem Zimmer.
Der Mann war riesig, mit ungewöhnlich großen Ohren, die ihm ein komisches, hundeähnliches Aussehen verliehen, und trug einen johannisbeerfarbenen Blazer, der an den Ellbogen mit Leder verstärkt war.
Kaum hatte ich ihn mit einem erleichterten Seufzer durch die Tür verschwinden sehen, als auch schon eine muntere Stimme von der Kulturredaktion des Expressen mich fragte, ob ich in einer halben Stunde nach Marieberg kommen könnte, um mich mit drei Barschen fotografieren zu lassen.
— Warum denn? Ich will mich nicht mit Barschen fotografieren lassen.
— Du hast dich doch schon damit einverstanden erklärt. Hast du nicht selbst versprochen, für die Sonntagausgabe ein Rezept für Barsche in Sahnesoße zu liefern?
Herr Winbladh aus Sundyberg rief zum vierten Mal in dieser Woche an und bat mich, meine Ablehnung von »Am Strand des Binnensees« ausführlicher zu begründen.

Ich antwortete ihm, sein Gedicht sei zwar sicher sehr verdienstvoll, es scheine mir aber in ein anderes Jahrhundert zu gehören.
Herr Winbladh bat mich, zum dritten Mal in dieser Woche, ihm eine säuberlich numerierte Aufstellung der Regeln zu schicken, die man bei einem modernen Gedicht zu beachten habe.
Die Sekretärin legte mir einen Zettel auf den Tisch:
DIE ALBANISCHEN JOURNALISTEN WOLLEN NICHT LÄNGER WARTEN
Herr Windbladh versicherte, er könne uns, wenn er nur eine solche Liste mit Regeln bekäme, innerhalb von kürzester Zeit mit besseren Gedichten beliefern, als wir sie je zu veröffentlichen in der Lage gewesen seien.
Zerstreut hörte ich zu und blätterte dabei die morgendliche Korrespondenz durch. Ein Herr ließ ein dreißigjähriges Abonnement streichen, weil er unsere versteckte Propaganda für den Kommunismus nicht länger ertragen konnte. Vilhelm Moberg stellte fest, ich hätte endlich »die Maske fallenlassen«, indem ich die Rede des Ministerpräsidenten veröffentlichte, und kündigte sein Abonnement, das glücklicherweise ein zwanzigjähriges Gratisabonnement war. Eine neu herausgekommene, auf Matrizen abgezogene Zeitschrift verkündete in einem wehmütigen Leitartikel, daß ich ein wichtiges Element in der kapitalistischen Propaganda sei und Weisungen von Tel Aviv bekäme.
(Aber Israels Hauptstadt ist Jerusalem.)
DIE ALBANISCHEN JOURNALISTEN SIND JETZT SEHR UNGEDULDIG
Ich versichere Herrn Windbladh, er werde in zwei Tagen eine Liste erhalten, einen Codex, ein endgültiges Verzeichnis, das in 22 Punkten erschöpfend Auskunft geben werde über die Ansprüche, die man heutzutage an ein Gedicht mit dem Niveau von T.S. Eliots »Waste Land« stellt.
Ich legte den Hörer mit dem zähen Nachdruck auf die Gabel, mit dem der Held eines Dschungelfilms die Erwürgung einer lebensgefährlichen Boa constrictor beendet.
In diesem Augenblick rief Tor Nilsson, mein väterlicher Freund, aus der Setzerei an und berichtete, daß mein Umbruchschema irgendwo in der Mitte der Zeitschrift eine Seite leer gelassen hatte. Davor und dahinter lagen bedruckte Bogen: sie mußte gefüllt werden.
Nervös an meiner durch und durch feuchten Pfeife ziehend begann ich auf einem Notizblock ein Rezept für Aalrutte in Sahnesoße zu entwerfen, als der Bildredakteur von der Feuilletonseite des Expressen anrief und mich an die Barsche erinnerte.

– Habt ihr denn Barsche?
– ?
– Ihr braucht Barsche, um mich mit Barschen fotografieren zu können.
– Daran habe ich nicht gedacht. Aber das ist schnell erledigt. Wir schicken einen Funkwagen nach Stockholm und lassen den Chauffeur ein paar Barsche kaufen. Ich rufe dich dann wieder an.
Diese Findigkeit verschaffte mir eine Frist.
DIE ALBANISCHE KULTURDELEGATION IST JETZT FORTGEGANGEN UM IHRE ARTIKEL ZU SCHREIBEN
Es klopfte an die Tür. Mit seiner unbeschreiblichen karierten Sportmütze schief auf dem Kopf, sanft lächelnd, stand Göran Sonnevi in der Tür. Der stille Poet strahlte Wärme und eine ganz sanfte Kraft aus. Eine Aura von Ruhe umgab ihn. Ich legte ihm instinktiv den Arm um die Schulter, zog ihn an mich und fühlte, wie die Stille um ihn langsam auf mich überging.
Aus der Tasche zog er ganz sacht ein zusammengefaltetes Papier.
Es war ein Gedicht, und einzig dieses Gedicht konnte die leere Seite füllen, die bis zum Abend voll sein mußte.
Mit welch einer blinden Selbstverständlichkeit handeln nicht die Guten! Wie sehr sticht nicht ihre schlafwandlerische Sicherheit ab von unserer Unsicherheit, unserem Mißtrauen! Wie geduldig und langsam wächst nicht das Bild des neuen Menschen, das liebevolle, das allein unsere Bedingungen ändern kann!
Wann werden wir lernen, wie blindlings wir darauf angewiesen sind, auch mitten im Sturm, daß einige das Gute wollen?

Die Glocken dröhnten, der Schnee fiel von dem bleiernen Himmel, die Taxis hetzten den Restaurants der Stadt entgegen. Um mich herum Unklarheit, Opportunismus, Dummheit zum System erhoben und zu einer treibenden Kraft der Gesellschaft verwandelt. Die Literatur auf einem schmalen, einem lebensgefährlichen Plateau balancierend, immer weiter an den Rand der gewaltigen sterilen Lügenmaschinerien der Bewußtseinsindustrie gedrängt, die Kritik von ihrer eigenen Situation, ihrem verzweifelten Opportunismus gelähmt, der sie zwischen mädchenhafter Gefallsucht und unklarer Sentimentalität hin und her schwanken ließ. Über uns die weißen Strukturen des Todes, die Lügensprache der Ämter, die falschen Kompromisse des Staates, die toten, gleichsam gefrorenen Gesichter derer, die die Macht vertreten, der verkrüppelte, aufgezwungene Infantilismus der von ihnen beherrschten

Menschen, die Erotik in eine Angelegenheit für Massageapparate verwandelt, nach dem Konsummodell zu einer Frage der Klitorisreizungen gemacht. Und dasselbe schleichende Gift in meinen eigenen Adern unterwegs.

Nachdem Sonnevi mich verlassen hatte, ging ich fort, um mich mit drei Barschen fotografieren zu lassen. Die Suche nach einem Taxi, das mich in den abgeschiedenen Vorort bringen sollte, in dem die großen Stockholmer Zeitungen seit Mitte der sechziger Jahre ihren von der Umwelt isolierten Platz haben, führte mich bis hinunter zum Herzen der Stadt.

Und in dem grauen Winterlicht sah ich die gewaltigen grauen Gebäude sich auftürmen: die ungeheuren Steinmassen des Schlosses, der riesige Block der Kanzlei, der Reichstag auf seiner Insel, und spürte plötzlich zu meiner Überraschung, wie tief ich all das haßte, wie ich den Zentralismus dieses Landes haßte, seine Halbbildung, seine falschen Ansprüche, seinen eiskalten Ämterhochmut, seinen grenzenlosen Zynismus.

Ich stand an dem Geländer, das zum Wasser hinunterführt, im spritzenden Schneematsch, und haßte Schweden, haßte es tief in das siebzehnte Jahrhundert hinein.

Aber außerhalb des Lichtkreises, dort, wo die Dämmerung rascher fiel und wo jetzt wohl die kleinen Kinder mit ihren Ranzen auf dem Rücken auf schmalen, freigepflügten Wegen heimwärts gingen, vorbei an Melkschemeln und verfallenden Gemeindehäusern, da lag das Land, schweigend, und weder Segenssprüche noch Verwünschungen würden seine Stille stören können.

Auf dem Grund der gefrorenen Seen schliefen die Schwalben ihrer Zeit entgegen, tief unter dem Schnee der Wiesen, die Linné einmal *pratis vestmanniae* genannt hatte, schliefen dicht zusammengedrängt die Feldmäuse, und die Wärme, die diese blinden, haarigen kleinen Tiere vereinte, würde niemand stören können.

Der Engel, der Swedenborg besucht hatte, war noch nicht fort. In einem Wald von Jahren versteckt harrte der Gewaltige auf seine Zeit. Und irgendwo, in einer anderen Zeit, bei Dahingegangenen oder Ungeborenen, flatterten noch tausend bunte Schmetterlinge über Västmanlands frühlingsgrüne Wiesen.

Es muß an diesem Tag, in diesem Augenblick gewesen sein, daß mir zum ersten Mal bewußt wurde, wie weit mich meine Resignation schon geführt, wie tief die Verzweiflung in mir Fuß gefaßt hatte. Ich wußte nicht, wie lange schon. Seit den späten sechziger Jahren? Oder seit ihrem Beginn? Wo sollte ich suchen? Was würde ich finden?

Ich wußte noch nicht, daß der Augenblick, in dem wir die Tiefe unserer Verzweiflung erkennen, ein hoffnungsvoller Augenblick ist. Plötzlich die eigene Trauer in ihrem ganzen entsetzlichen Ausmaß zu sehen, heißt, am Schluß angelangt zu sein.

Die Phase, die die Psychologen Trauerarbeit nennen, beginnt.

Durch den Schneematsch pflügte sich das Taxi auf Marieberg und auf die gewaltigen Komplexe der Bewußtseinsindustrie zu. Der Chauffeur, ein magerer Student, der den derben Ledermantel nicht recht ausfüllte, betrachtete mich im Rückspiegel durch seine dünne Goldrandbrille. Er wollte mich von irgendetwas überzeugen und gebrauchte viele abstrakte Wendungen. Nachdem ich lange zerstreut mit »Ja« und »Nein« geantwortet hatte, wurde mir plötzlich klar, daß der junge Mann von Leo Trotzki und der Idee der permanenten Revolution redete. Es war ein noch sehr junger, ein unerfahrener Mann.

Ich hörte kaum zu. Meine Trauerarbeit hatte begonnen.

Das Mädchen mochte etwa einundzwanzig oder zweiundzwanzig Jahre alt sein. Sie trug zu dem kurzen grünen Rock hübsche goldene Strümpfe, ihre Augenlider waren bläulich getönt, ihr langes dunkelbraunes Haar fiel ihr bis auf die Schultern. Auf ihrem Schreibtisch stand eine halbleere Teetasse, und ein halbfertiges Farbdruckschema für eine kommende Sonntagsnummer bedeckte die Tischfläche. Auf dem großen Papierbogen bildeten Zeichen vieler verschiedenfarbiger Stifte ein Muster, das ebenso kompliziert war wie eine Bahnnetzkarte. In Quadraten und Rechtecken waren säuberlich die Namen von Berühmtheiten verzeichnet. Kriminelle Profiboxer, Teenageridole, Playboyadvokaten würden diese Seiten füllen: ihr steriler Aufmarsch sollte anderen helfen, die Leere zu füllen, die das Leben hinterlassen hatte.

Der Feuilletonredakteur war in London, um ins Kino zu gehen. Björn Nilsson war in die Kantine gegangen, um mit Olof Lagercrantz seinen Nachmittagskaffee zu trinken. Aus dem abgelegenen Zimmer des geistreichen und freundlichen Musikkritikers drangen die Klänge der Solobratsche aus Berlioz' »Harold in Italien«.

Das Mädchen telefonierte mit entlegenen Teilen des Unternehmens.

— Sie haben Schwierigkeiten, Barsche zu bekommen. Es ist nicht die richtige Saison.

— Bitten Sie sie, es mit Plötzen zu versuchen!

— Das können wir nicht. Es müssen Barsche sein. Sie haben doch ein Rezept für Barsche geschrieben. Ordnung muß sein.

Wir warteten. Ein Funkwagen war offenbar unterwegs zwischen Fischgroßhändlern und Eislagern von Haga bis Skan-

stull, auf der Jagd nach meinen Barschen. Der Fotograf ließ sich nicht blicken.
Mitte der sechziger Jahre waren fast alle Zwischenwände im Inneren des Zeitungshauses abgerissen worden.
Hier und da war eine Schreibmaschine zu hören. Die meisten Mitarbeiter waren ausgegangen. Fremde Hände schrieben in einer fremden Sprache. Die Weltgeschehnisse wurden isoliert und zu »Nachrichten« zerhackt, Nebensächlichkeiten wurden mit großen Feldschlachten gleichgesetzt. Hier herrschte eine Grammatik, die Kontinuität, Erinnerung, Bekanntschaft unter den Menschen leugnete, um sie statt dessen in illusorischer Gemeinschaft um gleichgültige Ereignisse, Gegenstände und Personen zu versammeln. Hier wurde eine neue Art von Welt geschaffen, eine, die es niemals gegeben hat, und die doch existierte, weil sie die einzige war, die Millionen von Lesern beschrieben wurde, und also die bekannte Welt. Hier wurde auf breiter Ebene jene Syntax gezüchtet, die man einmal für bemerkenswert gehalten hatte, als sie zu Anfang des Dezenniums in den neuen französischen Romanen auftauchte: die zersplitterte, die Syntax der nivellierten Ereignisse, die jedem Ereignis den gleichen Stellenwert gab und sie alle gleichmäßig voneinander isolierte.
So sieht ein Ort aus, wo das Bewußtsein einer Zeit entsteht.
Wenn man den Blick an der Decke entlangwandern ließ, konnte man erkennen, was für kolossale Proportionen der Raum tatsächlich hatte.
Die Größe der Bodenfläche verdeckten wie üblich in der modernen Bürolandschaft Tische, Wandschirme, Stühle, weiche, dämpfende Teppiche, verdorrte Kaktuspflanzen und Kaffeeautomaten. Nur vereinzelte Details unterbrachen die Monotonie der Raumaufteilung: ein riesiger Käfig mit Wellensittichen auf einem Tisch und ein Karton mit munteren weißen Ratten, die gerade dabei waren, sich einen Weg nach draußen zu nagen, hinter einer Gardine verborgen.
Dann und wann trafen neue Berichte von dem Funkwagen und seiner Besatzung ein. Einem Gerücht zufolge sollte es in einem Eislager in Söder Barsche geben, ein Motorradkurier nahm sich ein übergangenes Geschäft in der Altstadt vor.
Ich konnte mir unschwer vorstellen, wie es zu diesem Zeitpunkt in meiner Redaktion aussah: wütende ältere Herren, die mich anzutreffen gehofft hatten, um mir persönlich ihr Abonnement aufzukündigen, schüchterne junge Poeten, ergeben wartend, ein Journalist vom Observer, der mit mir über die Sünde in Schweden sprechen wollte, die Finanzabteilung, die mein Budget einsehen wollte, Doktor Per Meurling, der sich die Wartezeit damit vertreiben würde, einem Mädchen in der Telefonzentrale ein schönes und zutiefst obszönes Märchen

aus der Māhābāratha zu erzählen, über dem sie alle anderen Telefongespräche vergessen würde, bis sein Gespräch schließlich durchkam, Herr Windbladh, der telefonisch Auskunft haben will, ob ich nicht die Gedichte bekommen habe, die er heute morgen abgeschickt hat . . .
Ich beschloß, das alles zu vergessen. Das Mädchen erzählte von ihrem Leben. Ihre Knie waren mager, die Hände mit den gepflegten Nägeln nervös und lebhaft. Sie hatte in der Modeabteilung einer der großen Wochenzeitschriften angefangen, wo sie den Mannequins die Kleider aus der Garderobe brachte. In einer Zeitschriftenredaktion nach der anderen hatte sie mit Bildern, mit Layouts gearbeitet: mit den appetitlichen Farbfotos von gustavianischen Wohnzimmern, bevölkert mit neuernannten Regierungspräsidenten, Hummersoßen, mit dem Kronprinzen, dämlich, in der Uniform eines Seeoffiziers, mit naturkrausem Haar und dem ergebenen Blick des unrettbar Verlorenen, Premieren im Vasatheater mit dem Luxuspack und den Gipsmasken in einer schrecklichen, vergoldeten Prozession. All diesen Bildern, die an die Stelle des Lebens zu treten versuchen, hatte sie gedient, treu ergeben und mit einer Ehrenhaftigkeit, die es ihr verbot, Plötzen zu nehmen statt Barsche. Sie lächelte ein scheues Lächeln.

Die Kanzlerkonferenz

So setzte die Trauer ihr Werk fort. Der Winter war gekommen, das Eis legte sich langsam und feierlich über die großen västmanländischen Seen, die Höfe versanken immer tiefer im Schnee, das dunkle, schwarzblaue Eis verdichtete sich in den Schleusen des Kolbäcksån. Im frühen Morgengrauen und in der späten Dämmerung gingen die kleinen Kinder mit ihren Ranzen auf dem Rücken zwischen hohen Schneewällen die Wege entlang und wollten nichts als schlafen.
Aber aufs Land durfte ich nicht kommen: da gab es allzu viele Ereignisse, allzu viel Welt. Mein Kachelofen in Västerås strahlte im Laufe der Tage eine immer stärkere Wärme aus: welche unsinnigen Mengen von toten Manuskripten, verunglückten Essays, nie abgeschickten Briefen kann so ein alter blauweißer Kachelofen nicht schlucken!
Je tiefer es in den Winter hineinging, um so zahlreicher wurden die Phantasiegestalten, mit denen meine kleinen Kinder die Zimmer bevölkerten: »Herr Nipson« rief an, »Maj-Britt« wohnte auf dem Speicher, und früh am Morgen, unter ihren roten Decken, hörten sie »Maj-Britts« leichte Schritte, in der Dämmerung lief »Der große Hase« über den Hof.

Mich beunruhigte es, wenn sie den ganzen Tag lang mit niemand anderem als mit ihren Phantasiegestalten redeten und keinen von uns Erwachsenen eines Blickes würdigten.
Meine Frau, die klüger ist als ich, sah mich erstaunt an und sagte: — Aber das brauchen sie doch!
Eines Morgens rief mein stellvertretender Redakteur an und teilte mir sehr sanft, sehr ruhig mit, daß er es jetzt wohl nicht mehr schaffen würde.
Schlaftrunken fragte ich ihn, wer zum Teufel seiner Meinung nach um sieben Uhr früh irgendetwas schaffen könnte. Er erklärte mir, daß er es wohl nicht mehr schaffen würde, mein stellvertretender Redakteur zu sein.
In den letzten drei Jahren hatte dieser nervöse und hellhörige Mann ein Doppelleben geführt: tagsüber mein Assistent, nachts Theaterkritiker. Er war eines dieser Wesen, die man manchmal in Schlafwagen oder in den Wartesälen der großen Flugplätze oder auf dem Gang irgendeines Hotels trifft und die den Eindruck erwecken, als würden sie niemals anderswo leben als auf Flugplätzen, in Schlafwagen, in Hotelgängen. Die Abende verbrachte er im Zuschauerraum, die Nächte im Schlafwagen; in langen, ruhigen, bedächtigen Satzgefügen flossen seine großen, hochgeschätzten Theaterkritiken dahin.
Unsere Bekanntschaft reichte zurück bis in die fünfziger Jahre, in die Seminare von Uppsala, wir hatten ein Jahrzehnt lang kein einziges unfreundliches Wort gewechselt, wir hatten Hand in Hand gearbeitet, seine Kontakte zur Umwelt waren sanft und bedächtig.
Und jetzt schaffte er es nicht mehr.
Ich nahm das als ein Zeichen, als eine Warnung. Die großen magnetischen Felder um mich her waren in einer Veränderung begriffen, neue, unüberschaubare Zusammenhänge waren am Entstehen.
Die Zeitschrift würde mich monatelang ganz in Anspruch nehmen, mich in ihrer unkontrollierbaren Papierflut ertränken, bis ich einen Stellvertreter gefunden hätte. Es würde viel Zeit vergehen, aus dem Zusammenhang gerissene Eindrücke und Stunden würden mich jagen.
Drei Wochen waren vergangen seit jener Reise, die den Ausgangspunkt bildet. Sie ruhte in mir. Sie verhielt sich still. Spät in der Nacht, wenn alle zur Ruhe gegangen waren, spielte meine Stereoanlage in dem großen Arbeitszimmer den düsteren, trotzigen Marsch aus Hector Berlioz' »Symphonie Phantastique«.
Seine dunklen Töne waren das Zeichen. Sonst war alles still. Meine Aufzeichnungen zu Racines Tragödien beschäftigten mich zur Nachtzeit am Kachelofen. Das langgezogene »Speravimus« aus einem Chorsatz in Berlioz' »Te Deum« beschäf-

tigte meine Phantasie: worauf sollten wir hoffen? Was hatten wir zu erhoffen?

Privatbriefe gab es selten in dem mit Grünspan überzogenen Messingkasten unten am Zaun.

In den Zeitungen empörten sich pflichtschuldigst die konservativen Dozenten, die jetzt, am Ende der sechziger Jahre, über Nacht zu kritischen Staatsbürgerdiensten einberufen worden waren, über meine gerade in Buchform erschienenen Zeitungsplaudereien. Ich fand das natürlich und konsequent.

Nicht einmal E'.s charakteristische Schriftzüge tauchten auf einem der Umschläge im Briefkasten auf. Manchmal, spät am Abend, Jan Myrdals tiefe, starke Stimme aus Mariefred am Telefon: zu dieser Stunde des Abends sprachen wir über die Geschichte, über den Gang der Welt.

Die Papierstöße wuchsen. Die Tage in Stockholm wurden immer zahlreicher. Bizarre Tage.

Der Kanzler aller Universitäten des Landes berief die Mitglieder sämtlicher Fakultätsausschüsse zu einer Konferenz im Hotel Foresta ein, die Zeitung Expressen feierte mit fürstlichem Pomp ihr fünfundzwanzigjähriges Jubiläum. Ola Billgren stellte in der Galerie Belle in Västerås aus. Eigentümlich kontrastierte auf seinen Bildern roter Feuerschein gegen weißes Tageslicht.

Am Ende des Jubiläumsdiners, während in einer Ecke von Berns Salons noch getanzt wurde, konstatierte die Gesprächsrunde bei einem müden Kognak mit gedämpften Seufzern ein letztes Faktum: 1969 war das Jahr, in dem die Büstenhalter endgültig von den Busen der Mädchen verschwanden.

Am Morgen nach dem großen Jubiläumsfest kam ich mit einem schweren Kopf, noch halb im Schlaf, im Foresta an, um an dem Gespräch der vereinigten Fakultätsausschüsse mit dem Kanzler teilzunehmen. Wortkarg begrüßte ich meine Kollegen vom humanistischen Fakultätsausschuß, lange schmale, kleine rundliche, jungenhaft bewegliche Professoren; ich kannte sie noch aus den dunstgeschwängerten Studentenkantinen und Seminarräumen meiner ersten Jugend, die nun schon vor langer Zeit von Baggerschaufeln in Uppsalas geschändetem und mißhandeltem Zentrum in Schutt verwandelt worden waren. Das große Konferenzzimmer war bis zum letzten Platz besetzt. Per Olof Ekelöf, Professor für Prozeßrecht, nickte mir auf seine trockene wiedererkennende Art zu, als wollte er sagen: So, auch du, mein Junge? Warum brauchten sie dich als Geisel? Ich landete neben einer freundlichen, etwa fünfzigjährigen Laborgehilfin aus dem paläozoologischen Institut in Uppsala, Vertreterin einer Personalkategorie, die laut der letzten Satzung korporativ im Ausschuß repräsentiert sein sollte, ich borgte mir Streichhölzer, ich balancierte mit Mühe meinen schmerzenden Kopf mit seinem verworrenen Inhalt in den Händen.

Die freundliche Dame erklärte mir, daß ich den gewaltigen Stoß von vervielfältigten Papieren vor mir nicht behalten, sondern mir eins davon nehmen und den Rest weitergeben sollte. Kanzleidiener rollten einen unförmigen Overheadprojektor heran, weitere Kanzleidiener verteilten Diagramme an den Wänden, der Zeigestock wurde aufs Katheder gelegt, flüsternde Assistenten liefen geschäftig mit kleinen Zetteln zwischen den Tischen der Ministerialräte hin und her.

Wurde eine Schlacht vorbereitet, oder war es nur ein Scheingefecht, ein Manöver? Die Ministerialräte knipsten an den Schlössern ihrer Aktenmappen herum, die Kanzleidiener sammelten falsch verteilte Papiere wieder ein, das Hotelpersonal servierte Mineralwasser.

Die große Universitätsreform der sechziger Jahre hatte im großen und ganzen den Universitäten keine Mitbestimmung bei ihrer eigenen Planung und Verwaltung eingeräumt. In dieser Reform ging die Aufteilung der Wissenschaften in hermetisch voneinander getrennte, an das Wirtschaftsleben und die Gesellschaft angepaßte Fächer Hand in Hand mit einer fast totalen Zentralisierung der Macht über die Universitäten.

Die Fakultätsausschüsse, ursprünglich konzipiert als selbständige Organe mit der Möglichkeit, die Ängste und Nöte der Universität unmittelbar der Regierung vorzutragen, waren in letzter Minute durch einen geschickten Federzug irgendwo in den Labyrinthen der Bürokratie auf eine bedeutungslose Gutachterfunktion reduziert worden. Sie waren nunmehr harmlose Ableitungskanäle für die Unzufriedenheit, die nicht ausbleiben konnte, wenn die monatelang ausgearbeiteten Zuschußforderungen der Universitäten jedes Jahr mit der Regelmäßigkeit eines Uhrwerks beschnitten wurden und sich damit als illusionistisches Blendwerk entpuppten. Die Universitätspolitik war ein Meisterstück der Kunst der öffentlichen Lüge: auf dem Papier bestand jede Institution unangetastet fort, Pläne wurden niedergeschrieben, Komitees versammelten sich, uralte Einrichtungen wurden beim Namen genannt, als existierten sie noch, Gutachten kursierten zwischen den Instanzen, ohne jemals gelesen zu werden, kurz gesagt: hinter hohen Opernkulissen wirkte eisern die gleiche unsichtbare, zentralistische Hand wie auf so vielen anderen gesellschaftspolitischen Gebieten, hier jedoch mit größerer Konsequenz, mit einer grandioseren Diskrepanz zwischen Wort und Wirklichkeit, zwischen der Konnotation der Wörter und ihrer Denotation, zwischen Sinn und Bedeutung, als auf irgendeinem anderen sozialpolitischen Sektor.

Welches Ereignis hatte dieses Treffen veranlaßt? Hatte sich ir-

gendwo durch die Fugen des Gemäuers eine Unsicherheit eingeschlichen, war irgendein Geflüster bis zu einem großen, hellhörigen Ohr vorgedrungen, war irgendeine unendlich komplizierte syntaktische Konstruktion unter ihrer eigenen Schwere zusammengebrochen und hatte den ihr anvertrauten geheimen Inhalt dem Tageslicht preisgegeben?
Einbildungen! Phantasmagorien!
Endlich stand der Kanzler auf dem Katheder. Die geschmeidige, durchtrainierte Gestalt strahlte Vitalität und Gewandtheit aus. Ein jungenhafter Haarschopf fiel ihm in das sonnengebräunte Gesicht. Mit einem fröhlichen Lächeln ließ er seinen Blick über die Versammlung wandern und raschelte einladend mit seinem Manuskript, das diskret auf kleine Zettel im Duodezformat beschränkt war. Das Mineralwasser sprudelte im Glas. Er gehörte dem Typ an, der Anfang April seinen Sportwagen an der Promenade von Cannes entlanglenkt, im September pfeifend über die Golfbahnen von Cornwall schlendert: sein helles demokratisches Polohemd zeichnete sich von der dunkelgrauen, düsteren Draperie im Hintergrund ab.
Die paläozoologische Laborgehilfin gab mir ein paar starke Tabletten, die sie gegen Menstruationsbeschwerden bei sich hatte. Sie wirkten rasch: mein pochendes Kopfweh verschwand: vorsichtig legte ich den Kopf zwischen die Arme. Ein Fragment aus Claudio Monteverdis »Madrigali e canzonette«, erschienen 1651 in Venedig, schwebte mit halluzinatorischer Deutlichkeit durch mein Gedächtnis: »Con dardo di morte Il cor saneró«*
Glücklich versank ich in einer Welt, in der es keine Universitätsreformen gab, in der kein Vertrauen enttäuscht werden konnte: warme Dunkelheit und die goldenen Wellen des Madrigals: Dunkelheit, Wehmut und die goldene Schlinge eines Haares.
Aus dem leichten Schlummer wurde ich jedoch aufgestört. Ich hatte das Gefühl, nicht mehr allein zu sein. Den Kopf noch zwischen den Armen auf den Tisch gestützt, schlug ich die Augen auf. Ich merkte, daß der Kanzler der Universität mich mit seinen aufmerksamen, leuchtend blauen Augen ansah. In meiner Schlaftrunkenheit hatte ich den Eindruck, daß er mich zum Reden aufforderte. Ein diffuses Schuldgefühl veranlaßte mich, augenblicklich ums Wort zu bitten.
Ich erklärte, daß meine Erfahrungen mit kontinuierlicher, langfristiger Planung begrenzt seien, und daß ich gerade deshalb den eben vorgetragenen, hervorragenden Ausführungen mit großem Gewinn gelauscht hätte. Ich wies auf die Gefahr hin, die in jeder prognostischen Tätigkeit liegt: daß die Prognose nämlich, all ihrem Anspruch auf empirischen Unter-

* »Mit dem Dolch des Todes/werde ich mein Herz heilen«

bau und auf größtmögliche Objektivität zum Trotz, in Wirklichkeit zu etwas anderem, etwas Subjektivem werde, zu einem Instrument in der Hand der beschlußfassenden Behörden. Die möglichen Folgen: mangelnder Realismus, eine Kluft zwischen Wirklichkeit und Plan, zwischen dem Begriffsapparat der Prognosen und der historischen Entwicklung, stellten eine nicht zu unterschätzende Gefahr dar.
Auf einen Punkt wollte ich die Aufmerksamkeit ganz besonders lenken: im Kanzleramt beschäftige man sich in außerordentlich großem Umfang mit der Einrichtung, beziehungsweise Abschaffung von Planstellen an den Hochschulen. Wesentlicher als diese Planstellen seien aber vielmehr die Funktionen, die diese Planstellen erfüllen sollten. Kein Plan könne letztlich von der Frage absehen, welches die vornehmlichsten Aufgaben einer Universität seien, das heißt, von der Frage, was Wissen ist und welche Aufgabe es in einer lebendigen Gesellschaft hat.
Ich setzte mich mit einer leichten Verbeugung. Ein angespanntes Schweigen folgte auf meine Rede. Ich deutete es so, daß ich zu weit gegangen sei; ich hatte mich blamiert.
Ich versank in einen düsteren Halbschlaf, der Kopf sank immer tiefer zwischen die Arme. In langer Reihe folgten die Redner aufeinander. Ausbaupläne, Materialbudgets und bevölkerungsstatistische Prognosen bis hin zum Jahre 1985 (Herrgott! Wer wagt es, in seinem Privatleben Pläne für 1985 zu machen? 1985 kann ich mich in einem Internierungslager befinden, im Scheinwerferlicht in einer arktischen Landschaft bei Kiruna von Schäferhunden bewacht. 1985 findet meine Ordination unter feierlichen Zeremonien im Dom zu Västerås statt. 1985 liege ich bewußtlos in einer Klinik, mit Schläuchen in der Nase. 1985 pflüge ich in Ångermannland einen Acker mit einem Holzpflug, den ich selbst hergestellt habe und der von meinen Kindern gezogen wird. 1985 redet man in Saint Tropez über den exzentrischen Schweden, von dessen Yacht aus gerade ein schnelles Motorboot zum Festland geschickt wird, um zwei elegante Mannequins in weißen, breitrandigen Hüten an Bord zu holen, 1985 sind wir alle tot, 1985 zeichnet sich deutlich das Bild des neuen, des liebenden Menschen ab. Kurz gesagt: allein schon der Begriff 1985 enthält eine Herausforderung, eine Obszönität, die sich niemand in seinem Privatleben erlauben würde, die wir uns aber schamlos im Namen der Gesellschaft erlauben, als wäre sie weniger lebendig, weniger ausgeliefert, weniger blind und verletzlich als wir selbst.) wurden von dem Overhead-Projektor in eleganten Diagrammen auf die weiße Leinwand geworfen.
Plötzlich bemerkte ich etwas, das meine Aufmerksamkeit erregte ... Kein einziger von den Rednern versäumte es, Bezug

zu nehmen auf »Herrn Gustafssons Ausführungen«, »wie Herr Gustafsson schon sagte«, »Die Gustafssonsche Beobachtung«. Ich erstarrte. Ich hörte genau zu, ohne jedoch den Zuammenhang recht zu verstehen. Griff man mich an oder berief man sich auf mich, oder verwies man nur auf mich? Was war geschehen? Was hatte ich gesagt? Was hatte ich denn jetzt bloß angestellt?

In diesem Augenblick verkündete der Vorsitzende, daß in der Galerie ein leichter Lunch serviert werde und daß alkoholische Getränke extra bezahlt werden müßten.

Dann standen wir in Grüppchen auf den Gängen herum. Durch die Kippfenster des Hotels Foresta fiel die beginnende Winterdämmerung. Schiffe arbeiteten sich durch den Sund. Dort, wo die Brücke am anderen Ufer endet, tauchte verschwommen die aufgetürmte Masse des Värtagaswerks auf, das Gaswerk, in dem Knut Jaensson arbeitete, und wo durch Kohlenrauch, Dunst und Nebel, die die strenge Kälte des Nachmittags noch verstärkte, riesige gelbe Flammen aus den hohen Schornsteinen aufstiegen. Es gibt den Ernst. Es gibt die Güte. Ich muß meinen Ernst wiedergewinnen. Irgendwo wird man ihn eines Tages brauchen. Ich kann mich nicht ewig von meiner eigenen Angst zum Narren machen lassen, einer Angst, die mir von Menschen eingegeben wurde, die mir schon lange nichts mehr bedeuten, und die sie ihrerseits von Menschen geerbt haben, die schon lange tot sind. Welch ein Narrenspiel ist nicht meine Gebrechlichkeit, meine Angst, meine Furcht davor, daß niemand mich lieben könnte. Und wie sehr habe ich nicht den Kräften des Todes, des Untergangs gedient, indem ich die Liebe verleugnete, die in mir ist. Es gibt nur eine Wahl: die zwischen Gemeinschaft und Untergang, und wir müssen uns entscheiden.

Ich werde von Dämonen gejagt, wo ich auch bin, verfolgt mich das Geflüster der Konspirationen, man verachtet mich und lacht mir offen ins Gesicht: das große durchdringende Teufelsgelächter des Hohns, das Hohngelächter, das die ausgeschlossenen Wasserspeier an den Außenmauern von Notre Dame in den Raum schleudern.

Aber hätte das irgendeine Bedeutung, wenn ich nicht selbst mit dem Hohn zusammenarbeitete, wenn ich mich nicht selbst mit dem Tod in mir einließe?

Die Konspirationen sind da, sie umgeben mich wirklich. Das Hohngelächter läßt sich nicht verleugnen: es ist da. Aber auch Viren umgeben mich: in dem Luftvolumen eines Zimmers sind immer Zehntausende von Virusarten vorhanden, immer ein paar Bakterien der großen Pest. Mit ihnen arbeite ich nicht zusammen. Mein Körper braucht sie nicht, sie berühren mich nicht.

Ich weiß, daß meine Angst letztlich ein Narrenspiel ist. Ich weiß, daß die Kraft da ist, daß ich zuinnerst aus reinster Kraft bestehe.
Nicht die Nähe des Todes war es, sondern daß ich mich mit dem Tod einließ. Nicht der Zustand der Welt machte mich trauern, sondern daß ich ihren Zustand als selbstverständlich hinnahm: das ist meine Trauer.
Geheimnisvoll bewegten sich die fernen, hohen Flammen des Gaswerks. In der Stadt waren die Lichter schon angezündet. Ich spürte eine Hand auf meiner Schulter.
— Was Sie gesagt haben, sagte der Jüngste der Ministerialräte, war außerordentlich interessant. Können wir uns beim Lunch nicht zusammensetzen?
— Was Sie gesagt haben, führt unter anderem zu der Konsequenz, daß die Posten der Professoren abgeschafft und durch ein System von beweglichen Ämtern ersetzt werden könnten. Vielleicht könnten wir uns einmal bei einer Tasse Tee treffen und ein bißchen eingehender darüber diskutieren?
— Was Sie gesagt haben, erinnert mich an etwas, was ich in einem Artikel in Tiden zu formulieren versucht habe, sagte der dritte Ministerialrat.
— Der Kanzler würde großen Wert darauf legen, Sie beim Kaffee an seinem Tisch zu haben, sagte ein Bürosekretär, da er leider bisher keine Gelegenheit hatte, Sie zu begrüßen.
Mit unsicheren Händen entfaltete ich meine Serviette und breitete sie auf meinem Schoß aus. Propere Damen in frischgestärkten Schürzen servierten Schollenfilets, die mit dünnen Zitronenscheiben garniert waren, und harte, halbgare Kartoffeln. Professoren und Beamte plauderten miteinander. Verschlüsse von Bier- und Sprudelflaschen knallten.
— Haben Sie nach »Letzte Tage und Tod des Poeten Brumberg« eigentlich noch einen Roman geschrieben? fragte ein rotbäckiger kleiner Dozent am Ende des Tisches.
— In meinem Ministerium ist ein kleines Zielsetzungskomitee in Vorbereitung, sagte ein magerer, sehr gepflegter Herr, den ich nicht kannte. Das heißt, es ist noch keine Vorlage eingebracht worden, aber das kommt noch. Die meisten Mitglieder sind schon benannt, aber könnten Sie nicht vielleicht?
Eine glänzende Karriere auf dem Ausbildungssektor eröffnete sich mir.

Diskurs über den Briefwechsel des Winters

Nun vergingen die kurzen Tage immer schneller. Die Zeit selbst schien mir Böses oder Gutes zu wollen. Manchmal erwachte ich in der schwarzen Dunkelheit in meinem Zimmer in der Hagagatan, schüttelte die Bücher ab, über denen ich am Abend zuvor eingeschlafen war und die kreuz und quer auf der roten Decke aufgeschlagen lagen, und wurde hellwach bei ihrem Lärm.

Manchmal fand das Erwachen auch zu Hause in Västerås statt: ein erschrecktes kleines Kind kroch lautlos in mein Bett und machte sich ein warmes und sicheres Nest unter meinem Arm, drehte sich im Schlaf um und verschwand in seiner eigenen Welt.

Schnee fiel, er sank in großen, trägen Flocken herunter. Die Spatzen fanden keine Sonnenblumenkerne und Brotkrümel mehr auf meinem Futterbrett, die rundliche, freundliche Postbotin stapfte durch den Schnee, ihre Tasche war voll von Einladungen zu rumänischen Lyriktagen, Diskussionsabenden in Stockholm und Malmö über den Zustand und die Krise der Welt, neuen Lyriksammlungen, Vietnambulletins, Le Mondes Wochenbeilage mit detaillierten Berichten über Kämpfe im Mittleren Osten, Revolutionsbewegungen in Lateinamerika und die beginnende große Dämpfung der Konjunktur in den Vereinigten Staaten, über den Krieg im Sudan, den Krieg im Irak, den Krieg in Vietnam, den Krieg in Laos, den Krieg zwischen Nigeria und Biafra. Da kamen Bücher von norwegischen Soziologen an, mit Formeln gespickte Aufsätze von amerikanischen Universitäten, an denen ich einmal Vorlesungen über Logik gehalten habe, Einladungen zu christlichen Meditationstagen in Runmarö, auf Matrizen abgezogene Zeitschriften, in denen Mitglieder der linken Organisationen einander beschimpften, Einladungen zum Philosophischen Verein in Uppsala, wo die Dozenten Åqvist und Wennerberg Seminare zum Thema »Die Logik der Fragen« veranstalteten, und Briefe von Schweizer Theatern, die die »Nächtliche Huldigung« spielen wollten.

Privatbriefe, die lebendigen Stimmen, die waren seltener, die hatten es schwer, sich Gehör zu verschaffen in diesem babylonischen Marktgewimmel von Angebot und Gegengebot. Ein Junge aus Lund schickte mitten im Schnee einen Brief und fragte mich etwas über meine Lyrik: jemand hatte ihn aufgefordert, eine Art Seminararbeit zu schreiben. Ich war erstaunt, fast schockiert darüber, daß diese Gedichte immer noch für irgend jemand existierten. Für mich waren diese dünnen Büchlein so unwiederbringlich fern und verloren wie die regnerischen Sommer der frühen sechziger, der späten fünfziger Jahre.

Die Lyriker der sechziger Jahre, ein Tranströmer, ein Sonnevi, ein Forssell, ein Petter Bergman, hatten, wie ich selbst, in einer fast unmöglichen Situation ihr Bestes gegeben. Sie hatten sich ihre Handwerksehre erhalten, sie hatten es vermieden, ihr Ge-

dicht zum Objekt zu machen, zu frostig sterilen Verkaufsprodukten von der Art, mit denen die Maler dieser Periode unter verzweifelten Witzeleien ihre Zeit verplempert hatten. Keiner von ihnen, und am allerwenigsten ich selbst, hatte die Kraft oder den Mut oder die Zähigkeit gehabt, mit Überzeugungskraft und Stärke zu reden. Sie hatten, jeder auf seine Weise, auf Gebiete hingewiesen, wo noch menschliche Werte vorhanden waren, hatten sie nervös eingekreist, sie im grellen Blitzlicht der Metaphern zu photographieren versucht. In einer Sprache, die scheu und rein und keusch sein konnte wie bei Sonnevi, oder unrein, obszön und aufdringlich wie bei Lars Norén, hatten sie Formen der Unruhe, des Entsetzens, des Glücks, der Verzweiflung gezeigt, aber immer mit einer unausgesprochenen Scheu, als könnte die Lyrik nicht mehr selbstverständlich einen Platz in der Welt beanspruchen.
Und ich selbst? Der Brief des Studenten aus Lund erinnerte mich mit fast physischem Schmerz an alles, was meine eigene Lyrik mich einmal gekostet hatte, wie ich sie ein für allemal der schon toten, sterilen Gewänder entledigt und langsam, langsam versucht hatte, sie das Sprechen zu lehren, wie ich sie zu lehren versucht hatte, einen Zustand festzuhalten, eine Unruhe, ein Glück, eine Trauer, weil diese festgehaltenen Zustände auf eine erschreckende Weise das letzte waren, was mich mit mir selbst und mich selbst mit der Geschichte verband, mit der Geschichte des lebendigen Menschen, des kommenden Menschen.
Und wie zuletzt, als sie sprechen konnte, niemand zugehört hatte. Und hatte ich ihr etwa selbst zugehört?
In diesen Gedichten gab es, in verschiedenen Formen, auf verschiedene Arten, das Bild einer Freiheit, einer Möglichkeit zu fliegen, einer Möglichkeit sogar zur Liebe. Vorsichtig, über die Schulter, mit halb abgewandtem Gesicht, hatte ich von dieser Welt der Möglichkeiten geflüstert, als gehörte sie nur mir (oder fast nicht einmal das), als wäre sie ein Kuriosum, das es nur dort geben könnte. Ich hatte geredet, ohne auch nur einen Augenblick lang zu begreifen, daß ich von der Welt aller Menschen, einer gemeinsamen Welt sprach.
Die Lyrik der sechziger Jahre: wieviel Genialität bei einem Tranströmer, einem Sonnevi, einem Forssell! Die Lyrik der sechziger Jahre: wieviel Genialität umsonst! Oder war es nur so, daß ich ihnen meine eigene Trauer und Machtlosigkeit zuschreiben wollte?
Vielleicht waren es nur diese verschwundenen Sommer, diese verschwundenen glasklaren Wintertage, an denen ein Fenster geöffnet wird und plötzlich einen Lichtstrahl ins Zimmer wirft, oder ein kleiner schwarzer Hund ziellos übers Eis davonläuft, die fröstelnde Unruhe in den verschwundenen Win-

tern der sechziger Jahre, die ich verleugnen wollte. Sprich über die Schulter! Sprich gegen den Wind! Sonst besteht Gefahr, daß du gehört wirst!
Mitten im Schnee, hätte ich fast gesagt, entdeckte ich eine neue Malerei, eine, die nicht aus leerer Gewitztheit bestand, keine tote Fabrikation sich anpreisender Handelsobjekte, vielmehr eine, die mit Überzeugungskraft und Wärme redete. Eine neue Kunst strampelte schon in ihrer Gebärmutter. Sie kam von unerwarteter Seite.
In ihrem Atelier, wo Ranken aus dreißig Blumentöpfen sich an den hellen Wänden entlangschlängelten und wo kleine Wildkaninchen über Tische und Stühle sprangen, zeigte mir Ulla Viggen den blauen, endlosen Sommerhimmel, über den dünne Wolkenstreifen zogen, und erklärte, daß sie ohne jedes Gefühl von Anstrengung male, mit einer Kunststoffarbe, die innerhalb von einer Minute trockne und danach nicht mehr verändert oder retuschiert werden könne. Jan Håfström lehnte sich in dem Schaukelstuhl vor, in dem er während des ganzen Gesprächs still gesessen hatte, und sagte mit plötzlicher Überzeugung:
— Ich muß dies wiederholen: es gibt einen Ozean auf allen Seiten.
Was hatte ich von diesen Menschen zu lernen? Was sahen sie? Was wurde hier vorbereitet?
In einer Gesellschaft, die morsch war von Lügen und Kompromissen, in der nicht nur die Menschen, sondern auch der Staat selbst im eisenharten Griff größerer Mächte gefesselt war, in der die Ruhe gewahrt wurde durch das stupide Geflatter des Fernsehen, durch die Müdigkeit und Betäubung der Muskeln, durch die feste Überzeugung, daß alles, was uns zustieß, Natur war und sich nicht würde verändern lassen, sprach jemand: von der Überwindung der Angst, von einem Ozean, den es auf allen Seiten gab.
Und die Wintertage vergingen, immer schneller, als wollte die Zeit etwas. Briefe kamen an, Briefe und Zeichen, auf bekannten und unbekannten Kanälen.
Während der Revolution von 1830 streift Hector Berlioz durch die Straßen von Paris. Barrikaden, ausgerissene Bäume, geschwärzte Fassaden, Tote ... Und vor allem: Menschen in Bewegung, ein Volksgewimmel, erschreckte, unklare, entschlossene Gesichter. Er hat Angst vor dem Schrecklichen, aber er fühlt sich auch sicher. Sicherheit und Angst vermischen sich und er geht mit raschen Schritten den Boulevard mit seinen abgesägten Bäumen entlang.
Weiter unten hört er auf der Straße Gesang, eine singende Gruppe von Handwerkern und Gardesoldaten, die sich den Aufständischen angeschlossen hatten: sie singen seine eigene

Musik, eine seiner Hymnen, aber mit neuen Worten, aus der feierlichen Hymne ist ein Revolutionslied geworden! Mit seiner prachtvollen Stimme schließt er sich den Sängern an, er singt mit, ein Handwerksbursche, der den Gesang leitet, ein baumlanger Kerl mit pickligem Gesicht, ein richtiger Klugscheißer, verbessert ihn an einer Stelle, verbessert ihn, Berlioz!

Jetzt lernt er etwas über sich selbst, das er noch nicht wußte. Auch dies gehörte zu dem, was seine Musik wollte: sie war nicht nur für ihn selbst da.

Der Winter vergeht, Schneematsch platscht einem um die Füße, die Briefe häufen sich, die Herausforderungen häufen sich, die Trauer setzt ihr Werk fort.

Eines Abends sitze ich im Restaurant Gourmand, in der Nähe des Sveavägen, allein, mit einem dieser gegrillten Beefsteaks, die das einzige sind, was Stockholms sterile, phantasielose Restaurants bieten können, einen wässrigen, einen unbegabten Wein im Glas, und dazu eine halbgare Kartoffel in Stanniolpapier. Ein paar eigentümlich feminine Jünglinge neben mir reden mit lispelnden Stimmen von der »entzückenden« Einladung bei einem ihrer Väter oder jemandes anderen Vater, sie trinken das seelenlose, nivellierte, unpersönliche Mischgesöff aus mittelmäßigen Weinen, das sich »Le Cardinal« nennt und loben es, als wüßten sie etwas von den humanen, lebendigen Kulturprodukten, die die Bordeauxweine sind, sie sprechen über eine ihrer Freundinnen, der ihr Vater das Monatsgehalt auf zweitausend Kronen erhöht hat. Sie sind so demonstrativ laut, daß ich mich frage, ob ich zu ihrem Tisch hinübergehen und ihnen zu der Erhöhung gratulieren soll.

Der schreckliche, schwere Bratendunst in dem schlecht gelüfteten Restaurant wird plötzlich aufdringlich: ich nehme immer mehr Gesichter um mich her wahr. Diese Gesellschaft mit dem Vater im gestreiften Anzug, mit einem unbeweglichen, toten Gesicht (dem Gesicht der Macht), der Mutter, die ständig redet, dem Sohn, der sich beflissen vorbeugt, der Tochter, die schweigend dabeisitzt. Diese Herren, die dasitzen und ganz unverhohlen über einen abwesenden Kollegen aus ihrer eigenen Abteilung herziehen und hoffen, daß er möglichst viele Fehler macht, damit sie ihn loswerden können, dieser gräßliche, kraushaarige junge Mann im Blazer mit den fetten Backen, der dasitzt und über die Elchjagd spricht. Wo bin ich gelandet? Warum bin ich hierher gegangen? Und die Stimmen! Gibt es hier keinen einzigen Menschen, der über eine normale Stimmlage verfügt? Keinen einzigen, vielleicht mit Ausnahme der italienischen oder möglicherweise arabischen jungen Kellner, die servieren. Gequetschte Falsette, effeminierte Männerstimmen, gekünstelte Aufschreie, falsche Betonungen, schlechte,

verschwommene, umherfließende Vokale, vermanschte Konsonanten, ein stakkatohafter, gehetzter, schneidender Rhythmus, wo bin ich? Gibt es hier niemanden, der *sprechen* kann? Was sind das eigentlich für Tonfälle, für Stimmlagen, die hier vorherrschen? Wer hat sie uns aufgezwungen? Bratengeruch, schaler Parfumduft, Zigarettenrauch, all das habe ich vorhin nicht einmal bemerkt und jetzt erstickt es mich beinahe.
Mit diskreten Zeichen gebe ich dem Ober zu verstehen, daß ich zahlen will. Er sieht mich nicht. In winke den italienischen oder türkischen Kellnern. Sie sehen mich nicht. Herr Warburg, der Wirt, durchquert den Raum, nickt liebenswürdig nach allen Seiten. Ich räuspere mich, ich huste. Man hört es nicht. Es ist plötzlich, als hätte ich aufgehört zu existieren, als wäre ich für niemand mehr greifbar, außer mir selbst.
Nun folgen vierzig sonderbare, qualvolle Minuten, die ich für immer als grenzenlose Hölle im Gedächtnis behalten werde.
Kellner kamen und gingen. Neue Gäste trafen ein, wurden zu neuen Tischen geleitet, bestellten ihre Fleischstücke, ihre gebackenen Kartoffeln und bekamen sie. Gäste bekamen ihre Rechnungen, bezahlten, verschwanden.
Nur mich sah man nicht.
Einmal, an einem windigen Frühlingsmorgen mit Regen von der Ostsee her, hatte ich zweiundvierzig Minuten lang in dem großen einsamen Speisesaal des Hotels Sopot in Gdansk gesessen und mein Frühstück zu bezahlen versucht. (Eine Eigentümlichkeit der polnischen Kellner ist ihre totale Unkenntnis der elementaren numerischen Algebra, in der sich die Mathematik der Wirtshausrechnungen im wesentlichen abspielt, und sie vermeiden es so lange wie möglich, auf die Probe gestellt zu werden.)
Es war ein kalter, windiger Morgen in Gdansk. Die Kastanien ließen ihre eben ausgeschlagenen Blätter im Regen hängen. Graue Wellen schlugen an den Strand. Aber im großen und ganzen war alles gut. Nichts bedrohte mich: die großen Räume mit ihren Stuckornamenten waren von dem grauen und keuschen Licht des Maimorgens erfüllt.
Die Luft war rein.
Im Restaurant Gourmand war ich gezwungen, siebenundvierzig Minuten lang zu warten, während meine Lungen bis in die feinsten Kapillaren hinein Bratenfett einatmeten, während mir langsam der Kopf vor rasenden Schmerzen platzte, während die affektierten Tenöre und die gequetschten Soprane um mich herum sich zu einem Höllenlärm steigerten, mit ihren Steuerrückständen, ihren Taschengeldern, ihren Elchjagden, ihren Aufenthalten auf den Balearen, ihrer verschwommenen Phonetik, ihrer steifen toten Syntax. Das Hohngelächter der Dämonen, das Kläffen der Hunde!

Was hinderte mich daran zu schreien, zu rufen, mit den Armen auszuschlagen oder wenigstens die Stimme zu erheben? Ich weiß es nicht. Ich war allzu niedergeschlagen, allzu paralysiert, schon allzu gedemütigt, um deutlich zu machen, wer ich war, wo ich mich befand.
(Wenn ich als kleines Kind litt, dann litt ich auf die gleiche Art. Und im Innersten dieses abscheuliche, *verlegene* Gefühl, daß man sich dies alles selbst zufügt.)
Ich will Frieden haben, Klarheit, Vernunft, größere Ansprüche, eine reinere Syntax — ich wäre bereit, viel mehr zu bezahlen als es diese erbärmliche Rechnung verlangt, wenn ich nur in die reine Winterluft hinauskommen könnte (es hat jetzt zu schneien aufgehört), wenn ich meine eigenen Gedanken wieder ganz deutlich vernehmen könnte.
Und endlich, nach siebenundvierzig Minuten, entdeckt mich einer der Kellner und läßt mich zahlen. Paralysiert und gedemütigt nehme ich die widerlichen kleinen Rabattmarken entgegen, die er mir überreicht.
Bevor ich draußen bin, kommt mir der glückliche Einfall, die idiotischen kleinen Papierfetzen den effeminierten Jünglingen zu geben, die kaum reagieren können, als ich auch schon zur Tür hinaus bin, die für immer hinter mir zuschlägt.
(Wieviele Türen schließt man nicht auf diese Art in einem Leben? Wieviele öffnet man?)
Und spüre, ganz weit im Hinterkopf, daß ich etwas vergessen habe, etwas Wichtiges, daß etwas fehlt, ein wichtiges Spurenelement, das in mikroskopischen Dosen den empfindlichen Geweben des Körpers zugeführt werden muß, damit sie nicht absterben, etwas mit klarerer Luft, und daß nur nicht . . .

Noch den ganzen Sveavägen entlang, noch auf der Treppe zur Wohnung in der Hagagatan such ich in meiner Erinnerung nach dieser verlorenen Substanz; ich setze Teewasser auf den Gasherd, ohne mich recht erinnern zu können, noch bleich vor Wut über die Demütigung, daß mich in einem Restaurant niemand hat sehen wollen, und gedemütigt davon, daß ich mich von etwas so Bedeutungslosem demütigen lasse, und mit dem glasklaren Bewußtsein, daß dies mein Problem gewesen ist, seit ich drei Jahre alt war: daß niemand mich hat sehen wollen. Und ist es nicht doch eine Lüge? Sieht nicht meine Frau mich an mit ihren flinken, klaren Augen, sehen nicht meine kleinen Kinder mich an? Was kann ich mehr begehren? (Briefwechsel, Widerhall, Kommunikation, was auch immer, auch Widersprüche: denn die Welt ist da, wo dir widersprochen wird.)
Daß jemand mich ansehen, mich auf eine besondere, auffordernde Art ansehen würde, als könnte ich . . .

Sehr leicht finde ich unter den unzähligen Namen, Telefonnummern, Adressen, Kryptogrammen in meinem kleinen schmutzigen Taschennotizbuch mit den Eselsohren die richtige Nummer heraus.
Den Kopf neben dem uralten Wandtelefon an die braune Tapete gelehnt, die nachdunkelnden Rosen der Tapete betrachtend, ab und zu einen Blick auf die undeutliche Bleistiftschrift des Notizbuches werfend, taste ich mich durch die lange Richtnummernserie, die zu dem internationalen Telefonnetz führt, durch die Richtnummer, die über endlose preußische Lehmäcker, durch Koaxialkabel tief unter den Gräben der Alleen auf Berlin zuführt. Ferne Stimmen und ein Rauschen. Es ist eine Nacht voller Störungen, voll von fremdem Gemurmel. Und dann schließlich das fremde und glockenhelle Läuten. Eine tiefe Männerstimme antwortet.
— Piatowski.
— Professor Piatowski?
— Leider nein.
— Dozent Piatowski?
— Nein.
— Genosse Piatowski?
— Nein. Keineswegs. Also hier ist der Gärtner Piatowski in der Königin-Louise-Straße.
— Ach wie gut, Herr Piatowski, daß ich Sie erreicht habe.
— Ja?
— Es geht um meine Stockrosen.
— Ach so?
— Sie sind noch nicht herausgekommen.
— Das kann möglicherweise daran liegen, daß wir heute den zweiten Dezember haben.
— Meinen Sie wirklich, Herr Piatowski?
— Ja, freilich.
— Also schön, Herr Piatowski. Dann sehen wir uns vielleicht, wenn es Frühling wird?
— Ja freilich.
— Also dann, vielen Dank, Herr Piatowski. Und auf Wiedersehen. Darf ich Sie bitten, die Neffen zu grüßen?
— Danke, das werde ich ausrichten.
— Und Fräulein Elfriede?
— Fräulein Elfriede? !?
— Ja natürlich.
— Sie müssen sich geirrt haben!
— Das glaube ich auch. Auf Wiedersehen, Herr Piatowski.
Verflucht sei meine Angewohnheit, die 9 und die 4 immer so zu schreiben, daß sie nicht zu unterscheiden sind!
Wieder hinaus in das geheimnisvoll summende Leitungsnetz. Aber jetzt ist es wie verhext, Sperrzeichen unterbrechen mich,

der Anschluß ist nicht in Ordnung, ich bekomme ein Besetztzeichen, bevor ich eine einzige Ziffer gewählt habe, ich werde mit dem Nachtwächter in einer Brauerei in München verbunden, mit einem Nachtclub in Södertälje: jegliche Kommunikation verweigert sich mir, gleitet mir aus den Händen. Niemand will mich hören.
(Niemand liest meine Bücher. Die Kellner im Gourmand sehen mich nicht. Ich gehöre zu einer Welt, die nur in der Phantasie existiert. Sie könnte sich auflösen.)
Ziehe dann den kleinen Korbstuhl ans Telefon, setze mich zurecht, räuspere mich, krempele die Hemdsärmel hoch und beginne wieder von vorn 00949-311 . . .
Die glasklare Stimme, die jeden Vokal bis zur Vollendung artikuliert, in der jeder Konsonant vor Leidenschaft und Kraft, vor Menschlichkeit vibriert, ist augenblicklich da. Durch den letzten Sturm des Monats Oktober, durch Regen und Herbst, durch Schneefall und Stille des Winters, durch die Monate, die vergangen sind, durch all meine mühsame Trauerarbeit dringt er hindurch: mein Ariadnefaden.
— Guten Abend, Frau Dozentin, hier ist der Gärtner Piatowski aus der Königin-Louise-Straße.
— Guten Abend.
— Es geht um Ihre Stockrosen.
— Meine *Stockrosen*?
— Ja, sie machen mir langsam Sorgen. Sie hätten um diese Zeit schon herauskommen müssen. Es ist ja heutzutage schwer, Personal zu bekommen. Ich glaube, einer meiner jüngeren Mitarbeiter hat einen Fehler gemacht: er hat sie zu tief in die Erde gesetzt. Man muß sie umgraben, alles muß wieder aufgerissen werden. Die Genauigkeit hat sehr zu wünschen übrig gelassen. Ich schicke zwölf meiner besten Leute schon morgen früh um fünf Uhr, oder nein, wenn es Sie nicht stört, möchte ich sie schon um halb vier schicken. Und dazu ein paar von meinen besten Stockrosen, zwei Wagenladungen voll, und Rosen für Ihre Wohnung, rote, rosa, rote, rosa, gelbe mit kleinen roten Streifen, Peace, Queen Elizabeth, Frühlingszauber, Pink Cloud, Miss Liberty, Schneewittchen, Sangershausen, Poulsens Pink (ein Samenkatalog aus dem Sommer 1959 lag zufällig auf dem Tischchen neben dem Wandtelefon), Lili Marleen, nein, nicht Lili Marleen, Moulin Rouge — ich werde Ihre Wohnung mit Rosen überschwemmen, ich werde sie zu einem Meer von wunderbaren Blumen machen.
Das tun wir immer, wenn wir bei unseren Kunden einen Fehler gemacht haben: das steht im Reglement. Paragraph drei, zweiter Absatz.
Ich hörte ihr starkes, befreiendes Lachen.
— Herr Piatowski, ich durchschaue Sie. Sie rufen nicht aus der

Königin-Louise-Straße an, Sie rufen aus Stockholm an. Wie lieb von Ihnen, daß Sie anrufen.
— Erinnern Sie sich an mich?
— Natürlich erinnere ich mich an Sie. Ich denke oft an Sie. Sie habe ich wirklich *gesehen.* Wie geht es Ihnen eigentlich? Ich finde, Ihre Stimme klingt so merkwürdig. Ist die Verbindung schlecht? Oder sind Sie jetzt wieder unglücklich? Warum trifft man Sie nur an, wenn Sie unglücklich sind? Ich möchte gern wissen, wie Sie aussehen, wenn Sie glücklich sind. Was tun Sie da oben den ganzen Winter? Jagen Sie Bären? Oder Rentiere?
— Ich bin mit einer Arbeit beschäftigt.
— Was ist es denn für eine Arbeit?
— Eine Trauerarbeit.
— Die leisten wir alle. Sie können beruhigt sein.
— Ja, die leisten wir alle. Können Sie mir helfen?
— Ja. Vielleicht.

Später, tief in der Nacht, las ich. 1966 schreibt Jan Håfström: »Aber ich fühle, wie die Museen allmählich entneurotisiert werden, das fest verankerte Entsetzen vor dem Unbekannten jenseits des Jura läßt nach, und all diese Garantien, Sicherheitsprojektionen können abgeschrieben werden. Es gibt einen Ozean auf allen Seiten.
Ich muß dies wiederholen: es gibt einen Ozean auf allen Seiten.«

Der Sturm

Ein Ozean auf allen Seiten?
Aber wie erreichen wir ihn? Kam nicht in fast allen Erzählungen der Schluß allzu früh, allzu leicht? Ozean auf allen Seiten — ich sehe dich nicht, denn du bist hinter dem Wald, der Zeit, den Kontinenten verborgen. Ich glaube schon, daß es dich gibt, aber zwischen dir und mir und zwischen uns und dir ist die Geschichte, und die müssen wir leben.
Nein. Ich fange noch einmal an. Es gibt in der Epik keine Abkürzungswege und nur eine Möglichkeit, zu erzählen wer ich bin: es zu tun.
Ich versuche, über meine Zeit zu reden und finde nichts als meine Angst, und ich weiß nicht, was zuerst kommt: meine Angst, oder die Angst der Zeit, in der ich lebe. Ich weiß nicht, was lächerlicher ist: das Narrenspiel, in dem ihr mich zappeln seht, oder das Narrenspiel, in dem ihr selbst agiert. Nun gut, dann laßt uns lächerlich sein, und laßt uns nach Herzenslust übereinander lachen! Daß es nutzlos ist, uns zu verstecken,

zu schweigen, uns zu verstellen, das wissen wir ja. Lügen haben wir ja schon mehr als genug.
Zwei oder drei Tage blieb ich in dem Haus an der Fregestraße, wie viele es genau waren, weiß ich nicht mehr.
In dieser Woche leuchtete ein klares, nüchternes Oktoberlicht über Berlin, es durchdrang den feinen blauen Schleier von Steinkohlenrauch. Die großen Bäume an den Straßen der ruhigen Villenvororte waren noch grün, die Zigarettenreklamen an den Zeitungsständen leuchteten in frischen Farben.
Die Morgenstunden hatte ich für mich, da E. niemals vor elf Uhr aufsteht. Ich machte in diesen Tagen Morgenspaziergänge, in einem Zustand glücklicher Leere, und sah die Straßen zum Leben erwachen. Oder ich saß in E.'s großem hellen Wohnzimmer und hörte Bachs Goldbergvariationen aus seinen großen erstklassigen Lautsprecherboxen: Musik und Sonnenlicht.
Es waren Tage der glücklichen Leere: ein Zwischenspiel.
Mein Gastgeber störte mich kaum, er hielt sich meist in seinem riesigen Arbeitszimmer im Obergeschoß auf. Ich hörte seine elektrische Schreibmaschine mit unwirklicher Geschwindigkeit klappern: ich habe in meiner Jugend erstklassig ausgebildete Funker bei der Marine Morsetexte in die Maschine schreiben hören, nicht einmal sie schrieben so schnell.
Beim Frühstück führten wir ruhige, kluge Gespräche. In Berlin herrschte Ruhe, herrschten Kompromisse und Diskussionen in den Seminaren vor. Die Jahre der Demonstrationen waren zu Ende, und jetzt hatte etwas anderes begonnen, oder jedenfalls schien es so.
An den Abenden gingen wir manchmal aus. Irgendeine Freundin spielte in einer stillen Wohnung für uns Klavier, lud uns zu einer Zigarette mit blauem, haschischfarbenem Rauch ein.
Ich entschloß mich, Johanna Becker zu besuchen. Sie lud mich zum Lunch ein, ohne Umschweife und auf jene selbstverständliche Art, die mich schon im Flugzeug aus Frankfurt bei ihr hatte Schutz suchen lassen wie bei einer Mutter: sie schien mich und alles, was ich tat, als etwas völlig Natürliches zu betrachten.
Wie sich herausstellte, wohnte sie in einem stillen Haus in Steglitz.
Als ich die Treppe heraufkam, stand sie schon in der geöffneten Tür ihrer Wohnung im zweiten Stockwerk und wartete auf mich. Sie hatte eine orangefarbene Bluse und braune Hosen an, ihr Kopf mit dem roten Haar erschien mir imponierend und noch majestätischer und respekteinflößender als bei unserer ersten Begegnung. Zu meinem Erstaunen trug sie eine große dunkle Brille, die ihre eigentümlichen, klugen Augen, wie sie mir noch von den Ereignissen von neulich her in Erinnerung waren, gänzlich verbarg.

— Sind Sie es?
— Ja, gewiß!
(Sie müßte mich eigentlich sehen, sie konnte nicht umhin, mich zu sehen.)
— Wissen Sie, heute morgen ist mir etwas ganz Merkwürdiges passiert. Ich bin fast blind, weil ich eine Art Bindehautentzündung bekommen habe. Ich glaube nicht, daß es gefährlich ist, ich habe mich für heute nachmittag bei einem Augenarzt angemeldet, aber immerhin ist es mir dadurch nicht möglich, Sie zu sehen; vielleicht habe ich die Entzündung bekommen, weil irgend etwas in mir Sie nicht sehen will, aber ich möchte Sie jedenfalls sehen. Und im Augenblick bedeutet es nur, daß Sie das Essen machen müssen.
Ich betrat den Flur. Er war sehr groß: über einer handgeschnitzten Eichentäfelung tanzten Nymphen und Satyrn aus einem vergangenen Jahrhundert. Durch bunt bemalte Scheiben fiel Licht in das Wohnzimmer und in das riesige, mit Bücherwänden vollgestellte Arbeitszimmer, das bis zum letzten nur erdenklichen Fleck mit Manuskripten und Büchern vollgestopft war.
So kam es, daß ich vier Tage nach meiner Ankunft in Berlin in der Küche einer fremden Philosophin stand und nach Bratpfannen und Tomaten suchte.
Einen Impuls folgend legte ich ihr die Tomaten feierlich in die Hand, eine nach der anderen, als beständen sie aus einem seltsamen, kostbaren Material und müßten mit äußerster Behutsamkeit behandelt werden.
In ihren Küchenschubladen konnte man sich erstaunlich leicht zurechtfinden. Messer und Gabeln mit gelben Elfenbeingriffen lagen in einer mustergültigen Ordnung, der Korkenzieher befand sich genau dort, wo ich ihn vermutet hatte, das Öl zischte in der Pfanne.
In einer Schublade lagen schwere silberne Dessertlöffel, mit Herzogkronen verziert und, wie ich vermutete, in der Endphase des zweiten Weltkriegs aus einem brennenden, ausgebombten Haus geholt, liebevoll durch Lebensmittelkrisen gerettet, in denen Antiquitäten allein noch als Zahlungsmittel fungierten, Überbleibsel einer vergangenen Zeit, die ihr ebenso fremd sein mußte wie mir, und die dennoch durch sie ebenso wie durch mich sprach und sie gerade in dem Augenblick mit Blindheit schlug, als wir einander sehen und miteinander reden wollten.
Schweigend deckte ich den kleinen Tisch im Wohnzimmer. Mitten ins Tageslicht, das durch die langen, gelben Vorhänge fiel, stellte sie eine violette Kerze in einem silbernen Leuchter, und ich half ihr beim Anzünden.
Sie aß mit gesundem Appetit. Ich selbst schnipselte zerstreut

an dem riesigen Beefsteak herum und nippte vorsichtig am Wein.
— Sie essen nichts? Es macht mich nervös, daß Sie nichts essen.

Als die großen Oktoberstürme 1969 begannen, war ich schon längst wieder zu Hause. Die Boote im Hafen wurden gegeneinander geworfen, die uralten Bäume auf dem Friedhof jenseits der Straße bogen sich wie Grashalme im Wind, mächtige Zweige fielen mit einem dumpfen Geräusch auf die Grabsteine und rissen die alten Kreuze aus schwerem Gußeisen zu Boden.
Die Wälder auf den Mälarinseln wurden niedergemäht wie Gras, die Telefonleitungen verstummten, Dächer lösten sich von morschen Gebäuden und fielen mit gewaltigem Krachen auf parkende Autos, drückten sie zusammen, bis sie aussahen wie weggeworfene Streichholzschachteln.
Als der Sturm kam, nahm ich ihn als etwas völlig Natürliches hin, und ich glaube, ich habe mir nie richtig klargemacht, ob er in mir selbst tobte oder außerhalb. Er war die logische Fortsetzung meiner Reise, und ich betrachtete ihn als etwas Selbstverständliches.
In meinen Windfängen (wie habe ich mich in meiner Kindheit gefürchtet vor den großen schwarzen Windfängen aus Schwarzblech über den Schornsteinen, wie lebendig wirkten sie, wenn der Wind sie bewegte) pfiff der Wind wie auf Orgelpfeifen, die västmanländischen Seen überschwemmten die herbstlichen Sumpfwiesen, das Wasser stieg bis hoch hinauf an die Wurzeln der Birken und Erlen, und die schon an Land gezogenen Boote wurden wieder abgetrieben.
In der zweiten Nacht nach meiner Heimkehr standen meine Frau und ich glücklich am Fenster und sahen, wie der Wind ein Gespenst in den Hof hineinwirbelte, ein Stück Pappe, so groß wie ein ausgewachsener Mann, und wie es fünf, zehn Minuten lang einen ganz eigentümlichen Tanz aufführte, bis es zwischen den Latten des Zauns wieder verschwand, ebenso schnell, wie es gekommen war.
Es war zwei Uhr, und wir spielten Hector Berlioz' »Symphonie Phantastique« in voller Lautstärke, und ich erzählte meiner Frau, daß ich endlich einen Vergilius gefunden hatte, jemand, der bereit war, mich durch die Kreise des Infernos zu führen, und daß ich mich nach langem Zögern schließlich entschlossen hatte, diese klügere, diese ausgestreckte Hand zu ergreifen und die Wanderung zurück in die vergangenen Jahre zu beginnen, den dunklen Fluß hinauf, gegen den Strom, durch immer schwärzere Strudel, bis hin zu einem Land, das ich noch nicht, oder sehr lange nicht mehr gesehen hatte, das ich aber betreten mußte, um weiterleben zu können.

In Hector Berlioz' »Symphonie Phantastique« gibt es ein Thema, das »Estellethema« oder auch »l'idée fixe« genannt wird. Das etwas gedehnte, ein klein wenig zu langgezogene, zu hartnäckige oder zu rechthaberische Thema verfolgte mich von dieser Nacht an, durch den ersten Novemberschnee, durch aufreibende und schwere Tage in der Redaktion der Zeitschrift, auf Skitouren durch die verschneiten Wälder, am Schreibtisch, im Bett bei meiner Frau, es folgte mir so getreulich, als hätte mir jemand damit die Stirn gezeichnet, ja diese kleine Tonfolge aus den späten zwanziger Jahren des neunzehnten Jahrhunderts folgte mir durch die unklare, die zweideutige schwedische Wirklichkeit, die sich jeden Morgen am Frühstückstisch in den Schlagzeilen der Zeitungen ankündigte. Hartnäkkig wie eine Wahrheit drang es durch die Berichte über Gewaltverbrechen, über das Leben der Berühmtheiten, das uns in den Zeitungsnotizen so dargelegt wurde, daß wir uns und unsere Lebensweise darin stellvertretend wiedererkennen sollten, in einer Schattenwelt (die aber wirklich war), in einer Welt, in der die Menschen Masken trugen (aber die Maske war ihr wirkliches Gesicht), in einem Spiegelkabinett mit lauter komischen Zerrspiegeln (aber die Spiegel sagten die Wahrheit), bis tief in den Winter hinein sollte das hartnäckige Thema mich verfolgen.
Tatsächlich spielte dieses Thema schon in Berlioz' Leben eine eigentümliche Rolle.
Woher es stammt, weiß ja niemand, aber zum ersten Mal taucht es als kleines Flötenthema in einem Quintett auf, das der große, der ständig verkannte und verachtete, ja gehaßte Meister im Alter von zwölfeinhalb Jahren schrieb. Die ganze unaussprechliche Sehnsucht des kleinen Jungen ist in diesem Thema enthalten: das Leben hat begonnen, er ist in einem Alter, in dem der Mensch sich seinen Schatz an Formen, an Visionen zulegt. »Das Alter, in dem man so empfindlich ist, daß es scheint, als sähe und höre man fast allzu viel, so daß alles, was einem später geschieht, ein Rückzug ist«, ein langer Rückzug von dem Augenblick an, als man die Welt so tief und sehnsuchtsvoll sah, daß einem die Augen zu brennen schienen.
In Berlioz' erstem reifen Werk, der strahlenden Ouvertüre zu der Oper *Les Francs — Juges*, machen wir erneut mit dem Thema Bekanntschaft: jetzt ist es stark geworden, jetzt steht es in A-dur, es ist leuchtend und prachtvoll geworden. Es ist stolz, es ist freimütig, es ist unbekümmert.
Und immer noch die gleiche hartnäckige Sehnsucht. Es strebt weit über den Horizont hinaus.
Aber wenn wir dem kleinen Thema in seiner endgültigen Form begegnen, als gereiftem Gedanken in der »Symphonie

Phantastique«, dann ist es in einer veränderten Situation, unter ganz anderen musikalischen Bedingungen.
Bestimmend für den Charakter dieser Sinfonie ist ein Trotz, ein dunkler, selbstsicherer Trotz. Und sie ist erfüllt von der Überzeugung, daß alles verloren ist, und daß es verboten, ja wahrhaftig verboten ist, es als verloren anzusehen. Und deshalb ist der Satz, der »Gang zum Richtplatz« heißt, ein so vollkommen einzigartiges Musikstück: es ist wirklich ein *Marsch zu einem Richtplatz* und dennoch triumphierend, silberglänzend, stolz — sogar verächtlich.
Wie ein gewaltiger Sturm tobt dieser Trotz durch die letzten Sätze der Sinfonie: das ist gerade so ein Sturm, der die Dächer von gleisnerischen Bauwerken reißt, Würstchenbuden verrückt und die Neonreklamen von den Mauern reißt, so daß darunter die häßlichen braunen Flecken im Verputz sichtbar werden, ein Sturm, der mit den Überbleibseln des alten Jahres einen Tanz aufführt und sie zu Gespenstern und Trollen macht. Das ist ein Sturm, der durch die Welt rast und zeigt, daß allzu vieles auf Lügen gebaut war.
Und wenn nun dieses langgezogene, hartnäckige, sehnsuchtsvolle Thema, das etwas zu beweisen scheint, nein nicht scheint, das felsenfest und für alle Zukunft von etwas überzeugt ist, wenn es nun nach seinem Besuch in dem Flötenquintett des kleinen Jungen, nach seinem kurzen, stolzen Zwischenspiel in jener Ouvertüre (er ist noch jung, noch voller Hoffnung, die Verachtung hat ihm noch nichts anhaben können) dann schließlich in der Phantastischen Sinfonie seinen Platz findet, ja, dann erscheint es wie ein Fremdkörper.
Es ist in diesem musikalischen Material nicht beheimatet, es ist ein Besucher, der sich durch lauter unbekannte, fremde Landschaften bewegt. Es drängt sich dreist zum Mittelpunkt der Handlung vor, es ist aufsässig, es gerät in Situationen, die dem Thema selbst völlig fremd sind. Es ist zugleich die Hauptperson der Erzählung und der Erzähler selbst, wie es sich da durch eine stürmische, eine unklare Erzählung seinen Weg bahnt.
Man nennt es auch »l'idée fixe«. Das ist gar nicht so dumm. Ein Begriff aus dem psychologischen Wortschatz des neunzehnten Jahrhunderts, eine Bezeichnung für Vorstellungen, die sich durch widersprüchliche Erfahrungen nicht erschüttern lassen. Ob es ein Zeichen von Krankheit oder von Gesundheit ist, wenn man an einer solchen Idee festhält: das kann nur die Geschichte selbst entscheiden. Laßt es stürmen! Haltet fest, haltet fest! Und was ihr auch tut, verleugnet euch nicht selbst!
Dann kommt früher oder später der Tag, an dem ihr erkennt, daß ihr auf allzu schwachem Grund gebaut habt, alles wird

vom Sturm geschüttelt und verändert, haltet fest! Sonst kommt der Tag, an dem ihr euer Leben nur noch gedämpft und von ferne hört, wie eine Wasserader in der Bergwand: und ihr könnt sie nicht erreichen.

Erotik: Berlioz' große Sinfonie ist aus einer hoffnungslosen, einer wahnwitzigen Verliebtheit geboren und es ändert nichts an ihrer Hoffnungslosigkeit, daß er schließlich die bekommt, die er liebt. Er kann sie doch nicht erreichen. Und noch nach jahrelanger Ehe arbeitet er an der Vollendung seiner Sinfonie, verbessert schrittweise ihre Instrumentation, schafft größere Klarheit in ihren Einzelheiten. Aber das ist eine andere Geschichte.

Im Oktober 1827 sieht Berlioz zum ersten Mal die irische Schauspielerin Harriet Constance Smithson. Der Anlaß ist die erste Aufführung von Shakespeares Hamlet in Paris. Sie spielt die Ophelia. Sie hat einen überwältigenden Erfolg und Berlioz ist von dieser seltsamen weiblichen Gestalt fasziniert, er weiß nicht, was er mehr liebt: die Rolle oder die Schauspielerin. Ihre Bewegungen fesseln ihn, und auch die ungewöhnliche, ein ganz klein wenig scharfe Klangfarbe ihrer Stimme.

Aus diesem Augenblick heraus wird ein Kunstwerk geboren.

Laßt euch nicht verwirren von der Räuberromanze der äußeren »Handlung«, mit der die Sinfonie in den Konzertprogrammen ausgestattet ist: diese »Träume – Dasein voller Leidenschaften«, dieser »Ball«, diese »Szene auf dem Lande«, der »Gang zum Richtplatz«, »Traum eines Hexensabbats« haben euch nichts zu sagen. Diese ganze Mythologie von verratener Liebe, von einer schönen Frau, die sich allmählich in einen Dämon verwandelt, diese Racheträume könnt ihr ruhig beiseite lassen.

Berlioz kannte das Publikum seiner Zeit. Er wußte auch um seine gefährdete Situation angesichts einer feindseligen und höhnischen Kritik, die Lorbeeren ernten wollte, indem sie ihn für verrückt erklärte, er konnte genau abschätzen, welches Maß an Vulgarität von ihm gefordert wurde, damit man ihn überleben ließ: er war, kurz gesagt, wie wir alle in der Geschichte verankert, und er bezahlte, wie wir alle, bis auf Heller und Pfennig den Preis, den die Geschichte uns abverlangt.

Der eigentliche Inhalt der Sinfonie, der Gedanke, in den sie sich versenkt, ist die Verliebtheit. Und sie ist der Anfang, sie kann niemals etwas anderes sein als der Anfang.

Wir fangen noch einmal an. Wir geben nicht auf. Ich versuche, über meine Zeit zu sprechen und finde plötzlich nichts als meine eigenen Fluchtträume und Phantasien, ich versuche, über meine Angst zu sprechen, und ich finde nur die privaten Tagträume, mit denen wir alle der Angst zu entgehen versuchen. Aber dann ist ja der Tagtraum uns allen gemein, dann

ist er ebenso öffentlich wie der Leitartikel in Aftonbladet und die letzten Kursnotierungen an der Börse? Denn ist nicht auch die Angst eine Währung? Hat nicht auch die Flucht ihre Politik?
Ja, so ist es.
Die Lügen lassen wir gelten. Die Träume verleugnen wir. Wir fangen noch einmal an.
Johanna Becker betrachtete mich lange mit ihren großen, klugen, eigentümlich dunkelblauen Augen. Ich schälte nervös eine Birne und sprach von der glänzenden Arbeit von Professor Habermas über den Strukturwandel des Öffentlichkeitsbegriffs, die ich gerade gelesen hatte. Habermas gehörte zu ihren Lehrern und Freunden: das Thema müßte sie interessieren.
Statt auf meine (wie mir schien) klare und nicht ganz unbegabte Konversation zu hören, sah sie mich fortwährend an. Ihr schwerer Kopf war in diesem Augenblick prachtvoll: es schien mir, als trüge der breite kräftige Hals auf seiner starken Säule die Gewalt, Klugheit, Listigkeit, Liebe, Verzweiflung und den Trotz von Jahrhunderten. Die feinen Fältchen umspielten ihren Mund. Ihr Blick hatte einen Ausdruck von — wie soll ich es am besten beschreiben — »liebevollem Durchschauen«, aber es war auch etwas Schmerzliches, etwas Gequältes darin, das ich bisher noch nie gesehen hatte.
Ich fühlte, daß ich vor diesem Blick nichts verbergen konnte.
Sie unterbrach mich mitten in einem Satz, oder ich verstummte von selbst, als hätte ich eingesehen, daß dieses Habermasspiel ebenso gut beendet werden konnte.
— Sie haben nicht viele Freunde, oder?
— Ich habe ein paar. Und ich habe meine Frau. Aber Sie haben recht, viele sind es nicht.
— Haben Sie darüber nachgedacht, woran das liegen mag?
— Ja.
— Nun, und wissen Sie es?
— Nein.
— Sie haben eine sehr starke Atmosphäre von Angst um sich. (Und in diesem Augenblick wußte ich, daß sie die Wahrheit sagte. Jahrzehnte begannen sich in mir zu regen, meine eigene, schwache piepsige Stimme aus meiner Kindheit, die ich so lange nicht mehr gehört hatte — wer erinnert sich schon an die Stimme, die er als Kind gehabt hat —, war in meiner Erinnerung deutlich zu hören, es war ein Augenblick, den zu erleben nur ganz wenigen Menschen jemals vergönnt ist, und ich, der ich immer zu verstehen geglaubt hatte, was Marcel Proust mit der »wiedergefundenen Zeit« meinte, erkannte plötzlich, daß ich es *nicht* verstanden hatte, bis jetzt, bis zu diesem Augenblick, und wie wirklich, wie vollkommen greifbar die Ver-

gangenheit sein kann, wie Brot oder Erde zwischen den Fingern oder wie Steine, die auf einem Kiesweg knirschen, oder ein Hund, der am Weg bellt. Und der einzige Unterschied zwischen meinem Augenblick und Prousts, wenn ihr mir diesen vielleicht allzu kühnen, allzu anspruchsvollen Vergleich gestattet, war, daß es sich hier nicht um ein in Lindenblütentee getauchtes Madeleineküchlein handelte, sondern um die tiefblauen, gequälten und durchdringenden Augen einer preußischen Philosophiedozentin. — Haben Sie auch Angst vor mir? (Und sie antwortete, ja, sie antwortete, und als sie antwortete, wußte ich, daß die sechziger Jahre zu Ende waren, daß die Revolutionen einmal gelingen würden, daß Lüge lange währen kann, daß aber die Wahrheit länger währt, daß die Verzweiflung ein Ende haben muß, daß wir weniger über uns selbst wissen, als wir glauben, daß wir aber einmal mehr wissen werden, daß die Bombenflugzeuge, die mit ihrer Last von Kernwaffen und Tod Tag und Nacht und von einem Horizont zum anderen fliegen, eines Tages vielleicht nicht mehr fliegen werden, und daß die Gerechtigkeit in Reichweite ist, wenn sie sich uns vielleicht auch noch entzieht, kurz gesagt, ich wußte in diesem Augenblick, daß die Welt nicht tot und versteinert ist, und wußte, daß alles, was ich bislang geschrieben hatte, mit einer halben und irgendwie verschwommenen Erkenntnis meiner selbst geschrieben worden war,
und diese Einladung hatte eine solche Macht, daß ich sofort bereit war, auch dies als Tatsache zu akzeptieren, und über Berlins breiten Straßen und Dächern lag ein helles Sonnenlicht, das den blauen Dunst des Kohlenrauchs durchdrang, und es war genau ein Uhr mittags und schwer und gewaltig und qualvoll lag der Herbst vor mir, und sie antwortete.)
— Nein, überhaupt nicht. Sie sind sehr angenehm. Aber ich spüre Ihre Angst, und die ist gewaltig.
Sie müssen schon lange damit gelebt haben. Die Angst, die man immer mit sich herumträgt, spürt man selbst nicht. Vielleicht erscheint sie Ihnen als Teil des natürlichen Zustandes der Welt?
— Aber ist nicht die Angst der natürliche Zustand der Welt?
— Nein. Sie beherrscht die Welt, aber sie ist nicht notwendig.
Bei Marx hat jede Klasse ihre Maske, ihre Charaktermaske, der Aristokrat hat seine, der Kapitalist eine andere, und, *wohlgemerkt*, auch der unterdrückte Proletarier hat seine. Diese Masken sind wirklich, sie sind Gesichter, sie sind notwendig, aber nur solange, wie die Ursachen dieser Notwendigkeit fortbestehen. Die Angst, die Sie fühlen, und die so ansteckend wirkt, daß man sie schon spüren kann, wenn Sie sich nähern und eine Treppe heraufkommen, diese Angst ist die Ihre und ist zugleich nicht die Ihre.

(Und während ich hilflos meinen Kopf in ihrem Schoß barg, fuhr sie fort:)
— Ich wünschte um Ihrer selbst willen, daß Sie eine Reise in Ihr eigenes Inferno unternehmen könnten, denn es ist da, ich weiß, daß es da ist. Ich wünschte, ich könnte Ihnen den Weg zeigen.
— Wollen Sie mein Vergilius sein?
(Mit ihrer sommersprossigen Hand strich sie mir langsam übers Haar. Ich hörte das dumpfe Tropfen des Wasserhahns, wie eine Trommel, wie eine näherrückende Armee, in der Küche. Der Sonnenstreifen auf dem Boden hatte sich ein paar Zentimeter weiterbewegt und ließ ihr rotes Haar wie Gold aufleuchten. Sie war keineswegs schön. Wären nicht ihre Augen gewesen, dann hätten ihr schwerer Kopf und der kurze Hals einen fast grotesk anmutenden Eindruck machen können.)
(Hatte sie einen Mann? Augenscheinlich wohnte sie allein in der Wohnung. Eine Frau? Es war mir gleichgültig.)
(Und sie antwortete langsam und freundlich, als hätten wir einander ein Leben lang gekannt, ja, als wäre sie meine physische Mutter:) — Ich will es versuchen.

Ihr wißt, wie der Herbst verging.
Ihr wißt, wie der Winter kam. Ihr wißt, wie die Trauer begann. Nun fiel der Frost über das Land, es ging auf Weihnachten zu. Die Dunkelheit verdichtete sich, die Tage wurden langsamer, wurden träge, der Schlaf saß mit jedem Morgen tiefer im Auge.
In der Turmspitze von Tessins mächtiger Kirche wurden die Turmlichter angezündet, die immer an Weihnachten angezündet werden, in den kältestarren Bäumen des Friedhofs flogen die frierenden Dohlen hin und her.
Das Kaufhaus auf der anderen Seite des Marktplatzes hatte bis acht Uhr offen, die Parkplätze waren voll von schimpfenden Autofahrern, die Hausfrauen schleppten mit müden Gesichtern (Gesichtern?) ihre spätindustriellen Konsumwaren. In Asien gingen die Kriege weiter.
Zottige västmanländische Bauern mit holzschnittartigen Gesichtern und schweren blaugefrorenen Nasen verkürzten Weihnachtsbäume mit ihren kurzen scharfen Äxten. Auf der Torggatan schepperten Lautsprecher zwischen den Hauswänden. Der Prediger der Heilsarmee und der unsichere Gymnasiast von der FNL versuchten einander zu übertönen. Sammelbüchsen für Vietnam und für die Heilsarmee appellierten unter den wachsamen Augen der Polizeiwachtmeister. Der große Weihnachtsbaum des Stadthotels leuchtete mit hundert Glühbirnen.

Und eine eigentümliche Liebe bahnte sich ihren Weg durch meine Trauer. Mich verfolgte das laute, gedehnte Thema aus der Symphonie Phantastique, und da war Trotz, und es war dunkel, und das Thema war dennoch da, und ich wußte noch nicht, was es bedeutete.
Die Schwalben schliefen auf dem Grund der gefrorenen Seen. Und am Morgen des Neujahrtages, am 1. Januar 1970, nach einem mächtigen Schneefall, der alles zudeckte, flogen sie aus den Bäumen auf, sammelten sich in immer größeren Scharen und umkreisten die Türme und Kirchturmspitzen der Stadt, flogen hinaus über den gefrorenen Mälarsee und wieder zurück über die Stadt.

Und an den Fensterrahmen gelehnt, meinte ich sie dahinschweben zu sehen wie einen ruhelosen, krächzenden Schwarm von aufgestörten Geistern.

II Flußaufwärts

Nun sehe ich das Leben breiter werden
denn ich spüre des Lebens Grausamkeit
Lindegren

Über das Reden

Die Frankegatan mündet in den Köpingsvägen. Kiesbestreute Steigung und rechts ein grüner Kiosk, der im Sommer eine Art Sonnendach hat.
Im Westen, parallel zur Frankegatan, ebenso kiesig und holprig, verläuft der Djuphamnsvägan. Parallel dazu im Osten verläuft die Pistolgatan. Da wir von den westlichen Stadtteilen reden (in Västerås 1939) liegt die Pistolgatan auf dieselbe Weise parallel zur Frankegatan im Osten.
Osten und Westen sind, könnte man sagen, neutrale Richtungen: im Westen gibt es eine Birke, die man von einem Hallentisch an einem Fenster aus sieht, im Osten sieht man gar nichts, da es in dieser Richtung kein Fenster gibt.
Der Süden ist freundlich, der Süden hat nichts Bedrohliches. Im Süden liegt der Mälarsee (aber den kann man nicht sehen), im Süden hat der Himmel immer eine hellere Farbe.
Der Norden ist feindlich, fremd, bedrohlich. Von Norden kommen alle Gefahren, morgens die Scharen von Fahrradfahrern auf dem Weg nach Norden, abends in südlicher Richtung zurück auf der Straße, die vom Köpingsvägen abgeht.
(Jetzt, im Jahre 1939, ist die Luft noch klar und rein. Im Frühling vermischt sich der Geruch von verbranntem Laub in den Gärten mit der milden Feuchtigkeit, die vom Mälarsee heraufdringt. Was es an Autos gibt, ist kaum der Rede wert.)
Der Köpingsvägen führt in östlicher Richtung in die Stadt hinein: linkerhand ein Postamt, ein Kolonialwarenladen mit scheußlichen eulenartigen Augen, die für irgendetwas Reklame machen, rechterhand eine Tennishalle mit weißgekleideten Tennisspielern (sie bewegen sich undeutlich), dann links eine Glasschleiferei, mit einer Werkstatt im Hof, wo Riemen unter der Decke entlanglaufen, rechts wieder ein Lebensmittelgeschäft, und jetzt, bevor die Straße einen Berg hinunterführt (dreihundert Meter weiter westlich liegt die Grenze der bekannten Welt) nach rechts und in die Floragatan hinein, und nach vielen weiteren Schritten auf der rechten Straßenseite (da es Häuser nur auf der rechten Straßenseite gibt; links ist ein Park) Großmutter Emmas Haus.
(Einunddreißig Jahre später, in einer westasiatischen Wüste,

wenn ich ihre Haartracht mit der der wunderbaren Sephardischen vergleiche, die am Cafétisch mir gegenüber sitzt, beide haben dunkles Haar, hinter die Ohren zurückgestrichen, und eine Art Spange, werde ich entdecken, daß ich sie geliebt habe.) Bei ihr zu Hause *redet* man: sie ist das Zentrum des Redens. Aber schon einen Kilometer weiter westlich, schon auf der Pistolgatan, *beginnt das Reden.*
Das Reden ist weiblich. Das Reden ist Weichheit, Wärme, Leben. Das Reden ist Mütterlichkeit, Wärme, Wiege.
Hier redet man nicht, aber schon dort drüben beginnt es. Es wird geredet. An der Wand hängt feierlich das schwarze Telefon, mit Kurbel und blanker Gabel. Wer hineinspricht, muß seine Stimme verändern.
(Namnamruf — was ist das für ein Ruf?)
Wo man schweigt und einander nur ansieht, ohne ein Wort zu wechseln, da ist alles gefroren, da ist Eis und Stille. Ein paar vereinzelte Möven verirren sich über die Hausdächer und schweben in der Luft darüber hin, verschwinden aber wieder auf den großen See hinaus. Es ist eine reinere Luft. Die Bäume stehen im Herbst ganz still, und es gibt ein paar Häuser, die sehen aus als hätten sie Fenster wie Augen, Augen, die stieren können. Was sehen solche Häuser mit ihren Augen?
(Und warum diese Angst vor Augen? Ist es eine Angst davor, gesehen zu werden, oder eine Angst, nicht gesehen zu werden? Noch als ich zwanzig war, fiel es mir sehr schwer, Leuten in die Augen zu sehen; jetzt, da die Wißbegier schon längst die Angst überwunden hat, sehe ich so tief in sie hinein wie ich nur kann, bis ich es fast als Berührung empfinde; ich gebe nicht auf!)
Es ist eine sehr stille Welt. Manchmal kommt Schnee in gewaltigen Mengen, die Straßen sind kaum mehr befahrbar, immer mehr Schnee, schließlich liegt die ganze Welt in Schnee gehüllt da, die Häuser verschwinden, die Bäume verschwinden, eine einzige Fläche, über die der Schnee in schnellen kleinen Wirbeln dahinzieht.
Aber dann gibt es das Reden. Wir reden uns wieder warm. Dort drüben, auf der anderen Seite der Pistolgatan und immer weiter ostwärts reden sie, und könnte man so weit hören, dann würde man einen ganzen Chor von Stimmen hören können, ein Gemurmel, sie reden, Telefone klingeln, Stimmen rufen, die Arbeiter an den entsetzlichen Bohrmaschinen reden *laut* miteinander, sie sind dabei, die Straße neu zu pflastern, an der Bushaltestelle (Buslinie I, prachtvolle blaue Wagen, die ein paar Jahre später noch prachtvoller werden mit dem schwarzen Rauch und den Feuerflammen aus ihren Treibgasgeneratoren) reden zwei Mädchen miteinander.
Je weiter nach Osten, desto mehr Reden.

Es ist die Welt der Menschen, und ihr Reden ist das einzige, was mir sagt, daß es sie gibt, was mich mit ihnen verbindet. Die Schwerkraft zieht mich in ihre Richtung, nach Osten, ich spüre die Anziehungskraft ihres Redens, und das Gemurmel sagt mir, daß es die Welt gibt.
Ich liebe diese warme Welt, wo man redet. Alles zieht mich dorthin. *Plötzlich.*
Das Wort plötzlich benutze ich immer noch öfter als die meisten anderen Menschen.
Plötzlich bedeutet, daß die Welt von einem Augenblick auf den anderen nicht mehr dieselbe ist. Wenn es am ruhigsten ist, kann das Unwetter kommen. Es gibt keine Gleichgewichtslage, keine Ruhe, die nicht im nächsten Augenblick vom heftigsten Sturm abgelöst werden könnten.
Hier herrscht Wärme, Ruhe, fast Geborgenheit: »plötzlich« zieht es sich zum Sturm zusammen, Fenster schlagen, ein Brief kommt mit der Post, das Telefon klingelt, Katastrophen brechen herein gleich schweren Wellen: was gerade noch so sicher war, ist »plötzlich« unwiderruflich verloren.
»Plötzlich« veränderte ich mich selbst. Ordnung, Gleichgewicht, Harmonie, die Arbeit geht mir leicht und ohne Anstrengung von der Hand, ich tue meine Pflicht, es herrscht Ruhe zwischen mir und der Welt, meine Kinder spielen auf dem Hof, ich höre ihre hellen Stimmchen.
Wenn sich dann die Welt nicht »plötzlich« verändert, verändere ich mich. Ich werde unruhig, verzweifelt, die Gedanken verwirren sich, ich kann nicht mehr schreiben, nachtschwarze Unruhe, Dunkelheit und Elend überrollen mich in Wellen, Zorn und Bitterkeit sammeln sich in mir an.
Nach außen hin bleibe ich kalt. Niemand hat je meine Hand zittern sehen, wie die Hände meiner Kollegen auf einer Verlagskonferenz manchmal einen Augenblick lang am Pfeifenkopf zittern, wenn sie meinen, ihre besten Ideen verpfuscht zu sehen, nicht einmal meinem Blick kann man eine Veränderung anmerken, es ist nur dieses »plötzlich«.
Die Unruhe angesichts dieses »plötzlich« verdirbt mir auch meine besten Stunden, denn wenn alles ruhig ist, bedeutet das nur, daß »plötzlich« noch nicht eingetreten ist.
Und durch dieses Paradox kann »plötzlich« die ganze Welt vergiften.
(»Plötzlich« fielen die Atombomben auf Hiroshima und Nagasaki, plötzlich, um drei Uhr nachts, klopfte es in einer Wohnung in Mitteleuropa an die Tür, schwere Stiefel schlurfen draußen die Treppe hinauf, »plötzlich« im Februar erschienen die Bombergeschwader über Dresden, »plötzlich« kamen sie am nächsten Morgen zurück, als die Feuerwehren sich in der brennenden Stadt abkämpften, und weit oben an den Alpen-

hängen fand man Papiere, die aus den brennenden Apotheken hinaufgewirbelt waren, fünf Eimer füllten die Eheringe der Toten.)
»Plötzlich« ist keine Phantasmagorie, es ist eine Wahrheit, nicht nur über mich, sondern eine Wahrheit über die ganze Welt.
»Plötzlich«, wie ich an der Hand meiner Mutter gehe, kommt ein Motorradfahrer die Straße entlang, der Lärm erschreckt mich fast zu Tode, ich versuche, mich in einer stachligen Weißdornhecke zu verstecken und steche mich natürlich an all den spitzen Dornen. »Plötzlich«, als ich froh und glücklich vom Kiosk her komme, sehe ich eine Frau, häßlich, unförmig, die ein Kind in meinem Alter auf einem Schlitten zieht. Das Kind ist riesengroß, es muß hundert Kilo wiegen, und die leeren blauen Augen in seinem entsetzlichen Wasserkopf betrachten mich höhnisch.
»Plötzlich« wird mich begleiten, bis ich sterbe.
Aber »plötzlich« nähern wir uns dem ersten Kreis, und das ist kein Scherz mehr, versteht ihr:
Oh, mein Vergilius, mein Lehrer, mein Begleiter (in unserem Jahrhundert muß es schon in den unteren Kreisen eine Frau sein, die uns führt), nun mußt du bei mir sein, strecke deine sommersprossige Hand aus, denn jetzt spüre ich schon die Nähe des ersten Kreises!
(Aber jetzt kannst du ja nicht bei mir sein, denn *jetzt* bist du ja nur ein sehr fettes kleines Mädchen, das noch nicht recht laufen kann und entsetzlich abstehende Ohren hat. Dich erschrecken jetzt die großen runden Metallkugeln an dem Denkmal für Otto Lilienthal (der als erster mit einem Drachen flog), wenn du im Park von Lichterfelde auf der Lichtung zwischen den Bäumen spielst.
Oder kannst du vielleicht trotzdem bei mir sein? Dann zeig mir den Weg! Komm!)

Der Gebrauch des Imperfekts.
Gehe mit Madeleine in den Park, es ist schon in den siebziger Jahren, Januar, klirrend kalt, und sage zu ihr:
— Das war aber mal ein schöner Spaziergang.
und sie antwortet:
— Wie meinst du das? Er hat ja noch gar nicht richtig angefangen.
— Ich meine, daß er schön war.
— Möchtest du, daß wir wieder heimgehen?
— Aber nein.
Ich meine nur, daß das ein schöner Spaziergang war.
— Du willst damit sagen, daß er schön *ist.*

Zeit wie Kristalle, Standbilder aus Schnee, Schneemänner, als sähe jemand anders in einem alten, vergilbten Photoalbum die Bilder, die ich gerade sehe,
ich habe nicht genug Vertrauen, nicht genug Zuversicht, um im Präsens zu reden.
(Zur Zeit des blutigen Zusammenbruchs des Inkareiches wurde ein alter Indianer von einem Jesuitenpfarrer interviewt, es ist eine von den wenigen Aufzeichnungen, und er sagt: »Es *gab* vier größere Winde, sie *kamen* aus den vier wichtigsten Himmelsrichtungen, nämlich . . .«)
Bilder, man kann nicht unterscheiden zwischen Bildern *von* etwas und Bildern von etwas, das *ist*, wenn man nicht glaubt, daß die Welt sich verändern und beeinflußen läßt. Ich selbst werde ebenso unerreichbar und unzugänglich für Liebe oder Argumente wie jener Herr auf der Panoramapostkarte (vergilbt) von 1902 aus Boston, die man zu Hause bei Onkel Fritz in einen Apparat schiebt, so daß das Bild dreidimensional wird und man hineinsehen kann.
(Der Herr geht übrigens in einem Hafen spazieren, Baumwollballen werden auf die Schiffe verladen und Männer mit kleinen Karren machen sich mit ihnen zu schaffen. Ist der Herr mit dem Strohhut ihr Aufseher, ihr Vormann? Oder ist es nur ein Tourist, der im Hafen spazieren geht?)
Ich rede im Imperfekt. Ich sehe die Welt in Bildern, liebe sie, sammle sie, kehre zu ihnen zurück, beschreibe sie, als wollte ich, daß sie mir helfen sollten, etwas zu beweisen.
(Daß ich ebenso unbeweglich bin wie sie.)
Das Imperfekt gebraucht derjenige, welcher glaubt, daß alles unwiderruflich ist, daß es fertig zu ihm kommt, daß er sich niemals selbst sein Leben wird schaffen können.
Imperfekt bedeutet, die Geschichte mißzuverstehen (und zu glauben, daß sie immer im Imperfekt steht), Imperfekt bedeutet, nicht zu verstehen, daß die Welt, daß unser Leben von uns erzeugt wird.
(Und daß wir also imstande sind, eine Welt ohne Imperfekt zu schaffen.)
Imperfekt bedeutet, sich für Mineralogie zu halten, wo wir doch ein lebendiger Strom sind. Es ist möglich, ein ganzes Leben im Imperfekt zu verbringen, im Imperfekt zu reden, zu essen, zu lieben, ja, in diesem blinden Tempus zu denken, sich so weit von all den anderen Zeitformen zu entfernen, daß du, wenn du eine lebendige Hand über deine Hand streichen siehst, sagst: sie strich mit ihrer lebendigen Hand über meine Hand.
Und dann kommt das Eis, und schließlich kannst du sehen, wie jene, die im Imperfekt gelebt haben, im Eis festgefroren sind, ihre Gesichter knapp über der bläulichweißen Eiskante, ihr

Atem raucht wie aus frisch geöffneten Angellöchern an einem Sonntag im Februar auf dem Mälarsee, wenn sie schließlich aus ihrem Eis heraus zu reden versuchen, und es ist entsetzlich ...
(Begleiterin, ich sehe sie *von hier aus* deutlich genug, zwinge mich nicht, näher zu gehen!)

Das Reden ist Wärme, Mütterlichkeit, Wiege. Das Reden ist Form, mütterliche Kraft. Und schon damals, 1939, habe ich beim Reden das Gefühl (ich sitze oft auf der Toilette und rede ununterbrochen mit mir selbst), daß nicht ich es bin, der redet, sondern daß jemand in mir redet, etwas, das so ursprünglich ist, daß es älter ist als die ältesten Bilder.
(Der Umzug zur anderen Straßenseite hinüber: ich trage allein eine Backrolle und habe Schwierigkeiten beim Laufen, weil ich gerade erst laufen gelernt habe: 1937)
Das Reden ist etwas Weibliches, ist das Weibliche in mir. Zu reden,
(und später zu schreiben)
bedeutet die einzige Geborgenheit, die einzige Wärme, die es in der Welt gibt.
Und angesichts dieses »plötzlich«, dieses »Imperfekts« gibt es nur einen Ausweg, eine Verteidigung; und das ist das Reden.
Irgendwo an der Pistolgatan beginnt das Reden, dann wird es immer mehr, je weiter man kommt, es wächst zu einem großen Gemurmel an, ja, es wird immer mehr (und ihr habt keine Ahnung, wie die Stimmen mit den Jahren an Stärke und Zahl zugenommen haben)
Das Reden: ich erinnere mich an meine Stimmen. Die erste ist so klein und schrill, daß sie weder männlich noch weiblich ist, sie gleicht der eines Vogels. Und dann kommt eine Zeit, eine schreckliche, qualvoll genierende Zeit, wo ich mit einer kleinen, einer absichtlich kindlichen Stimme rede, obwohl ich schon zur Schule gehe: ich will mich so klein wie möglich machen, so unbedeutend, daß niemand mich entdeckt. Und natürlich ist das Ergebnis gerade umgekehrt; man findet mich komisch, fremd, wie ein seltsames Tier, das sich bei den Menschen eingeschlichen hat und das reden kann. Und ich staune noch heute über die Toleranz, mit der man mir begegnete. Man mißhandelte mich nur ein klein wenig, man lachte mich aus, aber nur ein klein wenig,
(Geruch von Pissoirs, und Balsampappeln und der Kies auf dem Schulhof) man hatte auch irgendwie Angst vor mir, und wenn einer der Lehrer (und sie waren wirklich Lehrer, denn indirekt, durch ihre eigene Verachtung und ihre eigene Brutalität lehrten sie mich alles über die Unterdrückung und die

Brutalität, die in der Gesellschaft herrschten, in der sie mit ihrer Arbeit betraut waren, mit ihren Ohrfeigen, ihrem Haarzausen, ihren Linealschlägen auf zerbrechliche siebenjährige Finger — und das war damals nicht etwas, das eben so war und auch hätte anders sein können, sondern es war ihre einzige Art zu existieren, die einzige Art der Welt zu existieren — und nicht, wie ich es jetzt sehe, ein Spiegel, der nur ihr eigenes Bild von den Verhältnissen wiedergab und die Verhältnisse selbst, unter denen sie lebten.)

einen Sündenbock suchte, der aus der Reihe herausgeholt und geohrfeigt oder ausgeschimpft oder mit dem Zeigestock auf den Hintern gehauen werden sollte, zur Warnung für alle anderen, wählte er immer mich und zeigte damit ganz deutlich den Ekel, den wachsenden Widerwillen, den im Grunde alle gegen mich hegten

(und noch heute kann ich niemals eine Grenze passieren, wie neulich nachts im Taxi die italienische Grenze bei Brissago, ohne daß man ausgerechnet mich und mein Gepäck für eine eingehende Musterung auswählt)

und auf die gleiche Weise habe ich ein für allemal mich selbst dazu ausgewählt, gemustert zu werden, und weiß, daß ich es muß, und schließlich habe ich gelernt, daß die einzige Art, sich mustern zu lassen, das Mustern ist, und ich sehe mit ebenso offenen, musternden Augen dem Musternden ins Auge, so daß wir einander mustern, und wir erleben beide einen Augenblick der Liebe und des Hasses, und das Reden beginnt wieder,

und wir lassen einander in Ruhe.

Ich. Alle Menschen nennen sich »ich«, und es gibt nur einen einzigen, der sich zu Recht »Ich« nennt, und das ist der, der gerade in diesem Augenblick redet. »Ich« bedeutet also: »der Redende«. Und nichts anderes, nichts Geheimnisvolles, Unverwechselbares, keine Substanz und auch kein Klumpen aus Metall verbirgt sich hinter den Worten. Darum nennst du dich »ich« mit dem gleichen Recht, wie »ich« mich »ich« nenne, und das ist der Grund für das »Ich«, das mit einer solch ungestümen Beharrlichkeit meine düstere Erzählung durchdringt; ich weiß, daß es auch dir gilt, *du* weißt, das es auch *dir* gilt, und daß die Schmach nicht nur mir allein zukommt. Wir wollen es im Gedächtnis behalten und so tun, als ob es uns nichts mehr anginge. Wir erwähnen es nicht mehr.

Das tüchtige Reden. Das tüchtige Reden beginnt plötzlich, irgendwann im Alter von vierzehn oder fünfzehn Jahren.

Das tüchtige Reden erfolgt mit einer klaren, nicht mehr unsi-

cheren, etwas sonoren Stimme, das tüchtige Reden bringt man zuerst stehend an seinem Platz vor, ohne sich auf den Pultdeckel zu stützen.
(An der Wand Schatten von den Zweigen einer riesigen Ulme.)
Es ist ein seltsames Abenteuer, für den Dümmsten in der Klasse gehalten zu werden und plötzlich der einzige zu sein, der sich auf die Satzanalyse versteht. Appositionen, Attribute, adverbiale Bestimmung, Subjektergänzung des Prädikats und die Objektergänzung, die noch viel raffinierter ist, Adverbialkonstruktionen, Subjektregel – es gibt nichts, was mit der Maschinerie des Redens zu tun hat, das ich nicht sofort verstehe. Und der schrecklichen Satzlehre
(kleines graues Buch, sehr mitgenommen davon, im Riemen herumgetragen und über die Schulter geworfen zu werden)
werde ich zuerst ebenbürtig und werde später stärker als sie, und dieses ganze, plötzliche, egozentrische Interesse für die Maschinerie des Redens beginnt im gleichen Frühling wie die richtige Pubertät, so daß Grammatik und Pubertät zusammenfallen (das eigentümlich gesteifte Glied, das schließlich zu reden beginnt),
und mit dem tüchtigen Reden beginnt eine gefährliche, eine gewaltsame Zeit.
Rede in den Seminaren der fünfziger Jahre, und der Professor nickt, zehn fünfzehn zwanzig verworrene und unwissende Jünglinge, die in den Begriffen der Wissenschaft und der Grammatik zu reden lernen, und die zu denken meinen, wenn sie nur reden und die Terminologie in neuen Mustern auf den Tisch legen, in immer neuen,
(ohne eigentlich über die Terminologie hinauszukommen)
Rede in den literarischen Vereinen der sechziger Jahre, und ich weiß, daß meine Stimme steigt und fällt, so daß man ihr schwer folgen kann, und in dieser Zeit am Anfang der sechziger Jahre werde ich mehr und mehr zum Greis, ich schiebe jetzt die Schultern vor und gehe mit einem hartnäckig schaukelnden Gang, und wir reden miteinander
(ohne eigentlich über die Terminologie hinauszukommen)
und ich bin bereit, unser Recht auf das Reden zu verteidigen, unser Recht, die Worte zu drehen und zu wenden, wider den weltweiten, abgründigen Chor von hohnlachenden Wasserspeiern mit seinen kleinen Dämonen, die sich winden und glucksen vor Lachen, unser Recht, zu denken und zu reden, wider die grinsende Verachtung, die dumpfe Stille, das höhnisch lächelnde Mißtrauen, die *heimliche Übereinkunft*.
(Ich erinnere mich, wie ich 1956 während eines Militärmanövers mit einem jungen Fähnrich auf einem nächtlichen Gang durch das Hågatal unterwegs war, und wie ich ihm die ganze

Zeit über Leibniz' Philosophie erläuterte, und wie hartnäckig er in der Dunkelheit schwieg, bis er mir schließlich zu schweigen *befahl.*)
Denn wo es die Möglichkeit zu intellektuellem Leben gibt, da gibt es auch den Anfang einer Veränderung, und das *erinnert* sie allzusehr daran, daß es so ist.

Das Reden: ich erinnere mich an meine Prosatexte, wie sie sich öffneten und zusammenballten gleich menschlichen Händen und wie sie sich unter einem seltsamen Mangel an Liebe schließlich wie im Krampf zusammenballten.
(Sommer auf Gotland 1965: die ganze Insel kreideweiß und erschreckend und bedrohlich, und ganze Nachmittage an der Schreibmaschine, ohne daß auch nur ein Wort geschrieben wurde, *kein einziges Wort,* und die Fliegen, die im Zimmer umhersummten, und in meinem Gedächtnis steht noch heute das ganze Zimmer still und ist eine einzige, eine schreckliche, eine ungeschriebene Prosa)
und wo das Reden aufhört, da beginnt eine schreckliche, eine kristallische Welt, eine verlockende Stille, und das Gefährliche lockt mit seinen Verheißungen von Stille, vom Frieden des Todes, und die im Eis Festgefrorenen, deren Atem aussieht wie viele kleine Rauchfahnen, und die eingefrorenen Aalraupen, und die blutunterlaufenen Augen der Tiere, und ein Eisreich ohne Wiederkehr und ohne Ende und laß dich nie mehr davon verlocken,
denn schließlich ist einzig und allein das Reden wichtig, mit lauter oder leiser Stimme, klar oder verworren, aber reden, wenn man auch nur im Dunkeln flüstert, ein Flüstern zwischen Mündern und Ohren in dem stillen nächtlichen Zimmer (und nur ein einziger Vogel zwitschert draußen und sagt, daß der Morgen naht)
denn nur im Reden ist es, nur dort, und eine Art Liebe, die es möglich macht, die geballte, die krampfhaft geschlossene Hand wieder zu öffnen, und eine Art Hoffnung (und die Nacht endlich zu Ende)
und nur im Reden ist Mütterlichkeit, Wärme und Wiege.

Die Krocketspieler im grünen Gras

Es kann schwierig sein, auf dem Fahrrad zu fahren und zugleich eine Unterhaltung zu führen: fährt man bergab, gehen Argumente verloren.
Und in den Steigungen ist man so außer Atem, wenn man einander schließlich eingeholt hat, daß man die Sache nicht

mehr deutlich genug ausdrücken kann, um sich verständlich zu machen.
Sören Nordentoft, ein magerer, dunkler und ernsthafter dänischer Theologe, dem immerzu die Haare in die Stirn fielen, hatte außerdem ernstliche Schwierigkeiten mit seinem Fahrrad. Dann und wann sprang die Kette ab, und wir hielten an, um sie gemeinsam zu reparieren.
Mächtige Weiden neigten sich über das Wasser, die gewaltigen Eichen gaben uns Schatten, die Weiden tauchten ihre Blätter in den Strom, von weitem hörte man das Geräusch der sorgfältig instand gehaltenen, liebevoll gepflegten Schleusen mit den weiß und rot bemalten Schleusenschlüsseln. Schmucke Rettungsringe hingen an den Einfassungen des Beckens.
Nordentofts lange schmale Finger hantierten ernsthaft aber erfolglos an der Fahrradkette, er wischte das Öl am grünen Gras ab.
Und ich, der ich noch nicht entdeckt hatte, daß Dänemark die kultivierteste und reifste Nation Europas ist, ich traute mir nicht einmal zu, den fünischen Dialekt zu verstehen, den er sprach, und der so sanft und langsam war, daß ich mir nie darüber klarwerden konnte, wann er wirklich deprimiert war und wann er einfach nur so sprach.
Darum unterhielten wir uns miteinander in einem Englisch, das die Sportfischer an der Uferböschung mit ihren weißen Strohhüten, die echte Engländer waren und ihr ganzes Leben in Oxfordshire zwischen grünen Hügeln oder in eichengetäfelten Senior Common Rooms in dem mit gotischen Turmspitzen geschmückten Oxford zugebracht hatten, sich schaudernd nach uns umsehen ließ.
Dieser erste Sonntag im Juni 1957, tief in den fünfziger Jahren, umgab uns und flößte uns nicht mehr Angst ein, als wir selbst zustande brachten. Wir lebten wie in Glasflaschen eingeschlossen in der Geschichte (Homunculi im Kolben des Alchimisten) und wußten kaum, daß wir geschichtliche Erscheinungen waren.
Am siebzehnten Mai dieses Jahres war ich einundzwanzig Jahre alt geworden, Sören Nordentoft, der irgendwo in der Nähe des Bahnhofs in einem mit Büchern und gewaltigen Manuskripten über Heidegger vollgestopften Mansardenzimmer wohnte und das Fahrrad bei seinen Wirtsleuten in dem kleinen Verschlag neben der Küche abstellte, war vierundzwanzig Jahre alt.
Wir waren sozusagen die einzigen Freunde, die wir hatten, und lernten uns durch einen Zufall kennen: in dem großen, runden, mittelalterlichen Raum, der von einem Petroleumofen mit glühend rotem Eisengitter spärlich beheizt wurde

und zu jener Zeit Gilbert Ryles Arbeitszimmer im Magdalene College war.

Der Philosoph, der damals, 1957, noch umgeben war von dem Glanz seines Buches »The Concept of Mind« (eines Buches im Geist der fünfziger Jahre, das aufzeigen wollte, daß es nichts Psychisches gäbe, sondern daß vielmehr alles, was wir Bewußtsein nennen, nichts anderes sei als ein Reden, ein Reden, das aus physiologischen Antworten auf äußere Impulse bestehe; damals, 1957, eine vielgelesene und bewunderte Arbeit) saß in seinem Ledersessel und rauchte seine lange, gerade Pfeife. Wenn er sie ab und zu aus dem Mund nahm, konnte man gleich viel besser verstehen, was er zu sagen hatte.

Nordentoft kam aus Leiden: er war Existentialist. Ich kam von der Königl. Universität in Uppsala: ich war logischer Empirist.

Ryle behandelte uns mit onkelhaftem Wohlwollen, ich glaube, er war bemüht, uns bleiche und introvertierte Jünglinge zu bezaubern, er war bemüht, uns zu Freunden zu machen.

Es war die Zeit, in der man vorsichtig davon sprach, »Brücken zu schlagen zwischen den kontinentalen und den angelsächsischen Philosophien« (in Zürich und Genf hatten geheimnisvolle Ausschüsse schon mit der Vorbereitung der großen Zollunion begonnen, aber davon wußten wir nichts, da wir es für wichtiger hielten, den Unterschied zwischen dem »Sein an sich« und dem »Sein für sich« zu kennen, und da man uns gelehrt hatte, sorgfältig zu unterscheiden zwischen dem Wissen und der Welt, dem Wissen und der Wirtschaft, dem Wissen und dem, worüber es Wissen vermitteln sollte) und ich glaube, daß der Philosoph es genoß, einen dänischen Existentialisten und einen schwedischen Empiristen an dem Petroleumofen in seinem turmförmigen Zimmer sitzen zu sehen: es muß ihm das Gefühl gegeben haben, sich im Zentrum des Geschehens zu befinden.

Der Philosph sprach mit einer starken, autoritativen, wenn ich mich recht erinnere, Baßstimme. Auf den Rasenflächen, die jetzt Anfang Juni wunderbar weich und grün waren, draußen vor seinen Fenstern mit den bleigefaßten Scheiben, spielten ein paar Dozenten Krocket.

Von diesem Nachmittag an trafen Nordentoft und ich uns täglich: der Zauber beruhte zur Hälfte darauf, daß wir niemals die gleichen Bücher gelesen hatten, und daß wir beide fest davon überzeugt waren, alles, womit der andere sich beschäftigte, sei nichts anderes als ein Haufen liebenswerter Nutzlosigkeiten. Ich war in einem Alter, in dem ich mich noch nicht dazu entschlossen hatte, irgendeinem Menschen ernsthaft zuzuhören.

Wir verbrachten lange Abende in dem verräucherten und

überfüllten Socratic Club, wir hörten Mrs. Anscombe, die gerade die ersten großen Ausgaben von Ludwig Wittgensteins nachgelassenen Schriften redigiert hatte, mit Peter Winch über sie diskutieren, wir sahen das scharfgeschnittene Profil von John Langshaw Austin und den etwas trockenen, sehr unpersönlichen Peter Frederic Strawson. Dies war eine neue Philosophenschule, die sich schon Feinde gemacht und Anhänger gefunden hatte, ihr Programm war diffus und ihre Basis schmal, aber sie erleichterte das Denken wieder, da sie bereit war, alles von Anfang an zu überprüfen. Sie brauchte ihre ausländischen Schüler und behandelte sie mit ausgesuchter Freundlichkeit, es gehörte zu ihrem Programm, selbst die kindlichsten und unreifsten Ansichten mit größtem Ernst anzuhören, da einer ihrer Grundsätze besagte, daß die Alltagssprache philosophische Wahrheit enthielte und daß die Philosophen am besten daran täten, die Welt in Ruhe zu lassen, nachdem sie sie in aller Stille verstanden hatten.
Es war ein Zug von Selbstquälerei, von Selbstverleugnung darin. Diese Philosophie war so bescheiden, daß sie sich nicht selten dafür entschuldigte, überhaupt zu existieren.
Sie bedeutete viel für unser Selbstvertrauen.
Und wir radelten den Weg nach Abingdon hinauf, vorbei an den Anglern mit ihren gelben oder weißen Hüten, und reparierten dann und wann Sören Nordentofts abspringende Fahrradkette und diskutierten darüber, ob die Welt eine begriffliche oder eine rein physische Existenz habe.
Im Fahrtwind schnappte ich Sören Nordentofts Argumente auf, die in solchen Situationen oft etwas Klagendes an sich hatten. Wir waren in einem Alter, in dem wir noch ohne Falsch dikutierten, ohne technische Kniffe und Finessen, ohne Überredungsversuche und ohne jede Eleganz, und die Zweige der Bäume streiften uns manchmal übers Gesicht.
Und dann weiter hinauf, in die Hügel, zwischen niedrigen, sorgsam gepflegten Hecken hindurch und an Herden von weidenden Schafen vorbei.
Ich interessierte mich ernsthaft für die Frage, ob diese Welt wirklich nur die Widerspiegelung einer anderen sei.
— Heideggers »Sorge«, sagte Nordentoft, ist ein Existentialmodus, das heißt, eine Art sich zu verhalten, eine Art zu existieren. Und in dem Wort sind zugleich »Fürsorge« und »Besorgnis« enthalten. In einem aktiven, einem interessierten Verhältnis zur Außenwelt zu stehen, daß schließt zugleich einen Schmerz, eine Besorgnis über die eigene Existenz mit ein.
Und als wir oben auf der Kuppe des Hügels angekommen waren, sahen wir die weißen Kondensstreifen einiger Flugzeuge, die in so enormer Höhe flogen, daß die Maschinen selbst nicht zu sehen waren.

Es waren die mit Atombomben beladenen amerikanischen Maschinen, die jeden Morgen zu ihrer Patrouille über die freie Welt starteten, und die in der Abenddämmerung mit ihrer tödlichen Last zu den großen militärischen Luftstützpunkten irgendwo außerhalb von Oxford zurückkehrten. Zwischen Frühstück und Nachmittagstee hatten sie bereits ganze Kontinente überflogen, grüne Hügel, Polareis, schneebedeckte Berge, und als sie bei Sonnenuntergang landeten, hoben anderswo wieder andere ab.

In meinem Zimmer in Magdalene College, ganz oben unter dem mittelalterlichen Dach, lagen auf dem kleinen Tisch die Bücher in säuberlicher Ordnung, das Schreibpapier und die großen Notizblöcke, und an der Wand die Karikatur von Bertrand Russell, aus »Punch« ausgeschnitten.

Es war ein warmer und feuchter Sommer.

Auf einem Giebel, nur fünfzig Meter von mir entfernt, ruhte ein gewaltiger Wasserspeier, eines dieser Kalksteingeschöpfe, halb Vogel und halb Dämon, mit denen die gotischen Baumeister jedes ernste Gebäude zu schmücken liebten, sei es, um die wirklichen Dämonen fernzuhalten, oder um sie aus dem Haus zu haben. Er war nur einer in einer Reihe von dreißig anderen, aber der einzige, der von meinem Fenster aus zu sehen war.

Diese ganze spröde gotische Stadt, mit all ihren Türmen und Kirchturmspitzen, war von diesen Kalksteindämonen beherrscht, die in den Nächten wirklich ins Mondlicht hinauszulachen schienen.

Man sagt sich gern, daß diese Gebäude aus einer Zeit stammen, in der fast alles Angst ist, und vergißt dabei die Kondensstreifen am Sommerhimmel unserer eigenen Zeit.

Nachts hatte ich manchmal das Gefühl, daß dieser Steindämon anfangen könnte, vorsichtig seine festgefrorenen Steinflügel zu bewegen – regte er sich nicht eben im Mondschein – und daß er in einem einzigen langen Gleitflug zu mir herunterfegen und zum offenen Fenster hereinkommen und *auf mich herabstoßen würde.* Und in gewissen Nächten war das eine ganz reale, eine handgreifliche Möglichkeit.

(Während ich an diesem Punkt meiner Erzählung angekommen bin, befinde ich mich in einem altertümlichen, weißgekalkten Turm hoch oben an einem Hang in einem Dorf im Herzogtum Novara. Es ist Ende Februar, die Erde dampft von Regen und früher Wärme, die Vögel zwitschern, milde blaue Luft bedeckt das Flußtal unter mir. In der Ferne sehe ich durch das Fenster die weißen Gipfel der Alpenmauer, die mich vor Nordeuropa schützt, sehe die Schneestürme dort oben in den Pässen kommen und gehen. Überall bellen kleine Hunde, die Weinstöcke werden beschnitten und nach dem Winter an

frischen, weißlichen Holzpfählen befestigt. Um mich her helles Tageslicht, Freiheit, Ruhe; Februar 1970. Aber als ich diese drei alten Reisehandbücher über Oxford auf meinem Tisch in dem größten Zimmer des Turms ausbreite und Stadtpläne und Photographien von Gebäuden betrachte – das ist für mich fast die einzige Art, die rätselhaften Widerstände, die Blockierungen des Gedächtnisses zu überwinden, die mich vom Jahre 1957 trennen – da spüre ich den Schauer einer alten Angst.
Und erst jetzt, nicht 1957, sondern jetzt, 1970, in einem Turm in Novara, begreife ich, daß es Angst war. Plötzlich ist mir all das als Angst in Erinnerung.)
Ich erinnere mich nicht, wie weit wir auf unserer Radtour kamen, oder ob ich sie mit all den anderen verwechsele, die immer weiter flußaufwärts führten, aber ich erinnere mich an ein Krocketspiel später im gleichen Sommer, in einem Garten auf dem grünen Gras. Sonnenstühle, Krocketbögen im ganzen Garten verteilt, das sehr trockene Geräusch der Schläger, die die Kugel anstoßen, mein vorsichtiger Versuch, mich von auf die Untertasse geschwapptem Tee zu befreien, indem ich rasch die ganze Untertasse über einem Busch ausschwenke (das tut man natürlich nicht), und Nordentoft in weißen Hosen, die er für elegant hält.
Mrs. Harriet Spencer, eine magere, drahtige, sonnengebräunte Dame in den Mittdreißigern, hatte uns auf ich weiß nicht was für Wegen und durch welche Verbindungen kennengelernt: doch, es war irgendetwas mit einem armenischen Mädchen, das ich fast vergessen hätte, sie hieß Tamara mit Vornamen (ungeheuer langes kohlschwarzes Haar und kohlschwarze Augen) und Nordentoft hatte ihre Bekanntschaft gemacht, als ihr Reitpferd auf der großen Promenade in Christ Church Meadow unruhig wurde (während die Hühner im Nachbarhof gackern und die Hunde ganz aufgeregt in der Dunkelheit bellen, weil ein Fuchs sich in einen der Weingärten geschlichen hat, suche ich in den alten Reisehandbüchern nach Christ Church Meadow. In Christopher Hobhouses Oxford finde ich ein Bild von der breiten Promenade unter hohen Bäumen, bequeme Bänke sind an dem Kiesweg entlang aufgestellt und mit einem leisen Schauer von Unruhe oder Unbehagen erkenne ich auf der Photographie den leichten, silbergrauen Dunst wieder, der ganze Sommertage lang über diesen Wiesen hängen konnte, aber nichts auf diesem Bild sagt mir, daß es wirklich erlaubt ist, in Christ Church Meadow zu reiten, und vielleicht ist die ganze Geschichte schon von Anfang an erlogen.
Möglicherweise würde einer von den englischen Alpinisten, denen ich hier in Novara manchmal auf den Bergpfaden oben begegne, mir diese Frage beantworten können, und wenn ich

das nächste Mal einen treffe, werde ich ihn unverzüglich fragen; es gibt den Typ des Engländers, der sofort antworten würde, klar und korrekt, um dann seinen Weg fortzusetzen, und obwohl ich glaube, daß ich mittlerweile die zugrundeliegende Mentalität durchschauen kann, hätte ich trotzdem noch große Lust, dieses Experiment zu machen.) und sie muß es gewesen sein, die uns bei dieser Mrs. Spencer einführte.
(Dies ist eine von den Geschichten, bei denen man ununterbrochen nach Ausflüchten sucht, um sie nicht erzählen zu brauchen.)
Eine magere, drahtige Dame, die damals nicht älter war als ich es heute bin, die wir aber natürlich automatisch als »älter« betrachteten. Sie hatte ein ansteckendes Lachen und einen ungezwungenen, freundlichen Plauderton, sie war geschieden oder Witwe, und so eine Art Pensionsgast wohnte im Haus, ein mageres, bleiches und äußerst wortkarges Mädchen aus Bourges in Frankreich, das sich zur Teezeit selten blicken ließ, und im übrigen auch zu keiner anderen Zeit.
(Sie verabscheute uns, seit Nordentoft einmal höflich gefragt hatte, ob die Wörter »Bourges« und »bourgeoisie« etwas miteinander zu tun hätten, und das haben sie natürlich.)
An den Sonntagen, bei schönem Wetter, endeten unsere Radtouren nicht selten in diesem Garten, und wir saßen im Gras und hörten dem Gespräch zu und sprachen uns gegen Mr. Edens Eingreifen im Suezkrieg aus, durch das Englands Stellung als Kolonialmacht ein für allemal ein Ende gefunden hatte.
Und da tauchte ein weißhaariger, etwas exzentrischer Onkel auf, der einmal ein Kinderbuch geschrieben hatte und sich deshalb Schriftsteller nannte, und der manchmal von einem Professor Tolkien sprach, der in dieser Gegend wohnte und ein paar bemerkenswerte Märchen geschrieben hatte, die wir natürlich nicht gelesen hatten, möglicherweise, weil sie bisher nur im Manuskript existierten. Wir sahen ihn sogar zuweilen vorbeigehen, mit einem scharfgeschnittenen, schweren Profil und dunklen, zerstreuten Augen.
Mrs. Spencer, ich muß auf sie zurückkommen. Ihr Profil ist mir als ziemlich klein, »scharf« in Erinnerung. Ihre Bewegungen waren anmutig, entspannt. Sie hatte keine große Autorität, nicht einmal eine sonderlich bedeutende Intelligenz, aber sie behandelte uns als selbstverständliche Erscheinungen, und das war genug, um uns in ihrer Nähe so etwas wie Erleichterung, Ruhe, ja, sogar Sicherheit empfinden zu lassen, oder vielleicht sollte ich für mich sprechen: ich empfand es so.
(Ist jener Sommer wirklich einmal ein Teil *meiner* Erfahrung gewesen? Wenn ich im Jahr 1970 über mich selbst rede, fühle ich mich ganz in meine Erzählung eingeschlossen, wenn ich

über mich selbst rede, wie ich 1939 war, bin ich auch ganz und gar in meinem Leben drin, aber an dieser Stelle finde ich mich plötzlich wie eine Art Archivar oder Archäologe mühsam in ein paar fortgeworfenen kleinen Scherben, Splittern, Fragmenten herumstochern, die nach einer Explosion im Gedächtnis zurückgelieben sind. Diese Explosion muß so heftig gewesen sein, daß sie kaum etwas von dem ursprünglichen Erlebnis übriggelassen hat.)

Und ich kann mich zum Beispiel nicht im geringsten an irgendeines unserer Gesprächsthemen erinnern, obwohl wir offenbar stundenlang miteinander geredet haben müssen.

Wie furchtbar verworren und introvertiert ich zu jener Zeit gewesen sein muß, kann ich mir nur vergegenwärtigen, indem ich mich zu fragen versuche, welchen Standpunkt ich zu den Ereignissen dieser Zeit eingenommen habe: und ich erinnere mich nur an jene Kondensstreifen der Atomwaffenträger über dem grünen Gras und wie sie mich erschreckten.

Man hörte Stimmen, Stimmen und Lachen aus den Gärten. Autos auf den größeren Hauptstraßen, Geschirrklappern aus irgendeiner Küche, deren Tür offenstand, die Stimmen unten vom Fluß, wo Sonntag war und wo es von Booten wimmelte, die Geschichte war überall um mich herum, alles veränderte sich von Tag zu Tag, es war mitten in den fünfziger Jahren, und ich, ich war so bewußtlos in mich selbst eingeschlossen wie ein Homunculus in seine Flasche, auf den zurückzukommen die Erzählung mich immer wieder zwingt.

Bei den Philosophen gehörte es zum guten Ton, sich nicht für die Welt zu interessieren, die im Vergleich mit der Philosophie als unwesentlich angesehen wurde, und wenn ich mich in der Erinnerung umsehe, finde ich einen Haufen Neurotiker, bleiche, angespannte, in sich gekehrte Seminarstars vom gleichen Typ wie ich selbst, in Uppsala, in Oxford. Ihr nervöses, angespanntes Mitschreiben in den Vorlesungen, ihr Unvermögen, außerhalb des bizarren kleinen Zauberkreises, den sie um sich gezogen hatten, auch nur ein vernünftiges Wort zu wechseln, und gar nicht selten ihre offene Unfreundlichkeit, ihr kühler Hochmut.

Genauso muß ich ausgesehen, genau diesen Eindruck muß ich gemacht haben, und je länger ich in meiner Erinnerung suche, desto weniger finde ich an persönlicher Eigenart, Neurose oder Verrücktheit, und desto mehr an Milieu und sozialem System.

Und ich erinnere mich an immer mehr solche Seminare, mit immer mehr solchen bleichen Gesichtern mit der gleichen Weigerung, ein persönliches Wort zu wechseln, die gleichen angespannten, nervösen Gesichter, die gleiche verzweifelte Kälte, die gleiche Sehnsucht nach einer mütterlichen Kraft,

um sich von ihr tragen zu lassen, und die gleiche Glasflasche überall — je länger ich hinsehe, desto mehr Gesichter von 1957 erkenne ich, die meinem eigenen gleichen.
Das war nicht unbeabsichtigt. Das lag nicht an den Lebensumständen.
Dies war das Gefängnis, in dem die Intellektuellen der fünfziger Jahre eingesperrt waren.
Nein, ihr braucht mich nicht daran zu erinnern, daß zur gleichen Zeit andere in anderen Gefängnissen eingesperrt waren.

Mrs. Spencer bezeigte mir, wie ich schon erzählte, ein wohlwollendes, ein nachsichtiges Interesse. Ich fand das unbegreiflich, da ich es zu jener Zeit überhaupt unbegreiflich fand, daß ich auf irgendeinen Menschen einen Einfluß haben könnte, wenn nicht durch meine Argumente.
(Und sie interessierte sich natürlich nicht für die Frage, ob die Welt eine begriffliche oder eine physische Existenz habe.)
Und natürlich fühlte ich mich geschmeichelt.
Und in Wirklichkeit war es natürlich so, daß sie mich besser und deutlicher sah als ich mich selbst.
Ich habe von der Angst erzählt, die dort überall zugegen war. Jetzt nahm sie rasch Gestalt an.
Es fing so an:
Auf einem Spaziergang fragt mich Mrs. Spencer, ob ich die kleinen Kreidestriche bemerkt habe, die die Straßenarbeiter an verschiedenen Stellen am Trottoir entlang gemacht hatten, zur Vorbereitung für das Aufreißen irgendeiner Rohrleitung in der Straße. Ich habe sie bemerkt.
Es sind Pfeile, Kreise, Ziffern.
Ich finde die Frage lustig, aber auch ein wenig seltsam, sie pflegt nicht auf die Art zu scherzen. Wir gehen weiter und reden von etwas anderem.
Als ich sie das nächste Mal besuche (ich weiß nicht mehr, ob ich allein kam oder ob Nordentoft dabei war) fragt sie mich, ob ich nicht manchmal die Angst gespürt habe, die in ihrem Haus ist.
(Bisher erschien sie wirklich als die sicherste, die unproblematischste Person, die man sich nur vorstellen kann, jemand, der auch anderen Sicherheit einflößt durch sein entspanntes, sorgloses Verhältnis zur Außenwelt.)
Ich antworte: nein, überhaupt nicht, und sie sagt, daß es dort auch nichts gibt, wovor man sich fürchten müßte. Ich antworte, daß ich das wirklich hoffe, und sie sitzt eine Weile stumm da und sagt dann, daß sie manchmal eine *entsetzliche Bedrohung* zu spüren meint.
Ich weiß nicht mehr, worauf ich das Gespräch bringe, aber ich

bringe es auf ein anderes Thema, schiebe die Sache beiseite. Schon ein paar Tage danach komme ich wieder, verwirrt und beunruhigt. Sie ist im Garten damit beschäftigt, ein paar Blumen zu schneiden, sie empfängt mich freundlich wie immer, und erst als ich sehe, wie sie sich ein Glas Wasser eingießt und ihre Hand dabei zittern sehe, begreife ich, daß sie sehr große Angst hat.
Ich lasse mir nichts anmerken. Ich tue, zu meiner Schande, nichts, um mehr zu erfahren, ich frage sie nicht, ich erkläre mich nicht bereit, ihr zuzuhören, sondern gehe heim, mit einem wachsenden Gefühl der Unruhe.
Diese Erzählung ist nun zum Ende gelangt. Ich werde nicht der Versuchung erliegen, ihr einen anderen Schluß zu geben.
Als ich von dieser Harriet Spencer nach Hause gehe, ganz verwundert, weiß ich, daß sie in einem Inferno lebt. Es gibt nichts in meiner Erziehung, in meinem Hintergrund, in meinen Erfahrungen, was mir eine Alternative zu meiner Handlungsweise böte.
Als ich ein paar Jahre später einen Brief bekomme, der beiläufig erwähnt, daß diese Frau wegen unheilbarer Schizophrenie in Pflege ist, erst da begreife ich, wie sehr ich sie geliebt haben muß.
Drei Dinge zur Erinnerung, drei Anhaltspunkte:
Der Kreis der Philosophen, der Kaltherzigen, der Hochmütigen und Unberührbaren, und das Gefängnis, das sie für sich und ihre Jünger gebaut haben.
Die Kondensstreifen der in großer Höhe fliegenden, atomwaffen-beladenen Flugzeuge am blauen Sommerhimmel: gotische Turmspitzen und Kondensstreifen.
(Und da ist niemand, der nicht auf die gleiche Weise Verrat üben würde.)
Und schließlich: die Krocketspieler im grünen Gras.
Wenn ich mir Mühe gebe, kann ich hören, wie ihre Schläger mit trockenen, nüchternen Geräuschen die Kugeln anstoßen.

La guerre froide continue

Wenn man an einem Tag Anfang März von einem der Grundstücke auf Östra Ågatan aus sieht, wie diese mit warmem Rot bemalte Schloßfassade von der aufgehenden Sonne angestrahlt wird (und der armselige schmutzige Fluß auf der anderen Seite der Strasse endlich eisfrei ist und frei dahinfließt), dann kann man sie als ein Symbol auffassen oder als eine Verheißung von Freiheit, Glück, Hoffnung.

Sie bekommt dann ein überirdisches Aussehen. Sie zieht den Blick an.
Ich weiß nicht, wie oft ich mich schon blind gestarrt habe an solchen Gesichten, wie oft der Widerschein einer Hausfassade mich gefesselt hat, wie oft ich gesehen habe, wie das Licht die Welt malt. Canaletto, Elias Martin, Ola Billgren: ich glaube, ich weiß, was ihr meint!
Du malst deine mächtigen Lichtbrunnen über Stockholms Hafen, und der Wald der Schiffsmaste wird durchdrungen von heimlichem Glück, das Wasser leuchtet mit geheimnisvollem Licht. Die plötzliche Flut, der Katarakt von Licht läßt dort, wo einmal Stockholms Hauptbahnhof liegen wird, ein paar schlichte Giebel in verklärten, goldenen Farben aufflammen.
In die irdische Stadt Stockholm mit ihren Bettlern, ihren Kneipen, die voll sind von grölenden Stimmen, mit ihren skrofulösen Kindern, ihren brutalen Intrigen, ihren halbnackten, einfältig singenden Huren, ihrem Schmutz und ihren Verbrechen, malst du mit deinem geheimnisvollen Licht eine andere, eine himmlische Stadt, ein Jerusalem hinein.
Wie vibriert nicht das goldene Licht über deinen Gewässern und Inseln! Und die Luft selbst wird zu einem lebendigen, kristallklaren Raum, in dessen Schattierungen der Gedanke sich fängt.
Und du, Elias Martin, weißt, daß man dich um deiner Visionen willen lieben wird. Du schmeichelst der Stadt, du schmeichelst dem Hof und der Majestät, indem du dieses geheimnisvolle Licht über den Inseln spielen läßt. Man wird dich feiern:
man wird dir recht geben.
Und niemand wird dir so recht geben wie ich.
Wie oft hat nicht dieses Licht mit seinen Verheißungen mich gefesselt. Canaletto, Martin, Billgren, ich bewundere euch, ich bewundere euer Wissen vom Glück, eure tiefe Kenntnis darüber, wie das Licht malt.
Aber mich haben solche Bilder jahrzehntelang behindert, ich bin immer wie paralysiert vor ihnen stehengeblieben: und ich bin sicher, hätte man mein Gesicht gesehen, während ich sie ansah, man hätte es einfältig, töricht, dumm gefunden.
Ich will mich nicht mehr durch Bilder davon abhalten lassen, mein Leben zu betrachten.
In Uppsala ist 1958 die Situation also folgende:
Der kalte Krieg geht weiter.
Der große Streit um die schwedischen Angestelltenrenten, der noch ein ganzes Dezennium lang den schwedischen Parlamentarismus beeinflussen und verändern wird, ist in eine entscheidende Phase eingetreten.

Den ganzen Winter lang hört man die Schneeschaufler auf den Hinterhöfen der Öfre Slottsgatan, und ich habe einen unruhigen Schlaf. Bücher, Bücher, überall Bücher, sie bedecken meine Tische und Stühle.
Herbert Tingsten nimmt an großen Debatten in der Aula teil und diskutiert über Gott und die christliche Sexualmoral. Arthur Koestler kommt im Mai und redet über »The unity and continuity of Europe«. Sven Delblanc raucht kleine schmale Zigarillos auf der Treppe der Universitätsbibliothek Carolina. Per Olov Enquist stellt bei den Akademischen Meisterschaften im Hochsprung für Uppsala auf. Göran und Tora Palm wohnen im Hinterhof in einem kleinen Zimmer, das von einem Petroleumofen immer sehr warm gehalten wird. Im Café Alma lehrt der geistreiche Thorild Dahlquist in einem Kreis von atemlosen Zuhörern Moralphilosophie. Es ist ein schrecklicher Winter.
(Die Stadt hat noch etwas Lebendiges an sich: sie ist mit Stimmen und Gesichtern bevölkert. Aus dem Anfang der sechziger Jahre, dem Beginn meiner großen Stummheit, ist sie mir dagegen völlig leer, entvölkert in Erinnerung, ohne auch nur einen einzigen Menschen auf den Straßen, bis auf den Kolonialwarenhändler Kihlgren mit seiner großen weißen Schürze. Das liegt natürlich ausschließlich an meiner eigenen Verweigerung. Aber aus dem Jahr 1959 ist mir kein einziges Gesicht auf einer Straße in Uppsala in Erinnerung.)
Die Raucher auf der Treppe der Carolina bleiben nicht lang und haben sich die Mäntel um die Schultern gelegt.
In diesen Jahren werden die Forschungsausschüsse und Arbeitsgemeinschaften vorbereitet, die allmählich die Wissenschaft dem schwedischen Wirtschaftsleben anpassen sollen, Mittel für Stipendien fließen in die naturwissenschaftlichen Fakultäten, und die Arbeit auf dem humanistischen Sektor verwandelt sich in ein provinzielles, ein verstaubtes Kuriositätenhandwerk. Mit jedem Jahr wird die Stadt immer mehr zur Provinz, aber noch ist das nicht ganz offensichtlich.
Von den alten Gastwirtschaften sind noch ein paar übriggeblieben, Lindholms etwa, mit seiner Treppe und seiner ekligen fetten Katze und dem Geruch nach dem ewig gleichen, zähen und harten Gulasch.
Die kleinen Spuren in den Hinterhöfen der Öfre Slottsgatan laufen kreuz und quer. Spät nachts kann man Verzweifelten begegnen, die nicht in ihren Zimmern bleiben wollen, und die weder Mut zum Leben noch zum Sterben haben.
Bauernstadt, mit den hohen Stiefeln der Bauern unten an den Marktständen und dem feuchten Geruch des Tauwetters von den ländlichen Gebieten Upplands her, die nichts anderes sind

als eine Fortsetzung der sibirischen Taiga auf unserer Seite des Bottnischen Meerbusens.
Und fast überall Böswilligkeit, bodenlose Gleichgültigkeit. Ein scheinheiliger liberaler Konformismus bei Dagens Nyheter, bei der NATO, bei Herbert Tingsten bietet sich als Alternative zu einem Konservatismus, der so viel schlimmer, so viel brutaler, so viel liebloser ist, daß selbst diese verschwommene Scheinheiligkeit mit ihrer Moralphilosophie und ihrem Glauben an die freie Welt sich wie ein wärmendes Heim ausnimmt.
Ich erinnere mich daran wie an den Geruch von nassen Wollsachen, und die Seminare, wo das tüchtige Reden manchmal ein Fenster öffnete, erscheinen mir fast als Lichtpunkte.
(Wo das Reden ist, gibt es immer noch eine Möglichkeit.)
Ja, es war ein schrecklicher Winter. Ich las und las, Tage und Nächte hindurch, glaube ich (und mittags ein Täßchen Kaffee und ein Brot mit Käse und eins mit Leberpastete aus Schonen im Café Alma, und Thorild Dahlquist möchte nie Butter auf sein Brot haben. Sein feines, intelligentes Gesicht schwebt mir in diesen Jahren als Ideal vor, er ist ein Mann, der sich »von der Welt befreit hat«. Ich mag ihn noch heute sehr gern, aber ich glaube, daß es ganz falsch war, ihn als Vorbild zu betrachten. Was ich brauchte, ja, das einzige, was mich aus meinem gefrorenen Hochmut hätte befreien können, war natürlich, mich mit dem größten Hunger und der größten Entschlossenheit in die Welt hineinzuwerfen, sie mit den Lippen, den Händen, dem Glied zu berühren, ihr Brennen im Rücken zu fühlen. Und da war niemand, der bereit gewesen wäre, mir das zu sagen.
Diese entsetzlichen dicken Steinmauern zum Café im Kellergeschoß der Universität hinunter: sie hielten ja sogar die Frühlingssonne ab, und das Licht fiel durch den Zigarettenrauch wie auf einer Zeichnung des rätselhaften Meisters Piranesi.).
Studierte Philosophie und machte bereits nach einem Jahr meinen Magister und fand, daß kaum ein Buch mit dem anderen übereinstimmte, und erinnere mich genau, daß ich fast immer von irgendjemand unterbrochen oder kurz abgefertigt wurde, bevor ich ausreden konnte, und Tag für Tag der gleiche kleine Rundgang durch den Schnee und das Geräusch der Schneeschaufler aus den Hinterhöfen.
Nein. Ich vereinfache. Ich lüge nicht, aber ich mache es mir zu leicht, ich fange wieder an, wir geben nicht auf:
... von nassen Wollsachen in den Garderoben der Speisesäle, und nasse Wolle vermischt mit dem Essensgeruch, und die kurzen Stiefel der Mädchen (in dem Alter, in dem man sie wirklich braucht und in dem sie einen von allem Bösen

erretten könnten, haben sie noch unbestimmte, verschwommene Züge und haben noch nicht zuhören gelernt) und wie sie in Wolle und Essensgeruch gehüllt herumlaufen, und das kleine Kino Fyris, das die ganze Filmgeschichte wieder und wieder zeigt, und der Geruch von feuchten Wollsachen,
ich fange wieder an, wir geben nicht auf, und ich weiß die ganze Zeit über, daß hier etwas nicht stimmt,
(ich stelle mich selbst als ziemlich schmal, mager und bleich dar, Mitleid heischend und mit einer Art abwartender Haltung allem gegenüber, was mich umgibt, und das ist offenbar alles Lüge)
In Uppsala, im Vorfrühling 1958, sehe ich folgendermaßen aus: ich bewege mich in einer unbeschreiblichen, etwas schaukelnden Gangart, von der ich später etwas, aber nicht viel, zurückbehalten werde. Ich schaue gern auf die Straße hinunter oder zur Wand hin, und wenn ich manchmal jemandem begegne, den ich allem Anschein nach grüßen muß, tue ich das mit übertriebener Freundlichkeit. Ich habe bereits angefangen, eine gewohnheitsmäßige *Verbindlichkeit* zu entwikkeln, die im Grunde das genaue Gegenteil ist, und die ich gegen Ende der sechziger Jahre mit großer Entschlossenheit abzulegen versuchte, als ich schließlich ihre Unaufrichtigkeit erkannt hatte.
In dieser Gangart drücken sich meine Unsicherheit und zugleich ein fast brutales Selbstvertrauen aus. Meine Stimme ist müde, gedehnt und nasal, die Artikulation nicht immer die beste, und wenn sie rechthaberisch wird und sich ereifert, wird sie auch ein wenig schrill.
Mein »brutales Selbstvertrauen« äußert sich in einem völligen Mangel an Respekt vor Autoritäten, ich traue meinen Professoren nicht über den Weg, ich kann kühl und abweisend selbst mit den Menschen sprechen, die mir ein wohlwollendes Interesse entgegenbringen, meist, um sie auf die Probe zu stellen und zu sehen, ob ihr Interesse auch dafür noch ausreicht.
Ich habe keine Ahnung, wie abstoßend ich wirke, wie anmaßend und zugleich abweisend ich mit den Menschen in meiner Umgebung reden kann.
Und abwartend? Hol's der Teufel! Ich möchte mich nur bitten lassen, weiter nichts. Mit sicherem Instinkt habe ich erkannt, daß der nur halbwegs Interessierte, der nur halbwegs Bekehrte, der nur halbwegs Gläubige immer die Oberhand hat, immer einen bedeutend größeren Einfluß ausüben kann als der schon Bekehrte, der schon genau Definierte. Allem Unbestimmten, Abwartenden wohnt eine Macht inne; man kann sie benutzen und kann auch von ihr benutzt werden.

Wenn ich mich selbst sehe, im Vorfrühling 1958 in Uppsala, dann meine ich ein Spiegelbild, den Abdruck einer Mythologie, eines ganzen Gefängnisses von Mythologien zu sehen, aber ich kann sie nicht benennen.
Und schon etwas weniger wirklich.

In diesem Winter befindet sich Johanna Becker in Paris. Sie sitzt auf einer Bank im Jardin du Luxembourg, mit einem kleinen ungewissen Lächeln, ein Buch auf dem Schoß. Ihr Gesicht hat weder Autorität noch Schwere, sie ist ein schüchternes kleines Mädchen. Der lange, billige Baumwollrock hat ein lustiges Muster aus Laternenpfählen, das zu der Zeit vielleicht gerade in Paris populär war. Sie hat eine dicke Jacke oder einen Mantel über den Schultern und dazu einen dicken Schal. Zu ihren Füßen steht eine Aktenmappe aus irgendeinem billigen Material.
Sie hat sehr wenig Geld und teilt es an verschiedenen Tagen abwechselnd für Essen und für Bücher ein. Sie blättert oder liest in einem dicken staatswissenschaftlichen Buch, das gerade herausgekommen ist und für dessen Verfasser, einen bekannten Professor, sie eine ohnmächtige Liebe hegt. Sie besucht alle seine Vorlesungen, und er nimmt es nicht wahr oder gibt vor, es nicht zu bemerken. Das Buch, in dem sie blättert, ist teuer. Damals, 1958, hat es 42 Mark gekostet. (Sie kann es sich schwer abgewöhnen, in Mark zu rechnen. Sie schaut schüchtern in die Kamera, und ich glaube, der starke Sonnenschein ist ihr lästig. Sie singt, mit einer schönen klaren Sopranstimme, die ich nie gehört habe, und an bestimmten Tagen in der Woche singt sie im Chor des Pariser Konservatoriums mit. Dadurch hat sie auch einen kleinen Nebenverdienst. Sie ist sehr schüchtern.)

Das ist ja entsetzlich! Ich *kann* mich selbst nicht so beschreiben, wie ich im Jahre 1958 aussah! Ich weiß es ganz einfach nicht. Ich erinnere mich daran, wie meine Teekanne aussah, ich erinnere mich an ein Bücherbord, das ich aus Ziegelsteinen und Brettern baute, als die anderen nicht mehr ausreichten (und Göran Printz-Påhlsons »Die Sonne im Spiegel« kam in diesem Frühjahr heraus und alle Leute — alle Leute? — sprachen von etwas, das sie »Metapoesie« nannten), ich erinnere mich an die lächerlichsten Einzelheiten, sogar an ein verschüttetes Glas Milch in dieser Bar auf der Drottninggatan, und was ich zur Kellnerin sagte, und an bestimmte klare Morgen, aber ich kann mich überhaupt nicht an *mich selbst* erinnern.
Es ist, als hätte ich nicht existiert! Und es sind erst zwölf Jahre her!

Wir fangen wieder an, wir geben nicht auf!
Gibt es Persönlichkeiten? Oder gibt es nur Situationen? Und diese entsetzliche Narrenfigur mit viel zu langem Schlips und einer Jacke mit solchen Flicken aus Sämischleder auf den Ellbogen, wie sie in den fünfziger Jahren populär waren, die sich in dieser unbeschreiblichen, schaukelnden, monströsen Gangart bewegt — wer soll das eigentlich sein?
Gab es da nichts anderes, keine Wärme, keine Hoffnung, gar nichts? War das Ganze schon von vornherein ein verlorenes Spiel? Nein, so war es nicht.
So ist es nie. Wir sind es, die es verlorengeben.
Am einunddreißigsten März 1958 beginnt die Schneeschmelze. Und dies ist keine von den banalen Wetterbeschreibungen, in denen zu brillieren kontinentale Kritiker uns primitive und wilde Skandinavier ständig beschuldigen, dies ist ein wichtiger Teil meiner Erzählung.
An diesem ungewöhnlich warmen Tag, der also der erste Frühlingstag ist, und nicht nur der erste Frühlingstag in diesem Jahr, der erste Frühlingstag seit vielen Jahren, ein Tag, an dem das Reden einen seiner Triumphe feiern wird, suche ich den Dozenten Sören Halldén auf, um bei ihm eine Prüfung abzulegen. Halldén, der erstaunlich schüchtern ist, stellt keine richtigen Fragen, wir plaudern ein wenig über dies und jenes miteinander, werfen einander nervös, aber nicht unfreundlich Stichworte zu, wir plaudern eher über Philosophie, als daß wir über Philosophie reden, die Frühlingssonne draußen und das nervöse, ein wenig ungeduldige Temperament des sehr intelligenten Lehrers hindern uns daran, uns auch nur einen Augenblick lang richtig auf die Prüfung zu konzentrieren. Nach einer halben Stunde, als ich immer noch auf den eigentlichen Beginn der Prüfung warte, bittet er um mein Prüfungsbuch und trägt die Note mit einer Geste ein, die so deutlich seine Verachtung dieser ganzen Universität und all ihren Vorschriften gegenüber enthüllt, daß ich mir vor lauter Entzücken ein Lachen nicht verkneifen kann,
und wir fühlen uns irgendwie als Kameraden und gehen durch den englischen Park, um in dem ewigen Café zusammen Kaffee zu trinken, und ich habe keine Ahnung, daß mich an diesem Tag noch eine Prüfung erwartet. Ungefähr um Viertel vor eins entschuldigt sich der Dozent und geht, er hat viel zu tun, da er im Lauf der Zeit Professor in Lund werden wird, aber davon wird er noch über viele Jahre hinaus nichts wissen.
Und ich, ich bleibe noch fünf oder zehn Minuten dort, gehe dann die Treppe hinauf, ins Licht hinaus, den Berg hinunter, wo die Vormittagsstunden alles zu Wasser geschmolzen haben, so daß es nun wie ein kleiner Fluß den Rinnstein hinab-

strömt, und da sind ein paar Leute, die ich kenne, und ich finde den klugen, den empfindsamen Björn Nilsson mit seinem hinkenden Bein und seinem erschöpften kleinen Lachen, und auch die rundliche dunkle Maria Brohult ist da, und der ganze Winter ist auf einmal fort, jetzt löst sich etwas, und ein paar Schatten fliegen auf, ein paar Vogelschwärme (schwarze), die vier, fünf, vielleicht auch zehn Jahre lang über mir gehangen haben, verschwinden für einen Augenblick (die Freiheit existiert), und da ist ein Mädchen mit langem, ein wenig rötlichem Haar und einer langen schönen Nase, sie ist mindestens einen Kopf größer als ich. Wir nennen sie Ingrid Bergström,
und sie sagt
natürlich haben wir uns schon getroffen, erst vor ein paar Tagen im Café unten, aber du hast mich nicht gesehen, und Björn Nilsson, der nicht weiß, daß wir im nächsten Dezennium jahraus und jahrein fast jeden Tag miteinander telefonieren werden, wenn er in der Kulturredaktion des Expressen gelandet ist, sagt
jetzt lassen wir uns alles den Buckel runterrutschen, jetzt wollen wir Streichhölzer segeln lassen
und tatsächlich fangen wir an, Streichhölzer segeln zu lassen, groß und klein läuft ihnen nach und feuert sie an und hilft ihnen über all die Hürden aus alten Zigarettenschachteln, gebrauchten Präservativen, verlorenen großen Haarnadeln, über Stock und Stein und all das Gerümpel hinweg nach solch einem Winter, und ich nehme diese Ingrid Bergström an der Hand (es ist eine lange, schmale, etwas winterbleiche Hand mit ein paar braunen Pünktchen darauf) und wir laufen zusammen die Straße hinunter
(das ist schon unendlich lange her)
und ich strample vor Glück in meinem Glaskolben
und wir laufen
und ich sehe, daß dieses Mädchen einen kleinen Frosch aus Zinn am Revers ihres hellblauen Mantels trägt, und sie erzählt, daß sie vier Schwestern hat, und da beginnt ein Reden, und es wird über eine lange Zeit hinweg weitergehen und sehr lange glücklich sein, bevor es wieder unglücklich wird, aber das ist eine andere Geschichte
und wir laufen, ohne zu wissen, wohin wir laufen.
Jetzt wird es nur noch zehn Tage dauern, aber das weiß ich nicht, bis ich mit der Erzählung beginnen werde, die »Letzte Tage und Tod des Poeten Brumberg« heißen und mich ein für allemal von der Philosophie abbringen und in etwas anderes hineinführen wird, das noch schwerer ist und mich noch mehr beschädigen wird und durch das ich hindurch muß
laufen die Drottninggatan, die Västra Ågatan entlang, über

die Brücke, auf die Östra Ågatan, und als sie mir drei Tage später einen Brief schreibt, beginnt er mit den Worten:
(und ich bin wieder an dem Punkt angelangt, wo ich mich nicht mehr an der Sentimentalität stoße, weil ich begonnen habe, wieder auf den Wert der Worte zu vertrauen)
»Schloß im Morgenlicht«

(Am 31. März 1958 singt Johanna Becker im Pariser Konservatorium unter der Leitung von Igor Markevitch Mozarts Krönungsmesse. Mit strahlender Klarheit steigen die hohen Sopranstimmen in dem einleitenden Chorsatz auf, und sie ist vollkommen glücklich und findet, daß der schwere Chorsatz »sich wie von selbst singt«.
Solange sie singt, wird sie vollständig glücklich bleiben. Und ich weiß nicht, daß es sie gibt.)

Versuch der Rekonstruktion und Analyse eines mittelalterlichen Bestiariums

Fünfziger Jahre. Man hatte die Begrenzungen des Daseins kennengelernt. Man hatte gelernt, daß es voller Grenzen war. Man hatte ein paar neue Wörter buchstabieren gelernt.
Man hatte auch allerhand neue Möglichkeiten kennengelernt, die sich dem Fleißigen, dem Tüchtigen, dem Realisten auftaten.
Der große Konjunkturaufschwung des Koreakrieges wollte gar nicht mehr abflauen, die Zuwachsraten der schwedischen Industrie stiegen von Jahr zu Jahr; nun erschienen ausländische Arbeitskräfte und neue Tochtergesellschaften in neuen Ländern.
Paris wurde populär, obwohl anscheinend niemand etwas unternehmen konnte, um die Torturen in Algerien zu verhindern. Weinflaschen kamen auf die Tische der Literaturclubs, nach dem Hering und dem Branntwein der vierziger Jahre nun der Vin Rouge d'Algérie der fünfziger und Sveciakäse, der neuerdings in dicke Scheiben geschnitten wurde. Die Poesie blühte, und das Lied, das Couplet. Bastbespannte Flaschen aus Italien schmückten, auch wenn sie schon ausgetrunken waren, ziemlich viele Wohnzimmer, und die Malerei wurde metaphysisch und änderte immer wieder ihre Richtung:
In den ersten Nachkriegsjahren Fischermädchen auf Ibiza, dann Konkretismus, wobei die halbe Kunst darin bestand, eine Fläche gegen eine andere, gelbe, in der rechten oberen Ecke auszubalancieren. Dann erschien die Gedichtsammlung »Strountes« von Gunnar Ekelöf, und die Malerei ging vom

Konkretismus über zum Informalismus, es entstanden Graffitti, possenhafte und geistreiche Spielereien: innerhalb von zehn Jahren änderte sich der Charakter fast aller Bilder, sie wurden mehr Gegenstand als Gemälde.
Die Universität erhielt Stipendien, allerdings mehr in den nützlichen Fakultäten als in den unnützen. Mit der Produktivität stieg der Lebensstandard, die Zusammenarbeit zwischen Arbeit und Kapital erlebte eine Glanzperiode, und in aller Stille wurde der Grund zu ein paar bedeutenden Vermögen gelegt.
Man hatte zusammenzuarbeiten gelernt: man wußte praktisch über alle Möglichkeiten Bescheid.
In einem ungewissen Sonnenlicht wuchsen schöne neue Mietshäuser in Rosa und Blau, Pastell und Hellrot aus frühlingshaft weichen Lehmäckern empor. Bulldozer und Bagger dröhnten Tag und Nacht, und die Angestellten der Wohnungsvermittlungen bekamen jetzt ihre Machtstellung: die Bauunternehmer wurden zu Fürsten. Die alten Stadtkerne fielen in einer Wolke von Staub und Rauch zusammen, Uppsalas Markt bekam ein Kaufhaus, das aussah, als wäre seine Fassade aus spitzenbesetzten Damenunterhosen gemacht.
Gott wurde geleugnet, die Ehe wurde geleugnet, die Ideologien wurden geleugnet; aber bedeutsamer noch war, daß man die Geschichte leugnete.
Sie war 1945 in Angst und Schrecken zu Ende gegangen. Es gab den kalten Krieg, es gab die Forderung nach einer schwedischen Atombombe, es gab Vorschläge für ein neues Strafgesetz, aber die Geschichte, die gab es nicht.

Es war eine seltsame Zeit, als in den Zeitungen die Leitartikel mit dem Feuilleton übereinstimmten. Die Poesie blühte. Die literarischen Zeitschriften handelten von Literatur und die Romane vom Leben. Die Stearinkerzen brannten.
Die Intellektuellen dieser Periode pendelten atemlos zwischen Metaphysik und Anpassung hin und her, ungefähr so, wie die Funktionäre und Juristen und die neuen Leitartikelschreiber mit dem Personenzug zwischen Stockholm und Uppsala hin- und herpendelten.
In dieser neuen, harmonischen Gesellschaft mit blauen und rosa Mietshäusern und einer ständig steigenden Zuwachsrate war es leicht, Karriere zu machen. Reihenhäuser, die eleganten Reihenhäuser für Ärzte und Anwälte schossen empor wie Pilze, Hecken wurden gepflanzt und Gartenmäuerchen angelegt. Der Berufssport stand hoch im Kurs und nach allgemeiner Übereinkunft war das einzige, was wir von der Welt kennenlernen können, die alleräußerste Oberfläche der Welt, nicht die Absicht, sondern das Verhalten, nicht der Umgang

mit der Macht, sondern die Macht, nicht die Bedeutung der Sprache, sondern lediglich die Sprache. Per Olof Sundmann trat zum ersten Mal an die Öffentlichkeit und beschrieb in seinen Untersuchungen die Rolle, die die Macht jetzt in unser aller Leben zu spielen begonnen hatte. Die Privatsphäre blühte.

Ich träume manchmal von diesen mittelalterlichen Tierbüchern, *Bestiarien*, die ein alter Dominikaner mir einmal in The Bodleian Library in Oxford zeigte. Sie beschreiben alle bekannten Tiere, und einige davon sind Phantasieungeheuer, die es natürlich auch alle gegeben hat, aber nur als Spiegelungen von etwas anderem, das der Verfasser erlebt hat. Drachen und Meeresungeheuer von der Art, wie sie sich auf manchen Landkarten fröhlich tanzend und hohe Wasserstrahlen speiend vor Islands Küste winden. Sie werden mit einer ebensogroßen Fülle an Details und mit der gleichen autoritativen Ruhe geschildert wie die existierenden Tiere (und falls es zu irgendeinem Streit kommen sollte, braucht man nur auf Aristoteles zu verweisen. Der weiß Bescheid.).
Die private Wahrheit dieser Bücher mit ihren wunderbaren handgemalten Illustrationen ist natürlich um ein Vielfaches größer als ihre biologische Wahrheit. Sie sagen viel mehr über die Träume des Verfassers aus, aber nicht nur das: sie sagen noch mehr aus über die Träume, die man zum Zeitpunkt der Entstehung dieser Bücher für natürlich und richtig hielt.
Und über diesen Umweg kommt dann doch eine historische Wahrheit zum Vorschein, und wenn wir nach so langer Zeit zu diesen Büchern zurückkehren, geschieht das nicht um ihrer offensichtlichen Lügenhaftigkeit, sondern um ihrer verborgenen Wahrhaftigkeit willen.
Die Welt, in der meine Erzählung spielt, ist ein Bestiarium. Die Bestien, die diese Kreise bevölkern, werdet ihr vielleicht nicht auf den ersten Blick wiedererkennen, aber dennoch weigere ich mich zu glauben, daß meine Geschichte sich am Ende als »privat« erweisen wird.
Die Wahrheit müßt ihr nach eigenem Gutdünken herausfinden. Nach politischen Tugenden werdet ihr bei mir vergeblich suchen. Wenn ich irgendwelche Tugenden besitze, so sind sie persönlich, und es braucht im allgemeinen sehr viel Zeit, um sie zu finden,
Mehr sage ich nicht.
Die Versuchung, bei den Bildern stehenzubleiben, ist fast übermächtig. Homunculus in seiner Flasche, aber nicht nur Homunculus. Ich habe nichts gegen diese Bilder, ich wäre hilflos ohne sie, ich liebe sie, aber ich weiß, in dem Augenblick, in dem ich bei ihnen stehenbleibe, bin nicht nur ich, ist auch meine Erzählung verloren.

Dieser Kreis ist mit Bestien bevölkert, mit seltsamen Tieren und Geschöpfen, dreiköpfigen Ungeheuern, seltsamen Organismen mit Echsenkörper und Vogelköpfen, die sich mit gesundem Appetit gegenseitig in Leber und Nieren hacken.

Wieviel davon nur eine Widerspiegelung meiner eigenen Verzweiflung ist, und wieviel zur Umwelt gehört, weiß ich nicht: Nach der griesgrämigen Kälte, dem Neid, der Brutalität und dem Hochmut der akademischen Welt kam ich Ende der fünfziger Jahre mit der literarischen in Berührung.

Und ich fand es erstaunlich, daß diese Gruppe von Leuten, die ich dort antraf, überhaupt dazu imstande war, irgendetwas zu produzieren, sei es von Wert oder nicht. So sehr schienen diese Leute mit dem ewigen Wiederkäuen erlittener Kränkungen und dem aufeinander Herumhacken beschäftigt zu sein: ich meinte, eine Strafkolonie zu sehen, in der die Gefangenen zu ihrer gegenseitigen Bestrafung ausersehen waren.

Da tobten entsetzlich wichtigtuerische Kämpfe, aber sie drehten sich nicht um Fortschritt oder Reaktion, nicht um Freiheit oder Unfreiheit; sie drehten sich um das Prestige des einzelnen und seine kleinen diminutiven Veränderungen, sie wurden mit so zweifelhaften und primitiven Mitteln ausgetragen, daß man meinte, es mit bösartigen und zugleich gehemmten Kindern zu tun zu haben, die so verschreckt und boshaft sind, daß sie sich nicht trauen, die Puppe des anderen Kindes wegzuwerfen, sondern nur heimlich versuchen, die Fingerspitze vom kleinsten Finger der Puppe abzubrechen.

Und diese muffige Welt, diese kleine schwedische provinzielle Literaturhölle, wo alle Beteiligten dazu ausersehen schienen, einander zu quälen und auszuschließen, wo das kalte harte Unverständnis, die grinsende Verachtung und die freche hemmungslose Lüge, die kleinen, halbwegs machtlosen Fehden in einem solchen Ausmaß das Dasein erfüllten, daß es darüber hinaus kaum noch etwas anderes zu geben schien, war doch nur ein mikroskopischer Ausschnitt, ein kleiner, fast idyllischer Sonderfall der Wirklichkeit, die mich umgab.

Mein ganzes Leben lang hatte ich die Außenwelt als feindlich empfunden (und mit ihr Kontakt aufzunehmen, war mir nur möglich in den äußeren und inneren Gegenden, in denen das Reden zu Hause ist), jetzt sah ich sie mehr aus der Nähe: und sie bestätigte laut ihre Feindseligkeit, ihren Haß, ihre selbstverständliche Verachtung.

Dieser wimmelnde, zischende, wütende und aufgebrachte Haufen von Bestien jagte mir eigentlich nie Angst ein: ich hatte ja immer mit ihm verkehrt, nur die Formen hatten gewechselt. Aber er bestätigte, was ich zu wissen glaubte, er lieferte einen Beitrag zu meiner Kosmologie.

Das Bestiarium.

Die eiskalte Hölle, wo alle unentwegt reden und alle einander unentwegt mißverstehen.
Die glühend heiße Hölle, wo du mit der größten, der äußersten Anstrengung redest (denn es ist schwer, Atem zu holen, die Luft verbrennt dir die Lungen), aber immerzu sitzt jemand gleich neben dir (Wasserspeier) und redet mit einer schrilleren, schärferen Stimme und deutet jedes deiner Worte so aus, daß es seine Bedeutung ändert und sich ins Gegenteil verkehrt,
und ein Chor von Stimmen, glucksend und höhnisch lachend, sie werfen sich gegenseitig deine mißverstandenen Worte unter Kichern und Hohngelächter wie Bälle zu, und du kannst sie nie mehr erreichen und dir nie mehr Gehör verschaffen, und das Zerrbild, das entsetzliche, entstellte Echo hallt immer stärker und lauter
und eine dunkle, eine dämmergleiche Hölle (eine Landschaft wie auf einem der äußeren Planeten, ein Eisplanet, der sich langsam, kaum einen Tag pro Jahr, um die eigene Achse dreht)
sie sitzen um dich herum und betrachten dich, ganz in Eis gekleidet, mit Bärten aus Eis, Kappen aus Eis, eingehüllt in mächtige Pelze aus Eis, und sie machen alle zehn Jahre eine Bewegung, aber so unmerklich, daß du sie kaum wahrnimmst, wenn du nicht äußerst aufmerksam bist
und du redest, immer eindringlicher, mit immer stärkerer Überzeugung, mit der größten Deutlichkeit, deren du irgend fähig bist
und sie verstehen dich nicht
Die Hölle der Narren, wo alle unter Heulen, Weinen und Klagen einem sehr kleinen roten Ball nachrennen, bis einer ihn eingefangen hat und ihn seufzend umklammert
(in diesem Augenblick steigert sich das Weinen und Klagen der anderen zu solcher Stärke, daß es jeden vernünftigen Laut übertönt)

Ich weigere mich, bei diesen Bildern stehenzubleiben. Ich gebe nicht auf. Wir fangen wieder an.
Man ermutigt das kleine Kind, oder man warnt es. Man schlägt ihm auf die Finger. Und das Kind lernt, daß die Welt dort ist, wo dir widersprochen wird.
Diese Lektion ist einfach und sie sollte lange vorhalten. Jetzt versteht das Kind den Unterschied zwischen sich und der Welt, und das Zusammenspiel zwischen dem Kind und der Welt kann beginnen.
Jetzt weiß das Kind sich zu benehmen, und eben das sollte die Welt auch tun, aber das tut sie keineswegs.
Die Welt benimmt sich nicht. Sie widerspricht dir. Du versuchst, so zu handeln, wie man es von dir erwartet, aber

wenn du schlau genug bist, wirst du merken, daß deine Erwartung immer um einen Schritt hinterher ist. Deine eigene Erfahrung stimmt nie mit der Welt überein, denn daß sie deine Erfahrung verändert, das macht die Welt aus.
Und das Kind lernt, zwischen sich selbst und den Fremden zu unterscheiden, zwischen seinem Leben und fremdem Leben. Es lernt, zwischen der Privatsphäre und der anderen, fremden, öffentlichen zu unterscheiden.
Es dauert lang und ist schwer, Zugang zu der Erfahrung eines anderen Menschen zu finden, es ist so kompliziert und wechselhaft, wie du es dir nie vorgestellt hättest, als du zum erstenmal darüber nachzudenken begannst. An einem Nachmittag kannst du durch bloßen Zufall über ein fremdes Leben mehr erfahren, als in zehn Jahren davor. Und die Liebe, die eine Form des Wissens ist, mißbraucht der verschreckte, unsichere Mensch dazu, Macht zu erlangen, da Macht die einzige solide soziale Beziehung ist, mit der die Gesellschaft ihn vertraut gemacht hat.
Du fühlst ein Bedürfnis nach Liebe, nach einem Punkt, wo Gleichberechtigung herrscht, du ahnst die Möglichkeit, über andere etwas zu wissen, was das Wissen über dich selbst unendlich erweitern würde.
Rätselhafte Widerstände stellen sich in den Weg.
Wir existieren in einer schizophrenen Form des sozialen Lebens. Fremde Mächte haben unser normales Leben okkupiert; und genau wie fremde Eroberer die Ureinwohner von Venedig in einen entlegenen Sumpf hinaustrieben, wo sie ihre Stadt auf Pfählen im Wasser bauen mußten, haben die Mächte, die uns und unsere Kräfte ausbeuten, uns in eine unfruchtbare Einöde getrieben, die wir das private Leben nennen.
Das »Fremde« hat auch uns selbst erobert und uns in einen einsamen Winkel gedrängt, in den Sumpf unserer eigenen Existenz, den wir »Privatleben« nennen; Heim, Familie, Liebe geben uns kurze Stunden einer Freiheit, die wir in der Arbeit, im Umgang mit anderen, im sozialen Leben verdrängen und für verboten halten.
Wir verfügen nicht über uns selbst und deshalb leben wir das Leben unserer Masken. An die Stelle der Liebe tritt die Macht, die rohe, brutale Macht, und der Kampf um Prestige, der nichts anderes ist als der Kampf um die Anerkennung unserer Masken, die Furcht einflößen sollen. Wir haben gelernt, in der Grammatik der Macht zu sprechen.
Der Unterschied zwischen öffentlich und privat, zwischen der Maske und dem lebendigen Menschen ist der Punkt, an dem unser historischer Zustand offenbar wird.

Bei den Liebenden gibt es einen Augenblick, zu dem sie immer zurückkehren, und das ist der Augenblick, bevor sie sich kennenlernten.
Sie kehren wieder und wieder dahin zurück und erzählen einander unermüdlich davon.
Es ist, als würde ihre Liebe irgendwie von diesem Augenblick *handeln*.
Und daher rührt dieses Bedürfnis, sich eine gemeinsame Vergangenheit zu schaffen, wo es keine gemeinsame Vergangenheit gibt, und das ist ein Ausdruck der tiefsten Zuneigung.
Eingeschlossen in die schützende Glasblase ihrer Liebe blicken sie unentwegt zurück auf diesen ursprünglichen Augenblick, in dem sie beide *Fremde* füreinander waren, als enthielte er eine ungeheure Verlockung.
Und so ist es auch, denn in diesem Augenblick schwebt uns die Möglichkeit einer anderen Art von Leben vor.
(In fünf, in zehn Minuten könnte es beginnen, wann immer wir wollen . . .
Und es beginnt nicht.)
Und diese Tiermasken, die wir uns übers Gesicht gestreift haben, sind keine Spielzeuge, wir tragen sie nicht für eine Rolle. Sie *sind* unsere Gesichter, und solange sie da sind, bleibt die Liebe nur eine Möglichkeit, eine Hoffnung, bestenfalls eine Einsicht.

Ich bin jetzt an dem Punkt angelangt, wo meine Erzählung weitergehen kann, ohne sich in heillose Lüge und Verstellung zu verstricken.
Die Aufrichtigkeit, der Austausch an Erfahrung, die äußerste Vertraulichkeit, die ich mir erträumte, als ich meine Erzählung begann, läßt sich innerhalb dieser Erzählung nicht verwirklichen, läßt sich innerhalb dieses schreibenden Herrn Gustafsson selbst nicht verwirklichen.
In dem Zustand der Geschichte, in dem wir uns befinden, läßt sich das nicht verwirklichen. Und wenn ich dieser Einsicht zum Trotz so schriebe, als wäre die Gleichberechtigung schon fest begründet und die Liebe möglich, so würde ich doch wieder erstarren in der Welt der Bilder, der unbeweglichen Figuren, der Tiermasken, in der Welt des Bestiariums.
Denn auch ich trage eine Maske, und diese Maske ist mein Gesicht. So müssen Traum und Wirklichkeit nebeneinander hergehen und sich gegenseitig unentwegt ein Bein stellen.

Die Menschen um mich herum: ich habe sie als Bestien beschrieben, als erschreckende, höhnische Dämonen, die nur dazu da sind, um einander mit Sticheleien und Hohngelächter zu quälen. Ich habe ein paar Jahre lang mit der Möglichkeit

einer totalen Misanthropie gespielt und nach einer Art endgültiger Hoffnungslosigkeit gesucht, die befreien sollte.
(Blaues Eis, wirbelnder Wind über den Gesichtern der Festgefrorenen.)
Glaubt mir, ich kannte die Arithmetik nur zur Hälfte. Ich blieb bei diesen fiktiven »inneren« Bedingungen stehen, die nur mein eigenes Spiegelbild der äußeren Bedingungen waren.
Es gibt keine Dämonen, keine Bestien. Es gibt nur äußere Ordnung der Macht, die unser inneres, unser lebendiges Leben okkupiert. Stell nicht die Menschen in Frage, stell die Macht in Frage. Stell nicht die Liebe in Frage, sondern stell nur die Liebe unter den äußeren Bedingungen der Macht in Frage.
Dann wirst du sehen, wie das Bestiarium sich verändert, wie es sich auch nur als eines der Zerrbilder der Macht entpuppt in deinem eigenen deformierenden Spiegel.
Die Tiersmasken fallen ab, und lebendige Menschen werden hinter diesen entsetzlichen Bestien sichtbar. Der Höllenlärm verstummt, und du siehst um dich her Erstaunte, Erschreckte, Hiflose, wie du selbst einer bist. Es gibt nur deine Angst und ihre Angst und die Angst vor ein und demselben.
Ist also Liebe möglich? Ja und nein.

Mit dem Mädchen, wir nennen es Ingrid Bergström, das ich an jenem Märztag im Jahre 1958 traf, unterhielt ich in den ausgehenden fünfziger Jahren lebhafte, unruhige, unglückliche Beziehungen.
Wir glaubten immer, daß sehr bald, in ein paar Tagen oder Wochen, alle Mißverständnisse zwischen uns ausgeräumt sein würden. Das Glücksgefühl, wenn wir einander ansahen (ohne zu sprechen), sagte uns, daß nichts uns daran hindern könnte, einander zu verstehen.
Zeitweise erschien uns jedes Wort, das gesprochen wurde, als Überfall oder Hinterhalt, als Falschheit und heimtückische Stichelei. Wir dachten immer, daß gleich um die Ecke ein besserer Zustand auf uns wartete. Wenn wir miteinander so reden wollten; daß wir uns endgültig verstanden, wurde uns immer bewußt, daß wir keine Zeit hatten, daß einer von uns in einem Zug wegfahren mußte, daß etwas anderes wichtiger war. Ich erinnere mich an ihr kluges, hilfloses Gesicht, an ihre lieben, kurzsichtigen Augen.
Wir kamen nie auf den Gedanken, uns auch nur einen Augenblick lang zu fragen, ob die äußeren Bedingungen, die Gesellschaft, in der wir lebten, etwas mit der Sache zu tun haben könnten.
Zum letzten Mal traf ich sie an einem Frühlingsabend im

Jahre 1959. Die Kastanien blühten. Ich ging langsam heimwärts, die Straße entlang, und blätterte in einer Zeitung. Ich hatte das Gefühl, wieder heimzukehren zu dem, was mein war, heimzukehren zur Verzweiflung.
Glaubt mir, wir kennen die Arithmetik nur zur Hälfte.
Jetzt wurde es Zeit für neue Bombergeschwader. Und wir stellten nicht die Welt in Frage, sondern nur uns selbst.

In Pratis Vestmanniae

Genug jetzt von der Angst.
Linné nennt sie *»pratis Vestmanniae«*; die västmanländischen Wiesen. Mit einer verfallenden Scheune hier und da als dunklere Masse im Sommerlicht, mit weißen Flecken von Geißbart und den roten Windröschen am Waldrand, mit ganz weichem, ganz rotem Gras, das Rotschwingel heißt, breiten sie sich im Sommer aus. Vereinzelt sieht man dort noch Schmetterlinge; es ist ein Abwanderungsgebiet, und keine Industrien verpesten mehr die Luft. Alte landwirtschaftliche Geräte, die noch das Schild »International Harvester« tragen, mit zerfressenen Buchstaben wie bei einer etruskischen Inschrift, rosten im hohen Gras. In feuchten, etwas tiefliegenden Teilen der riesigen Wälder wächst noch die Nachtviole, und Ende Mai, wenn der Kuckuck noch in den Lichtungen ruft, erfüllt sie die ganze Welt mit ihrem geheimnisvollen Duft.
Und genau dort, wo der 59. Breitengrad das Land durchquert, liegt die Gemeinde Väster Våla, über die der Reisende Olof Grau in seiner västmanländischen Reisebeschreibung von 1754 vermerkte, daß der überwiegende Teil dieses Sprengels unter Wasser liege.
Der Åmänningen, der größte von Västmanlands Binnenseen, ist über zehn Kilometer lang und an der breitesten Stelle fünf Kilometer breit. Er ist voller Inseln, Buchten und Verengungen, und der ganze See ist voll von den seltsamsten, riesigen Steinblöcken. Bei Niedrigwasser im Monat Juni tauchen sie auf und werden sichtbar, bei Hochwasser im September und Oktober bilden sie verräterische Untiefen unter dem Wasserspiegel. Genauso unzugänglich sind auch die Strände, auf denen massive Steinblöcke kreuz und quer verstreut liegen, waldbewachsener Strand, Humuserde, Wachsbeeren und Heidekraut gehen unmittelbar über in den steinigen Strand mit seinen uralten Hoch- und Niedrigwassermarken.
Um den See herum gibt es sehr wenig Besiedlung. Die abgelegenen Dörfer bevölkern Holzfäller und Sommergäste. Die schmalen, steinigen Wege sind gar nicht selten mit der

Schlacke von verlassenen Hütten aus dem achtzehnten Jahrhundert gebaut; die schönsten taubenblauen Steine verbergen sich im weißen Staub der Landstraße, der zur Sommerzeit in riesigen Wolken hinter den Autos aufwirbelt.
Und an einem klaren Herbsttag können die in ein Gespräch vertieften Spaziergänger auf dem Weg zwischen Scharen, riesigen Scharen von krächzenden Elstern entlanggehen, die auffliegen und sich auf den Telefondrähten niederlassen. Und in dem alten Dorf bei Sörby fliegen abends im Juli die Schwalben unter den Dachziegeln aus und ein: das ist Freiheit, und sie verwandeln die Luft in ein Luftmeer, machen sie sichtbar.
Die ins Gespräch vertieften Spaziergänger auf dem Weg bemerken nicht die Krähen um sich her. Sie gehen kaum zur Seite, wenn der Sohn des einzigen Bauern in der Gegend mit viel zu hoher Geschwindigkeit in seinem häßlichen kleinen Auto vorbeifährt: er lebt davon, in der Scheune seines Vaters Reparaturen zu machen (diese ländliche Gegend hat den ganzen Kreislauf mitgemacht und ist nun wieder unterwegs in das industrielle Zeitalter hinein, aber in aller Heimlichkeit, von unten her).
Auf einem kleinen sandigen Bergrücken, mit Aussicht auf eine kleinere, nacheiszeitliche Bucht des Åmänningen oder Litorinameeres, wo friedliche Schafe weiden, baute ich in einem Frühling und ein paar Sommern Mitte der sechziger Jahre das erste Haus, aus dem gesündesten Kiefernholz, das in den Innenwänden tausend Astknorren hat und noch nach Firnis und Wald duftet. Mit der Zeit kamen noch ein paar Zimmer dazu, als Obdach für Bücher, Kinder, Ruder, Fischnetze, Bilder von Vulkanausbrüchen und Schiffskatastrophen (wo es ruhig ist, umgebe ich mich immer mit solchen Bildern, ohne auch nur einen Augenblick darüber nachzudenken) und für die alte schwere Hobelbank mit all den Scharten und Spuren von Sägen, die zu weit gesägt haben, und Stemmeisen, die zu tief geschlagen haben.
Mitten in den Hochsommernächten kann man das unbeschreibliche Schluchzen des Luchses von der anderen Seite des Tales her hören.
(In der Nacht, als die ersten Astronauten den Mond betraten, übertönten die entsetzlichen Klagelaute des Luchses vom Waldrand her die rasselnden metallischen Radiostimmen aus einer anderen Welt.)
Und im Spätherbst hüllt sich die Gegend jedes Jahr in einen mächtigen Nebel, der so dicht ist, daß man nicht einmal mehr das Haus auf dem anderen Hügel sehen kann. Es ist die Zeit, wo die Schwalben zur Ruhe gehen und ihren Schlaf beginnen. Und an einer bestimmten Stelle draußen auf dem See (ich habe ein altes, fünf Meter langes Boot, das allen Winden ge-

wachsen ist, die auf dem Åmänningen vorkommen können, und das einen dieser altmodischen Motoren hat, die beim Starten niemals streiken), an der allertiefsten, kann man schwere, dumpfe Glockenschläge unter dem Wasser hören, als gäbe es einen Kirche tief unten in dem bodenlosen Loch. Ich nenne sie »Septemberkirche unter dem Wasser« und stelle mir vor, daß es eine Kirche für die Ungeborenen ist, für die, die einmal kommen und die Gegend in Besitz nehmen werden, Menschen in einer besseren, einer zukünftigen Welt, die die zugewachsenen Äcker wieder bebauen und neue Boote auf den See schicken werden statt deren, die jetzt unten an der Sumpfwiese verfaulen, wo die Weiden ihre Zweige ins Wasser hängen lassen.

Ich weiß nicht, wie sie ihre Boote bauen werden, ob mit flachem Boden oder mit hohem Vordersteven, ich weiß nicht, ob sie eine technisch weit fortgeschrittene Kultur haben werden oder eine nur geringfügig entwickelte, ob sie ihre Häuser in Dorfgemeinschaften anlegen werden oder weit voneinander entfernt, aber ich hoffe und glaube, daß ihre humanen Instrumente den unseren überlegen sein werden, daß sie tief ineinander hineinhorchen und mit selbstverständlicher Klugheit ein verfeinertes Netz von Freundschaften und Toleranz zwischen diesen Inseln, Buchten und Sunden knüpfen und diese ruhig abwartende, diese immer noch *frühe* Welt in Besitz nehmen werden.

Während der Sommer in der Mitte der sechziger Jahre machte ich es mir zur Gewohnheit, in der Gemeinde Väster Våla zu wohnen und an den Tagen, die meine Anwesenheit in Stockholm erforderten, mit dem Zug dorthin zu fahren.

Wie ein ganz kleines Kind, das aus der warmen Badewanne springt und in der Wohnung herumläuft, nur um des Vergnügens willen, wieder ins warme Wasser schlüpfen zu dürfen, so freute ich mich über den krassen Wechsel zwischen diesen beiden Welten, die nichts anderes gemein haben, als daß sie in der gleichen historischen Zeit existieren, und daß die eine die Rohwaren, die Arbeitskraft, die Lebensmöglichkeiten der anderen kolonialistisch ausbeutet.

An solchen Tagen stand ich gewöhnlich um sechs Uhr morgens auf, wenn noch ein leichter Nebel über den Wiesen lag, und radelte mit der schweren erfahrenen Aktenmappe und ihrer Sündenlast an Manuskripten und Briefen auf dem Gepäckträger die steilen Steigungen nach Ängelsberg hinauf, wo der Bahnhofsassistent mit seinen Rangierern immer gegen sieben Kaffee trank, während der See sich still wie Quecksilber, wie geronnenes Blei vor dem Bahnhofsgebäude ausbreitete.

Zwischen dem Klingeln der Signale und den Telefongesprächen mit dem Bergwerk in Norberg, das seinen täglichen Be-

darf an Förderwagen bestellte (das war noch ein paar Jahre vor der Schließung der Gruben in Norberg), pflegten wir uns über Schweden zu unterhalten und über unsere Fremdheit in dem neuen Reich, das jetzt entstand.
Diese Menschen, die keine andere Kunst beherrschten als die, eine Bahnstation tadellos instand zu halten, fünfmal täglich Signale und Weichen zu überwachen, Wege zu harken und die Pelargonien in ihren großen gußeisernen, von schwarzer Firnis glänzenden Töpfen draußen vor dem Bahnhofsgebäude zu pflegen, verfaulte Eisenbahnschwellen gegen neue, nach Imprägnierungsmitteln und schwarzem Kreosot duftende auszutauschen, kurz gesagt, diese redlichen Fachleute lebten in der ständigen Angst, daß eines Morgens ein Brief mit dem Dienstkuvert der Schwedischen Eisenbahn ankommen und in ein paar kurzen Zeilen mitteilen würde, daß der Bahnhof stillgelegt werden sollte. Sie lebten nicht nur in der Angst: sie waren überzeugt davon, daß dies eintreffen müsse und waren sich nur nicht sicher, an welchem Tag es geschehen würde.
Sie fühlten sich schon herabgesetzt, überflüssig, und sprachen von der Bürokratie des zentralistischen Staates wie man von einer fremden Okkupationsmacht spricht.
Zu dieser Zeit begann ich (wie alle in meiner Generation) vorsichtig die Türen zu ganzen intellektuellen Welten zu öffnen, die man uns durch Schule, Gymnasium und Universität hindurch verschlossen gehalten hatte, und während dieser Periode füllte sich mein Tisch mit Theoretikern von Bakunins »Die Reaktion in Europa« bis zur »Kritik der Wirtschaftsphilosophie« und mit modernen Denkern wie Habermas und André Gorz.
Aber fast mehr als alle Bücher lehrte mich der Kontakt mit diesen Leuten, etwas zu sehen, was noch kurz zuvor zu sehen unmöglich gewesen war. Ich glaubte, zwei Gesellschaften in ein und derselben zu erkennen. Die eine, glanzvoll in ihrer Machtvollkommenheit, mit Inlandflügen zwischen Kongressen unterwegs, bei Soireen im Modernen Museum auf die Kulturpolitik anstoßend, zu Verständigungsverhandlungen in Harpsund, im Speisesaal der Großen Gesellschaft in der Arsenalsgatan über Kaffeetassen flüsternd, mit dem technischen und administrativen abstrakten Jargon ausgerüstet, der seit der Nachkriegszeit endgültig die Alltagsprosa abgelöst hatte, eine undeutliche, intellektuelle, vage Sprache, mit verfeinerten Mitteln ausgestattet, um die konkreten Wahrheiten in abstrakten Euphemismen zu verstecken. Diese Gesellschaft bewegte sich glanzvoll in der denkbar besten aller Welten. Glanzvoll und eingeschlossen bewegten sich ihre Verwalter und die Eichmeister ihrer Gewichte und Zahnräder in der ihnen eigenen Sprache, die die Sprache der Macht war und zugleich ihre Har-

monie, ihre Vernünftigkeit, ihre Zweckmäßigkeit zum Ausdruck brachte.
Und eine andere Gesellschaft: Mopedfahrer mit Rucksäcken auf dem Rücken, im strömenden Regen unterwegs auf steil ansteigenden Wegen durch den gelichteten Tannenwald. Leere Schulhäuser, verrammelte Kaufläden, alte Leute, auf den Bus wartend, der immer seltener fuhr und bald ganz eingezogen werden sollte.
Und zutiefst das Gefühl, daß eine unabwendbare, eine unausweichliche Entwicklung diese Menschen irgendwie wertlos gemacht hatte, und daß die wesentlichen Entwicklungen in einer anderen Welt stattfanden.
Diese Menschen hatten nicht resigniert, waren nicht bereit, gleichgültig ihr Schicksal hinzunehmen, aber sie waren gelähmt von dem Gefühl, daß es nirgends in der blanken Mauer einen Riß gab, in dem die Spitze eines Brecheisens Platz gehabt hätte.
Ich meinte, eine abgedrängte, eine untere Gesellschaft zu sehen, bevölkert mit Menschen, deren Werte auf die gleiche undeutliche, auf die gleiche paralysierende und unfaßbare Weise bedroht waren wie meine eigenen Werte es zu sein schienen.
Im Morgennebel tauchten oft Rehböcke längs der Bahnlinie auf, graue Häuser und steinige Wege für den Holztransport, die in große Waldgebiete hineinführten. An den kleinen Bahnhöfen stiegen die Ingenieure zu und redeten in ihrer eigentümlichen Sprache, mit ihrem »Maßnahmen ergreifen«, ihrer »Kapazitätsausnützung«, ihrer eingeengten Paketsprache, die jede Wertung und Deutung einer menschlichen Handlung außerhalb ihres engsten, ihres eingeschränktesten professionellen Zusammenhangs ausschloß.
Und im Frühjahr, Sommer und Herbst kehrte ich in jenen Jahren gewöhnlich spät in der Abenddämmerung zurück, die Aktenmappe vollgestopft mit neu herausgekommenen Büchern, Angelhaken, Schnapsflaschen und ein paar Pfund Erdbeeren. (Eine eigentümliche Ausformung des internen Kolonialismus in Schweden äußert sich darin, daß Obst und Gemüse im Sommer auf dem Lande nicht zu bekommen sind.)
Diese scharfen Schnitte, die der Zug bei seiner Fahrt hin und zurück durch das Land machte, lehrten mich mehr über seine Geheimnisse und seine heimliche Unruhe als eine lange Auslandsreise mich hätte lehren können. Und an einem solchen nebligen Morgen meinte ich zu sehen, wie das Vergangene sich klärte: wie eine Fliege auf einem Uhrpendel hin- und herschwingend, meinte ich ein Muster zu erkennen, in dem schließlich auch ich selbst sichtbar wurde.

Die ins Gespräch vertieften Spaziergänger sind weiter vorangekommen auf ihrem Weg, durch die Scharen von Krähen hindurch, die um sie herumflatterten und sie begleiteten. Auf diesem Weg bin ich in einer dunklen Januarnacht im Jahre 1967, bei knirschender Kälte und Neuschnee einem verirrten Engel begegnet, der einen Augenblick lang in ungeheurer Geschwindigkeit über dem Boden stand. Es kam für uns beide überraschend und wir wandten erschrocken das Gesicht ab, bis die Begegnung vorüber war.
Und danach war keine Spur im Schnee zu sehen.

Meine Frau geht, besonders wenn so ein ländlicher Weg naß ist vom Regen und sie ihre Gummistiefel trägt, in einer nachdenklichen, etwas vorgebeugten Haltung, die eigentlich besser zu einem pensionierten Professor passen würde.
Ihre Zerstreutheit ist nur eine scheinbare, blitzschnell kann sie sich bücken und ein ungewöhnliches Insekt neben ihrem Fuß einfangen, ihr Intellekt gleicht dem einer Schwalbe im Flug — immer wenn ich langsam, schwerfällig, mühsam denke, entdecke ich, daß sie mir schon voraus ist und sich bereits am Ziel befindet. Dieser pfeilschnelle Intellekt ist für sie so selbstverständlich, daß es ihr nie einfallen würde, ein Aufhebens davon zu machen.
Ich selbst gehe lieber ohne Strümpfe in Sandalen und lasse das Wasser fließen, wie es will: in den Schuh hinein und wieder heraus. Das ist eine Gewohnheit, die ich seit meiner Kindheit beibehalten habe.
Sie kommt mir gar nicht selten wie eine Schwester vor, mir, der ich nie Geschwister gehabt habe. Wir haben keine Heimlichkeiten voreinander, schaffen es aber seltsamerweise irgendwie, die Geheimnisse des anderen in Ruhe zu lassen.

In dieser Gegend und in der Gegend etwas weiter südlich, nach Ramnäs und Seglingsbergs Hüttenwerken zu, habe ich tatsächlich fast jeden Sommer gewohnt, seit ich fünf Jahre alt war. Das ist die einzige wirkliche Kontinuität in meinem Leben.
Ich erinner mich an ein paar entsetzliche, ein paar total mißglückte Versuche zu Anfang der sechziger Jahre, den Sommer auf Gotland oder im Schärengebiet vor Stockholm zu verbringen. Gotlands planes Licht, dem die Schattierungen fehlen, nicht unähnlich dem Licht über den orientalischen Wüsten, Negev und Sinai, machte mich unglücklich, schutzlos, rastlos. Ich radelte immer wieder zum Kolonialwarenladen und zurück, ganze Vormittage lang, weil die Rastlosigkeit mich unentwegt dazu zwang, etwas zu tun. Das Fehlen tiefer Wälder erstickte mich fast, das Meer, ohne Inseln und Sunde, eiskalt noch bis in den Juli hinein, mit monotoner Brandung gegen

verwitternden Kalkstein schlagend, empfand ich als Bedrohung. Und die Gegend war in einem Zustand des Verfalls, des Absterbens und der Arbeitslosigkeit begriffen, der so viel weiter fortgeschritten war als in meiner Heimatgegend, daß ich schauderte und in Asien zu sein meinte.

Vom Stockholmer Schärengebiet ist mir nur ein riesiges Holzschloß draußen auf der Insel Värmdön in Erinnerung, hoch oben auf einem terrassenförmig angelegten Hügel, mit einem Turm aus grünem Blech und einer Unmenge von verwitternden gedrechselten Balkonbrüstungen. Das Haus gehört der Verwandtschaft meiner Frau; es wurde etwa zu der Zeit gebaut, als August Strindberg in dieser Gegend wohnte. Es bezeichnete mit solch entsetzlicher Deutlichkeit den Verfall einer absterbenden bürgerlichen Gesellschaft, daß es mich erschrokken und beklommen machte. Ebenso deutlich wie das Wissen um die riesigen Raketen, die in ihren Betonbunkern auf den verschiedenen Kontinenten lauern, brachte mir der Speicher des alten Hauses auf Värmdön zum Bewußtsein, daß ich zu den Letzten einer historischen Periode gehöre.

Das war nicht meine Kleinbürgerlichkeit, das war ein fremdes Großbürgertum, neunzehntes Jahrhundert oder Jahrhundertwende, das ich nur durch die Literatur kennengelernt hatte.

Die kleinen Puppen mit ihren Porzellankörpern, denen bei irgendeinem wilden Spiel ein Finger abgebrochen worden war. Die Gartenschaukel, deren Bänder und Polster von Ratten zerfressen waren, die Strohhüte, die irgendwo verschimmelten, wo man das Dach nicht abgedichtet hatte, die kleinen Erdbeerkörbe und Springseile. Und unten am Wasser: das Badehaus mit dem beweglichen Holzgestell, das einem Fischkasten glich, mit einer Luke darin, die es ermöglichte, ins offene Wasser hinauszuschwimmen. Das alles grün von Algen, zerfallend.

Der früh verstorbene Arne Sand hat dieses Haus in den fünfziger Jahren ein paarmal besucht; ich vermute, daß es für einige seiner letzten Romane eine Rolle spielte: es bot ein Abbild des labyrinthischen Gebäudes, das ihm immer vorgeschwebt hat. Auf mich wirkte es lähmend: ich konnte früh am Morgen erwachen, voller Arbeitslust und Energie; ich brauchte nur die Treppe hinunterzugehen und den Geruch aus der Küche zu spüren, den gar nicht unangenehmen, ganz neutralen Talggeruch von den Festmählern einer vergangenen Epoche (Entenpresse aus glänzendem Messing), brauchte nur den Schirmständer aus schwerem Porzellan mit seinen Spazierstöcken und Elfenbeingriffen zu sehen, in das große weiße Eßzimmer zu treten und ein kleines Kleidungsstück meines Kindes (zu dieser Zeit hatte ich nur eines) weit unten auf der Terrasse im Wind flattern zu sehen, um deutlich zu spüren, daß dieser

ganze schöne Sommertag von vornherein sinnlos war, daß er nur einen weiteren Zerfall mit sich bringen, weitere Sekunden und Minuten zur Summe des Zerfalls hinzuaddieren konnte. Ja, die Zeit selbst war an diesem Ort nichts als Zerfall, Verwitterung, Entropie.
Und das Echo von verlorenen Kindheitssommern fremder kleiner Kinder.

Ich kehrte also nach Västmanland zurück, in die Gegend, wo ich als Fünfjähriger ganze Tage am Seestrand gesessen und mit dem groben, rasselnden Kies gespielt habe, und wo im Juli der Sonnenrauch über den großen Seen liegt. Der Duft des feuchten, erhitzten Tannenwaldes schlug mir wieder entgegen, und die Geräusche von den Waschstegen und der Lärm des Traktors im Wald. In diesem fast verödeten Land lag eine Zukunft, eine Möglichkeit, mit vernünftigen Mitteln die Welt zu verbessern.

Und dies war ein Wendepunkt.
Hier war es möglich, wieder zu hoffen. Ich weiß eigentlich nicht warum, aber es war möglich, wieder zu hoffen.
Vielleicht war es der Einfluß meiner Frau, ihre Klugheit, ihre Großzügigkeit, ihre Perspektive. Vielleicht war es die Entdeckung, daß das, was ich als Schweden empfand, die Behörden, die Verlage, die großen Zeitungen, die Universitäten, Theater, die öffentliche Meinung, die Modeschwankungen mit ihrer nervösen, ahistorischen Unruhe, die Schöntuerei, die Angst und Unruhe in dem, was unsere ideengeschichtliche Entwicklung darstellen sollte, hier, zweihundert Kilometer von Stockholm entfernt, nichts bedeutete. Scheinleben, unruhige Bewegungen an der Oberfläche, Sturmmöwen, die im vormittäglich glitzernden Wasser kleine Fische jagen. Aber tief darunter ein mächtiger Meeresstrom. Schweden war etwas anderes.
Die Spaziergänger sind nun bis zu den Moorwiesen unterhalb des Hügels am Dunshammarhof gelangt, wo die Boote liegen und wo immer ein paar davon den Sommer über liegenbleiben und in der Sonne schrumpfen und leck werden. Der Wasserspiegel hat jetzt einen extremen Tiefstand erreicht und Baumstämme und Pfähle aus vergangenen Jahrhunderten kommen ans Tageslicht.

Es dauert lange, furchtbar lange, bis man unterscheiden lernt zwischen der eigenen subjektiven Unruhe und den langsamen Bewegungen der Geschichte. (Diese Erzählung tut es nicht, und sowohl ihre Wahrheit als auch ihre Unwahrheit besteht darin, daß sie es nicht tut.)

Das vorige Jahrhundert tauchte auf, aus dem Kohlenrauch und dem Höllenlärm der Fabriken: seine Gedanken wurden wieder sichtbar, Wurzeln kamen ans Tageslicht, die jahrzehntelang niemand gesehen hatte.
Bei meinem Studium der amerikanischen Philosophen des neunzehnten Jahrhunderts stieß ich auf die utopischen Bewegungen dieser Zeit, die unmöglichen Experimente mit einem neuen Leben, die Owens, Fourier und viele andere ein paar glückliche und unglückliche Dezennien lang betrieben. Ich lernte die eigentümliche Oneida Community kennen, in der ein paar Jahrzehnte lang achthundert Menschen in einer strengen und freundlichen Gemeinschaft lebten. All ihr Eigentum teilten sie, ihre erotische Gemeinschaft war total.
Natürlich war ich mir im klaren über das Illusorische, das Zufällige, das Unzulängliche dieser Experimente, über den oberflächlichen und verworrenen Grund, auf dem sie gestanden haben. (Und tatsächlich ist das auch alles in sich zusammengebrochen.)
Trotz ihrer Verworrenheit, ihrer Isoliertheit haben diese Stimmen aus der Tiefe des vorigen Jahrhunderts eine ungeheure Anziehungskraft.
Sie waren, selbstverständlich, »unmögliche« Erscheinungen, ein unvernünftiger Aufstand gegen die stärkeren Kräfte, die zur gleichen Zeit die zukünftige Welt gestalteten, aber zugleich waren sie ja vollkommen »möglich«. Man sucht sich sein Leben nicht aus. Aber es gibt auch keine naturgegebene Notwendigkeit, die darüber herrscht.
Verzagtheit, Resignation, Kapitulation angesichts der eigenen Angst kamen eigentlich Ausflüchten gleich, und der radikale Pessimismus war letzten Endes kaum mehr wert als irgendeine Phantasterei: ich hätte mich ebensogut dafür entscheiden können, Alchimist zu werden.
Es ist der zwanzigste August 1968, und wir gehen zu den Moorwiesen hinunter, um uns um das Boot zu kümmern, das nach dem letzten Regen voller Wasser ist. Und alles fließt umher, Schöpfgefäße, Ruder, Benzinkanister, Sturmstreichhölzer in ihren wasserdichten Futteralen, die Seile und die Trosse und die Schwimmkugeln, bis schließlich die gelbe Lenzpumpe auftaucht und ich den grünen Plastikschlauch daran befestige der immerzu abgehen will, und beginne, das klare, ein wenig nach Humus duftende, unwahrscheinlich weiche Wasser über die Reling zu pumpen, mit hochgerollten Hosenbeinen auf dem schlüpfrigen Vorratskasten stehend. Und wie ich da stehe, sage ich zu Madeleine, meiner Frau:
— Glaubst du, daß wir am Ende sind oder am Anfang?
Und sie antwortet:
— Am Anfang. An irgendeinem Anfang. In irgendeiner Zeit.

Es ist ein Tag vor der sowjetischen Okkupation der Tschechoslowakei. Das wissen wir selbstverständlich nicht.

Über die Triumphe und Niederlagen der Phantasie

Es gibt Winterabende (in Stockholm), die etwas so Leeres und Feindseliges an sich haben, daß nicht einmal die Bücher mehr sprechen. Ich kauere mich in der kleinen tabakbraunen Küche in der Wohnung an der Hagagatan mit einem Butterbrot und einer Tasse Tee an der Heizung zusammen. In dem kleinen häßlichen Radio aus gelbem Plastik knistert es von fremden, weit entfernten Stimmen. Die Nachbarn in der Wohnung darüber haben wieder mit ihrer seltsamen Zeremonie von Knallen, Krachen und Fluchen begonnen, dazwischen plötzlich eine unheilschwangere Stille, dann erneutes Knallen. Die ersten zehn Male habe ich das für ein Familiendrama mit tödlichem Ausgang gehalten, bis mir klar wurde, daß es ihre Art war, in ihren ausziehbaren Patentbetten schlafen zu gehen.
Lange bevor sie sich zusammengerollt haben und mit ein paar mürrischen Worten eingeschlafen sind, die sich durch die Zwischendecke nur wie das leise Schwirren einer Cellosaite anhören, habe ich mir schon ein anschauliches Bild gemacht von den entsetzlichen und blutigen Szenen, die sich dort oben abgespielt haben.
Es frappiert mich, ein übers andere Mal: was für ein grobes, kümmerliches Organ ist doch die Phantasie! Mit welch einer Leichtigkeit bewegt sie sich: verglichen mit dem schwerfälligen, mühsamen Wissen.
Beim geringsten Zeichen bin ich bereit, die Welt um mich her mit Bedeutungen, mit Signalen, *Humaniora* zu füllen.
Und wenn das Rauschen der Wasserleitungsrohre in der Küche sich einen Augenblick lang abschwächt und das Radio verstummt ist, dann meine ich, das Klagen und das Lachen aus all diesen Kreisen zu hören (ringförmig ineinander gelagert in einem perfekt funktionierenden Mikrokosmos), die mein Inferno sind. Das Rauschen der Wasserleitungen verschmilzt mit dem Brausen jener entsetzlichen, freiwilligen und unfreiwilligen Erinnerungen, und ich lausche stumm dem endlosen Brausen meiner eigenen Phantasie. Und zugleich ist das alles kaum näher oder greifbarer als das Geräusch einer weit entfernten Galaxis im Radioteleskop.
Genau zu diesem Zeitpunkt stehen mit Atomwaffen ausgerüstete Raketen startbereit in Betonbunkern an ganzen Kontinenten entlang. Perfekt geschulte Experten verfolgen auf ihren Instrumenten Stunde für Stunde den Zustand in ihrem Inne-

ren und überwachen ihre Starttauglichkeit. Ein unkluger, beschränkter, gefrorener Verstand bestimmt darüber, in welchem Augenblick dieser Tod losgelassen werden soll, um Stadtviertel zu Glas zu zerschmelzen und die feinen, geheimnisvollen Kerne menschlicher Zellen bis in unzählige Generationen hinein zu vergiften. In der Mandschurei, dem mongolischen Grenzgebiet nach China zu, trainieren gerade jetzt starke Truppenkonzentrationen auf beiden Seiten der Grenze für den Krieg, von dem man annimmt, daß er endgültig die Machtverhältnisse zwischen der Sowjetunion und China entscheiden wird.

Unsichtbare, auf Zeitzündung eingestellte Uhrwerke ticken um mich herum. Es ist genug Tod da, um mein dünnes, kurzes Leben Hunderte von Malen auszulöschen.

Diese Entwicklung geht weiter, weil irgend jemand sie braucht. Das neue Jahrbuch des Instituts für Friedensforschung in Stockholm berichtet darüber, wie die Massenaufrüstung im letzten Teil der sechziger Jahre um durchschnittlich vier Prozent zugenommen hat. (Jahre, die viele von uns für Jahre der sich verringernden Kriegsgefahr hielten.)

Bekannte Fakten. Jeder halbwegs gebildete Diplomingenieur kennt sie.

Vor diesen Fakten versagt meine Phantasie. Sie wälzt sich in Beilhieben, Angstschreien und wilden Dramen, wenn die Nachbarn über dem Zwischenboden fluchend an ihren ausgeleierten Ausziehbetten zerren, aber angesichts der Möglichkeiten des Todes, angesichts seiner realen Möglichkeiten, bleibt sie so stumm und passiv wie eine kleine Marmorkugel, die über einen Marmorboden rollt.

Mit diesem bizarren geistigen Rüstzeug lebe ich, und mit ihm werde ich sterben. Auch die Phantasie ist ein Gefängnis.

In der Literatur sind alle Mahlzeiten entweder großartiger oder ärmlicher als in Wirklichkeit, jeder Beischlaf bekommt ungeheure Dimensionen, alle Reisen führen in die seltsamsten Abenteuer hinein.

Auch der innere Mikrokosmos, die inneren Höllenkreise strahlen in einem Licht, das fast immer ein wenig *zu* grell wirkt, ein wenig *zu* bengalisch, immer mischt sich eine eigentümliche Lust in die Seelenqualen.

Sind Phantasie und Wissen unvereinbar? Sind Gefühl und Vernunft immer unabhängig voneinander?

Nach fünfzehn Jahren ideengeschichtlichen und philosophischen Studiums stelle ich mir Fragen, die so naiv, so plump und unqualifiziert sind, daß der jüngste Gymnasiast sie als Scheinprobleme entlarven würde, als verworrenen Quatsch, als Literatur für Illustriertenleser, Psychologie für Leute, die Zeitstudien betreiben, und für Angestellte in der Schulbehörde.

(Und wieder rauscht es in den Rohren. Putz löst sich von der Decke und landet vor mir auf dem Tisch, macht das Brot ungenießbar. Strindberg: Inferno. Warnungen.
Auch Strindbergs Inferno enthält eine Wahrheit.)

Ich weiß das.
Und doch habe ich immer stärker bei der Dichtung Zuflucht gesucht (als wäre sie eine Mutter), je klarer ich mir wurde über das Bedrohliche, das Zufällige an meiner eigenen Situation und an der anderer. Ich glaube zu wissen, wie Angst und Lust verschmelzen können. Ich weiß, glaube ich, wie Angst und Phantasie einander dabei helfen können, Lust zu schaffen. Mir fehlt durchaus nicht ein gewisser Hang zum Illusionismus.
Aber ich glaube an das Reden. Für mich ist das Reden Mütterlichkeit, Wärme, Wiege.

Im Oktober 1968 taucht in Berlin, in einem literaturwissenschaftlichen Seminar, wo ich gerade irgendeinen Aufsatz lese, ein Herr auf, der behauptet, eine meiner Novellen verfilmen zu wollen, jene, die von Bakunins Reise handelt.
Er ist angenehm, nahezu gewinnend, aber er hat etwas Verworrenes an sich, er stolpert von einer Idee zur anderen. Er ist sehr hartnäckig, er möchte meine Novelle verfilmen; er hat einen guten Namen und hat verschiedene Preise für seine ausgezeichneten Fernsehfilme bekommen.
Ich verspreche ihm, mir die Sache zu überlegen und ihm irgendwann ein Exposé für ein Drehbuch zu schicken. Einige Zeit später liefere ich tatsächlich ein Exposé, das zeigt, wie sich die Novelle ohne größere Schwierigkeiten zu einem Film ausweiten lassen könnte. Ich bekomme ein paar freundliche Zeilen zur Antwort.

Im Dezember 1968, in den Vorweihnachtstagen, bin ich von meiner Reise durch den Mittleren Osten nach Västerås zurückgekommen. Ich bin todmüde, zerrissen von Zweifel und Unruhe über den schrecklichen Zustand zwischen Frieden und Krieg, dessen Zeuge ich geworden war, und fast Tag und Nacht damit beschäftigt zu versuchen, das Gesehene zu verstehen.
Zu dieser Sorge um den Frieden, um menschliche Werte, um Menschen, deren Schicksal mich etwas angeht, kommt noch etwas anderes hinzu:
eine sephardische Dame, die in dieser Erzählung nicht vorkommt, hat an mein Innerstes gerührt, hat einer Zärtlichkeit und Verzweiflung die Pforten geöffnet, die ich nicht für möglich gehalten hätte; eine Sensibilität, die ich seit meinem siebten oder achten Lebensjahr für verloren, verleugnet oder un-

terdrückt gehalten habe, strömt mit ungeahnter Kraft hervor, es ist ein Gefühl, als würde ich mich häuten, ich bin außerstande, mich gegen was auch immer zu wehren, ich bin im Begriff, ein anderer zu werden.

Ich bin nicht mehr imstande, der Welt gegenüber Gleichgültigkeit zu empfinden, einzelne Gesichter aus einem fremden Erdteil passieren noch im Schlaf Revue.

In diesen Vorweihnachtstagen 1968 taucht der Regisseur auf, er hat einen Geldgeber mitgebracht, wir finden einen Tisch in einem Restaurant in der Nähe der Adolf-Fredrik-Kirche (die Weihnachtsessen haben begonnen), wir unterhalten uns vielleicht eine Stunde lang. Diese Leute haben sich die Mühe gemacht, von Berlin hierher zu kommen, um mit mir ein Filmprojekt zu erörtern: ich will sie nicht enttäuschen.

Ich erkläre, daß es nur eine Möglichkeit gäbe, meine Novelle zu verfilmen, und die sei, das zu verfilmen, was tatsächlich dasteht. Der Produzent fliegt mit der nächsten Maschine nach Hause, offenbar glücklich und zufrieden, der Regisseur begleitet mich heim nach Västerås und verbringt drei Tage mit mir, unentwegt über den Film diskutierend.

Ich höre mit zerstreuter Aufmerksamkeit zu, es schneit in dichten Flocken, meine Kinder haben mich einen Monat lang kaum gesehen und bekommen mich jetzt auch nicht zu sehen, ich komme nicht dazu, Weihnachtsgeschenke zu kaufen, mit einer an Wahnwitz grenzenden Geduld findet Madeleine sich mit der Situation ab.

Der Regisseur okkupiert mein Arbeitszimmer, breitet große Skizzen über den ganzen Boden aus: er hat mit seinem Film angefangen.

Meine Novelle sei wirklich hervorragend, aber sie müsse *erweitert* werden, sagt er. Er kennt ein paar Viertel in London, die sich hervorragend für ein paar Straßenszenen eignen. in der Novelle kommt ein Frauenmörder vor, der René Bick heißt. Dieser René Bick ist hervorragend, aber wir müssen mehr aus ihm machen: wir müssen ihn zeigen, wie er auf sein Opfer wartet, seine Glacéhandschuhe, sein Lächeln. Und Anarchisten: wir dürfen über den Anarchismus nicht nur reden, wir müssen ihn zeigen.

Er will den Film in Farbe drehen: er hat eine Szene im Kopf mit einem Bombenattentat auf einer Schlittschuhbahn, rotes Blut fließt über das Eis.

Wie in Trance gehe ich mit diesem seltsamen Magnetiseur in den verschneiten Straßen von Västerås spazieren, ich antworte mechanisch mit Ja und Nein. Mein Unterbewußtsein ist an ganz anderen Orten und verarbeitet mit dumpfen, langsamen Bewegungen meine Erlebnisse von ganz anderen Orten und Zusammenhängen.

(Nicht die Attentate sind es, die mich am Anarchismus interessieren, und gerade jetzt interessiert mich der Anarchismus überhaupt nicht.)
Zugleich bin ich fasziniert von der unbestreitbaren Bildphantasie dieses Mannes, aber ebensosehr von seiner eigentümlichen Fixiertheit ans neunzehnte Jahrhundert, ans Verbrechertum, an die Bilder vom Kristallpalast, kombiniert mit dem Frauenmörder in schwarzem Zylinder und weißen Handschuhen.
(Meine ursprüngliche Novelle ist jetzt am Horizont verschwunden.)
Am Nachmittag vor dem Weihnachtsabend gelingt es mir, den Mann loszuwerden, er winkt mir unten am Bahnhof noch herzlich zum Abschied, und der Zug verschwindet im Schnee. Ich vergesse ihn und die ganze Angelegenheit im Augenblick seiner Abreise und fahre mit dem Auto auf vereisten Straßen nach Hallstahammar, um dort einen Weihnachtsbaum zu schlagen.
In den Tagen zwischen Weihnachten und Neujahr beginne ich endlich mit meinem Essay über die Reise in den Mittleren Osten, ich versuche, jede Leidenschaftlichkeit zu vermeiden, ich versuche, in einer menschlichen Tonart zu schreiben, ich widerstehe jeder übereilten und vereinfachenden Parteinahme, ich verwerfe die Versuche, mit ein paar einfachen, angelernten marxistischen Wendungen den Krieg auf einen Konflikt mit selbstverständlichen Standpunkten zu reduzieren. Der Essay endet mit etwas, was einem erschöpften Schluchzer gleicht.
Irgendwann im Laufe des Januars beginne ich nachts wieder ruhiger zu schlafen.
An einem Morgen gegen Ende des Monats ruft mich der Filmregisseur wieder an, als ich gerade in der Redaktion von Bonniers Litterära Magasin sitze und meine Morgenpost durchsehe. Er befindet sich jetzt in London, das Filmteam wird in zehn Tagen ankommen, er ist dabei, Drehorte für die Innenaufnahmen seines Films zu suchen.
— Für welchen Film?
— Aber wir haben doch das Manuskript an Weihnachten fertiggestellt!
— Herrgott, und ich habe geglaubt, wir hätten ein paar Vorschläge diskutiert und verglichen!
— Natürlich: da sind noch ein paar kleine Details, die wir jetzt ausarbeiten müssen. Sie müssen nach London kommen.
Ich weise darauf hin, daß ich kein Millionär bin. Er verspricht, die Fahrkarte per Eilboten zu schicken: ich bin schon zu tief in diese Angelegenheit verstrickt, um mich ihr überhaupt noch entziehen zu können, ich erörtere die Angelegenheit beim Mit-

tagessen mit den Mädchen im Verlag und mit Karl Otto Bonnier, der ein vernünftiger Mensch ist, wir kommen überein, daß ich am besten hinfahre und herausfinde, worum es eigentlich geht. Noch am gleichen Nachmittag befinde ich mich in einem abgelegenen Haus in Kensington. Da ist der Regisseur, umgeben von zwei, drei jungen Assistenten, er kocht förmlich über vor Ideen, man hat in der Nähe ein Hotelzimmer für mich gemietet, seine Ideen sind erschreckender und bizarrer als je zuvor.

Ganz offensichtlich ist er dabei, einen Film zu entwickeln, einen bizarren, einen erschreckenden, einen furchtbaren Film. Was er mit meiner Novelle zu tun haben soll, kann ich nicht einmal mehr ahnen.

Wir diskutieren die halbe Nacht hindurch über Außenschauplätze, seine Phantasie reißt mich mit, ich erinnere mich an das Palmenhaus in Kew Gardens, eine Schöpfung des neunzehnten Jahrhunderts in Gußeisen und Glas, ich werde am nächsten Morgen um acht Uhr aus dem Bett geholt und in einem Volvo Duett dort hingefahren, der offenbar fürchterlich überzüchtet ist und jeder nur denkbaren Verkehrsregel trotzt, einer der jungen Assistenten fährt ihn (ich weiß nicht, ob er Engländer ist oder Deutscher), und wir kommen zu dem winterlichen Park und hinein in das Palmenhaus, wo uns feuchte tropische Luft entgegenschlägt. Ich kenne mich sofort wieder aus, als ich die gußeisernen Galerien sehe, die hohen Baumstämme, die Orchideen.

Eine völlig vergessene Erinnerung taucht wieder auf. Hier war es, wo mich vor zehn Jahren erstmals Unruhe und Angst vor Harriet Spencer aus Oxford überkamen, weil sie mich gewarnt hatte, ausdrücklich gewarnt vor einer gewissen sehr großen gelben Orchidee, vor der ich einen Augenblick stehenblieb.

Die ganze Landkarte *dreht sich*, wie es manchmal geschieht, wenn man zu einem Ort zurückkommt, dessen Umgebung man nicht besonders gut kennt, dreht sich um dreißig Grad und bleibt in neuen Himmelsrichtungen liegen.

Ich werde noch stiller und zerstreuter, der Regisseur und seine Assistenten suchen neue Kamerawinkel.

Wieder eine wilde Autofahrt zu ein paar Straßen in der Gegend von Green Park; sie könnten aus dem zweiten Band des »Kapitals« stammen, ein Industrieslum, der sich seit der Mitte des neunzehnten Jahrhunderts erhalten hat. Erneute Diskussionen im Hotel.

Ich frage sehr vorsichtig, was denn eigentlich meine Rolle in diesem ganzen Zusammenhang sei und wie um Gotteswillen man in zehn Tagen zu drehen beginnen wolle.

Man sagt mir, daß nur noch ein paar kleine ergänzende Szenen fehlten, und daß ich sie am nächsten Tag schreiben solle.

Ich befinde mich jetzt in einem völlig erschöpften, willenlosen Zustand, ich setze mich hin und schreibe auf Englisch eine Szene, die überhaupt noch nicht in der Diskussion aufgetaucht ist: Bakunin besucht den geisteskranken Cafiero im Gefängnis. Cafiero öffnet und schließt während des ganzen Gesprächs das Fenster und schlägt es hart gegen den Rahmen: er versucht, den Sonnenstreifen zu fangen, der durch das schmutzige Glas hereinfällt. Ich überlege mir allen Ernstes, ob ich sie als mein eigenes kleines Geheimnis für mich behalten soll, zeige sie aber am nächsten Vormittag her: allgemeine Begeisterung, erneut eine große Diskussion, der ganze Film muß mit Rücksicht auf diese Szene umgebaut werden, wir sind jetzt alle todmüde und haben uns in einen Haufen wahnwitziger Fanatiker verwandelt, die unentwegt aneinander vorbeireden, meine Rettung ist die Uhr, die anzeigt, daß es Zeit ist, zum Flughafen hinauszufahren. Wir scheiden in allgemeiner Begeisterung und mit dem Versprechen, uns in ein paar Wochen in Paris wiederzutreffen. Neben meiner Novelle existieren nun eine Menge von bizarren und chaotischen, grillenhaften Einfällen, die im Augenblick des Abflugs zu einem Nichts zusammenschrumpfen.

Mir ist, als sei ich in der Hölle gewesen und von Dämonen verfolgt worden, oder als habe eine seltsame Verschwörung mich für einen Zweck ausgenützt, den ich selbst nicht verstehen kann.

Es folgen ein paar Wochen, in denen es mir glückt, die ganze Angelegenheit zu vergessen, dann kommt wieder ein Brief mit der enthusiastischen Bitte um weitere Szenen für Innenaufnahmen, die mit Cafiero ist glänzend, reicht aber für einen Film nicht aus, die Angelegenheit eilt jetzt, da in vierzehn Tagen das Filmteam ankommt.

Dieser Brief hat gerade einen neuen, fürchterlichen Migräneanfall bei mir ausgelöst, als ein Brief des Produzenten eintrifft, der mich höflich, aber bestimmt von meinem Auftrag als Manuskriptautor entbindet. Ich antworte in einem wütenden Brief, daß ich nicht das geringste begriffe, und daß ich gegen jeden Idioten prozessieren würde, der weiterhin versuchen sollte, meine Novelle über Bakunins Reise zu verfilmen.

Auch dies ist noch nicht das Ende dieser wahnwitzigen Geschichte: ungefähr eine Woche später kommt wieder ein Brief vom Produzenten, der höflich und mit versöhnlichen Worten einen Scheck über einen ganz ordentlichen Geldbetrag übersendet, als Entgelt für meine Mühe.

Ich begreife die ganze Angelegenheit immer weniger.

Wenn ich diese Geschichte in Gesellschaft erzähle, komme ich meist nur unter Schwierigkeiten zum Ende, da ich mich vorher gewöhnlich vor Lachen winde: wenn ich sie in meiner Einsamkeit überdenke, erscheint sie mir heute noch erschreckend. Ich erschrecke über meine eigene Nachgiebigkeit, über die unerbittliche Logik, mit der ich in einen völlig fremden und belanglosen Zusammenhang hineingezogen werde, und am allermeisten über die sonderbare Kontaktlosigkeit, über die Phantasiewelt, in der sich alles abspielt.

Beim geringsten Zeichen bin ich bereit, die Welt um mich her mit Bedeutungen, mit Signalen, mit *Humaniora* zu füllen.
Wer kommt für das Unwirkliche auf: ich oder die Welt?
Meinem eigenen Leben gegenüber kann mich zuweilen eine solche Verwirrung, ein solches Mißtrauen überkommen, daß ich mir keinen anderen Ausweg weiß als ein anderes Leben auszuleihen und es anstelle meines eigenen zu erzählen.
Nur dann, wenn mein Interesse von mir selbst auf jemand anders übergeht, habe ich das Gefühl, daß sich wieder Freiheit einstellt, daß der Blick sich weitet, daß der Atem ruhiger geht.
Weit von mir selbst entfernt, bin ich imstande zu reden. Ein paar Straßen weiter: und das Reden ist Mütterlichkeit und Schutz. Es ist meine Wärme, meine einzige Form. Meine Wiege.

III Ein anderes Leben

Vite, y-a-t'il d'autres vies?
(Rimbaud)

Ein anderes Leben

Auf den historischen Übersichtskarten sind die mächtigen Bewegungen der Armeen und Armeekorps als dicke und dünnere schwarze und rote Pfeile zu sehen. Sie schwenken in mächtigen Bögen nach Norden und Süden, sie teilen sich an bestimmten Stellen.
Die verzweifelte Massenflucht mit Karren, Wagen und Pferden, die im Frühjahr 1945 unter dem näherrückenden Kanonendonner in Sachsen begann, erlebte Johanna nur bruchstückweise.
Sie war acht Jahre alt und wohnte nach dem Tod der Eltern bei einer Tante in einem abgelegenen Dorf. Noch im vorhergehenden Herbst war sie zur Schule gegangen und hatte gelernt, sich blitzschnell auf dem eisigen Schulweg in den Graben zu werfen, wenn die amerikanischen Jäger im Tiefflug über den Weg fegten und auf alles, was sich rührte, ihre Maschinengewehrsalven abfeuerten. Ein früher Frost war in den Pfützen auf dem Weg: es klirrte.
Da die Tante alt und nicht mehr besonders tatkräftig war, lebten Johanna und ihr Bruder in einem mehr oder weniger verwilderten Zustand. Als der Schulunterricht irgendwann gegen Ende des Herbstes endgültig aufgehört hatte, übernachtete sie nicht selten im Wald.
Sie war zu dieser Zeit fast erschreckend häßlich. Ihr rotes Haar war sehr kurzgeschnitten (wegen der Läuse), die unregelmäßigen, großen Zähne wurden von einer grotesken Drahtklammer zusammengehalten. Der schwere Kopf ließ die viel zu großen, sehr abstehenden roten Ohren noch besonders auffällig erscheinen.
Sie sprach einen bäurischen und derben sächsischen Dialekt, den sie sich im letzten Jahr in der Schule zugelegt hatte. An dem Tag, als die Bevölkerung dieses Ortes ihre Karren und Wagen zur Flucht bereitmachten, bekamen ihr Bruder und sie die Masern, und die Bauern weigerten sich, sie in einem der Wagen mitzunehmen. Pausenlos fiel ein kalter Regen, der Kanonendonner von der Front war immer deutlicher zu hören. Die Geschwister standen mit der apathischen Tante am Fenster und sahen den langen Zug der Flüchtlinge im Regen davonziehen.

Ein paar Stunden später kam eine Dame im Auto vorbei, die ohne Kommentar die beiden Geschwister und die Tante in ihren Wagen aufnahm, der nun bis zum Dach mit Kindern und Koffern vollgepackt war. Die Dame behauptete, ihre eigenen Kinder hätten schon die Masern gehabt.
Jetzt sah Johanna zum ersten Mal Tote. Sie lagen in unregelmäßigen Haufen, manchmal nur zwei oder drei, manchmal mehr, mit klaffenden Mündern am Wegrand.
Auf ihrer Reise kamen sie unendlich langsam voran. Als die Nacht hereinbrach, hatte Johanna hohes Fieber. Verworrene Bilder bewegten sich hinter den Augenlidern.
Johanna hatte Glück: zu dieser Zeit wurden die Krankenhäuser evakuiert, das heißt, das noch übriggebliebene Personal verließ sie und verließ die Patienten, Sterbende und Invalide, die nun nur noch die Wege entlangkriechen konnten. Die Dame im Auto brachte sie in ein Krankenhaus, das nicht aufgegeben wurde. Noch im tiefsten Fieber jammerte sie: sie wußte, daß der kleine Bruder nicht mehr mit ihr war.
Die überanstrengten Krankenwärter stellten eine doppelseitige Lungenentzündung fest. Sie rechneten damit, in nur wenigen Tagen wieder ein Bett frei zu bekommen, und sie brauchten es.
Und während die deutsche Schreckensherrschaft also schließlich zusammenbrach und sich in Chaos, Massenflucht und Tod auflöste, versank Johanna Becker, damals ein achtjähriges Kind, in immer tiefere Bewußtlosigkeit. Der Atem wurde langsamer, der Puls nahm immer mehr ab. Am 24. April 1945 um zehn Uhr vormittags stellte ein Arzt, der aus irgendwelchen Gründen in der letzten Woche an diesen Ort gekommen war, den klinischen Tod des Mädchens fest.
Der Arzt, ein sonderbarer und schweigsamer Mann mit einem völlig kahlen Kopf und einer furchtbaren Narbe hinter dem rechten Ohr, die von einem Splitter stammte, der an einem Vormittag bei Marschall Schukows Kurskoffensive in sein Gehirn eingedrungen war und sich dort allmählich eingekapselt hatte, beschloß, es mit einer Herzmassage zu versuchen.
Der Leiter dieses Krankenhauses hieß Herr Uhlich. Herr Uhlich war ein älterer, düsterer Herr, der zumindest bis vor kurzem über einen dieser vielfach gefalteten Specknacken verfügt hatte, wie man sie noch heute in Zugabteilen und in Warteschlangen in der Bundesrepublik Deutschland vor sich sehen kann.
An einem schönen Morgen mitten im Mai geht dieser Herr Uhlich mit drei ziemlich hohen Offizieren der Roten Armee im Krankenhauspark spazieren. Herr Uhlich ist sehr bemüht, einen äußerst korrekten und sympathischen Eindruck auf diese Herren zu machen, da es in ihrer Macht steht, das Kranken-

haus jederzeit für militärische Zwecke zu beschlagnahmen; sie haben für Tausende von schwerverwundeten Soldaten die Verantwortung zu tragen.
Als diese ernsten Herren von ihrem nachdenklichen Rundgang auf dem breiten Gartenweg zurückkehren und genau unter dem Balkon auf der Vorderseite des Krankenhauses stehenbleiben, da sehen sie ein außerordentlich häßliches Kind in einem langen weißen Nachthemd, mit entsetzlich abstehenden Ohren und kurzgeschnittenem rötlichen Haar, das ihm wie Igelstacheln um den Kopf steht. Dieses Kind tritt auf den Balkon hinaus, sieht sie mit einem strahlenden Lächeln an, das seine Zahnklammer in ihrem ganzen verführerischen Metallglanz enthüllt. Triumphierend hebt es die Hand zum Nazigruß und ruft (so laut und deutlich, daß es unmöglich mißzuverstehen ist)
— Heil Hitler, Herr Uhlich!

Auf diese Weise erfuhren Herr Uhlich und die Welt, daß Johanna wieder aus ihrer Bewußtlosigkeit aufgetaucht war.

Es gibt ein Bild von 1948, dem Jahr der Berliner Blockade. Sie steht mitten in einem Kohlfeld in einem Garten, sie hält einen Spaten in der Hand und hat ein mageres, sehr entschlossenes Aussehen. Es ist übrigens auf viele Jahre hinaus das letzte Mal, daß sie mager aussieht. Noch zur Zeit ihres Abiturs wird sie unter ihrer Fettleibigkeit leiden. Das Haar ist etwas länger geworden: es ist ungemein glattgekämmt, obwohl sie sich im Freien aufhält. Sie hat irgendeine schreckliche Kittelschürze an. Der Mangel an Steinkohle und Elektrizität in der abgeschnittenen Stadt hält sie davon ab, nachts zu lesen. Sie friert ganz entsetzlich. Sie lebt hauptsächlich von Kartoffeln und Kartoffelschalen. Sie hat für den Katholizismus zu schwärmen begonnen, und das wird in ihrer Generation in den nächsten fünf Jahren sehr üblich werden. Sie ist sehr unsicher, sehr schüchtern.
Wenn es jemandem gelingt, ihr Vertrauen zu gewinnen, dann redet sie, rasch, klar, nervös und lebhaft, aber das ist etwas, was selten geschieht.

Sie macht 1956 ihr Abitur. Sie ist selbstverständlich die Beste in ihrer Klasse, aber bei ihren Kameraden nicht besonders beliebt, die sie schweigsam, vor allem aber häßlich finden. Sie ist oft krank, es gibt lauter unbestimmte organische Symptome, die kein Arzt richtig diagnostizieren kann. Nicht selten muß sie deswegen der Schule fernbleiben. Dann hat sie dumpfe, qualvolle Magenschmerzen. Sie selbst beschreibt sie so, daß »ein Mühlstein sich langsam in ihrem Bauch drehe«.

Sie hat sich jetzt zur Gewohnheit gemacht, das rötliche Haar immer wie eine Gardine herunterhängen zu lassen, damit es die Ohren verbirgt. Außerdem hat sie diese immer mit großen, unter der Haarmähne unsichtbaren Heftpflastern nach hinten geklebt.
Ausgerechnet in der Abiturientenprüfung in Geschichte, als sie gerade über Heinrich von Navarra spricht, der König von Frankreich werden soll, löst sich das rechte Pflaster. Blutrot vor Scham entfaltet sich das rechte Ohr, es hat den Umfang eines kleineren Segels.
Sie verliert völlig den Faden und kann während der ganzen Stunde kein einziges Wort mehr sagen.
Sie empfindet sich selbst als Monstrum.

Aber schon im nächsten Jahr, als sie als Kindermädchen bei einem französischen Chirurgen in der Bretagne arbeitet, einem freundlichen kleinen Herrn mit einer großen Kinderschar, der sie mit einer Mischung aus amüsiertem Interesse und überheblicher Nachsicht behandelt, löst sich das Problem und verschwindet aus ihrem Leben. Ihr Arbeitgeber sagt:
— Aber liebes Kind, das läßt sich mit einer einfachen Operation und einer Woche Krankenhausaufenthalt erledigen.
Auf der Taxifahrt zum Krankenhaus, wo er an bestimmten Tagen über den Operationssaal verfügen kann, macht der Arzt die Bemerkung, sie sei sich doch hoffentlich im klaren, daß es sich um eine ziemlich teure Operation handele. Sie ist verzweifelt, da sie fast überhaupt kein Geld hat, sagt aber vor lauter Überraschung und Angst nichts.
Die Summe, die ziemlich groß ist, bezahlt schließlich der Arzt.
Im folgenden Herbst, sie wohnt in einem Mansardenzimmer in der Rue des Quatre Vents in der Nähe der Rue de Seine und lebt von irgendeiner Rente (ihr Vater ist 1941 gestorben), verliebt sie sich heftig in einen ihrer Professoren. Sie kauft unter großen finanziellen Opfern (sie hat immer zwischen Büchern und Essen zu wählen) sein Hauptwerk, das gerade herausgekommen ist. Es ist ein sehr umfangreiches Buch über politische Ökonomie. Durch dieses Buch macht sie mit dem klassischen Marxismus Bekanntschaft.

Der Professor, anfangs über ihre hartnäckige Bewunderung verblüfft, nimmt sie eines Tages in seine Wohnung mit — sie sind nach der Vorlesung ein Stück zusammen gegangen, weil sie ihm noch ein paar Fragen stellen wollte, und der große Humanist findet sie so kompliziert, daß er unbedingt seine Bibliothek zur Hand haben muß, um sie beantworten zu können.
Das gelbe Sonnenlicht fällt durch hohe, weiße Gardinen her-

ein. Die Bibliothek ist sehr groß, den Arbeitstisch, der mit Manuskripten und Büchern überladen ist, ziert ein sehr moderner Briefbeschwerer, dessen äußere Schichten milchig weiß sind, mit einem inwendigen roten Würfel im Zentrum, signiert von dem venezianischen Glasbläser Venini. Der Professor sieht sich im Zimmer um, schließt die Tür, sucht in irgendeinem Bücherregal herum, kommt dann aber zurück und versucht, zerstreut und plump (und ohne jede Aggressivität), ihre Bluse aufzuknöpfen (die dunkelblau ist, sehr billig, mit einem Muster aus Maschinenstickerei).
Sie entschuldigt sich mit einer unter diesen Umständen völlig lächerlichen Höflichkeitsfloskel und stürzt aus dem Zimmer. Sie rennt, glühend rot im Gesicht, von der Rue Monsieur Le Prince über die Rue Racine und fängt erst wieder an zu gehen, ganz außer Atem, als sie in der Rue des Quatre Vents auf der Höhe des Restaurants »Au Savoyard« angekommen ist.
Mit einem Gefühl ungeheurer Befreiung erlebt sie jetzt Marx' Philosophie. Sie hat ihren Vater immer geliebt, aber sie hat zugleich gelernt, ihn als aktiven Teilnehmer an einem riesenhaften Verbrechen zu betrachten. Keine von diesen Wahrheiten hat sie verleugnen können.
Jetzt stößt sie auf einen Begriffsapparat, der es ihr zum ersten Mal ermöglicht, diese scheinbar unvereinbaren Tatsachen auf einmal zu verstehen, zu akzeptieren und zu vereinen.

Ein junger Italiener, ein Student, nimmt sie mit zu einer Demonstration gegen den Krieg in Algerien, einer der letzten, riesigen. Es kommt zu gewaltsamen Schlägereien zwischen Faschisten und Sozialisten. In dem Augenblick, als sie die Polizei zum Angriff übergehen sieht, kommt ihr schlagartig zum Bewußtsein, daß sie sich hier zum ersten Mal in ihrem Leben mit denen identifiziert, die geschlagen werden.
Während sie die Sturzhelme näherkommen sieht, versucht sie sich tastend in einer neuen Grammatik und findet ein »wir«.
Eine Minute darauf wird sie bewußtlos geschlagen. Die fliehende Volksmenge trampelt über sie hin. Ein Tabakhändler schleppt sie in seinen Laden.
Dies geschieht am 14. März. Das nächste Mal wird sie bei den Osterdemonstrationen in Berlin, fast genau zehn Jahre später, bewußtlos geschlagen werden.
Sie hat die rätselhaften Barrieren durchbrochen. Ist es so, daß sie sich selbst verständlich geworden, im Grunde aber derselbe Mensch geblieben ist? Ist sie es, die sich verändert hat, oder ist es die Geschichte?
Schon am 31. März singt sie im Chor des Pariser Konservatoriums die Sopranstimme in Mozarts Krönungsmesse. Sie

fühlt eine ungeheure, paradoxe Freude über diese feierliche, jubelnde und fremde Musik.

Ihr Gesicht ist noch jugendlich verschwommen.

Später wird das Profil schärfer werden und zugleich feiner und ausdrucksvoller. Der Kopf wird eine ganz andere Schwere bekommen und der Hals feine Falten. Die Augen werden eine wehmütige, eine durchdringende Schärfe bekommen, die sie jetzt noch nicht haben.

Sie hat ein qualvolles, ein fast unerträgliches Jahrzehnt vor sich. Krankheiten, Enttäuschungen, der überraschende Tod naher Freunde.

Noch heute leuchtet ihr schweres, kluges Gesicht vor Glück, wenn sie über diesen Augenblick spricht.

Und noch immer verändert sie sich und wird, wenn sie intensiv einer Musik zuhört, ungeheuer schön.

Sie ist frei.

IV Der Verbündete

der Schimmer der Abendröte, die sich zur Morgenröte neigt
(Ekelöf)

Notizen in einer verwandelten Landschaft

So mein Vergilius, so meine Wanderung, so die Kreise, die ich besuchte, so meine Zeit . . .
Natürlich stellte ich mir die Frage, ob ich sie liebte.
Nein, Heuchler, ich stellte sie nicht!
Für so etwas haben wir keine Zeit mehr! Ich habe mir keine derartige Frage gestellt, nicht im November, nicht im Dezember, und auch nicht jetzt im März, wo ein leichter Nieselregen auf den Lago Maggiore fällt.
(Duft von Rauch in den kahlen Gärten, von blauem Rauch, von Frühling, von Nebel, von trockenen Bergen, die der Regen durchtränkt.)
Ich habe diese Frage niemals gestellt: sie wurde mir gestellt, im gleichen Augenblick, als sie sich in jenem Flugzeug neben mich setzte und ich den Kopf an ihre Schulter lehnte und das starke Schlagen ihres Herzens hörte.
Ich frage mich nicht, ob ich jemanden liebe. Wenn ich das täte, wäre nicht ich es, der die Frage stellte, Hunderte von betagten Romanen, Filmszenen, verstaubte Dramen, Zahnpastareklamen würden an meiner statt fragen.
Ich stelle keine Zahnpastafragen.
Wir müssen es uns abgewöhnen, die sinnlosen Fragen zu stellen, die man uns statt der wirklichen Fragen suggerieren will.
Wir müssen lernen, mit eigenen Worten zu sprechen: mit eigenen Worten zu leben.
Wir müssen . . .
uns weigern, uns von einer toten Grammatik beherrschen zu lassen.
Wir müssen unsere eigene Sprache sprechen (die schmerzhafter ist) und unsere Gefühle in ihrer ganzen Tiefe kennenlernen (was schmerzhaft ist)
Eine unmögliche Liebe?
Ja natürlich! Unmöglich für die Zahnpastareklame und unmöglich auch für mich.
Aber nur aus dem Grund, weil wir aller Wahrscheinlichkeit nach in einer historischen Epoche leben, in der Liebe überhaupt unmöglich und jede Liebe dazu verurteilt ist, an ihrem Anfang stehenzubleiben, Verliebtheit zu sein.
Wir sind dazu verurteilt, am Anfang zu leben.

Das ist unser Sinn.
Ihr besteht darauf? Ihr möchtet unbedingt einen Liebesroman erzählt bekommen? Aber ihr habt doch schon so viele davon gelesen!
Ja, ich liebte sie.
Aber man tauscht nicht eine lebendige Sprache gegen eine tote.

Also fühlte ich Schmerz, Verwirrung, Unruhe: ich wurde gezwungen, mich langsam zu verändern.
Daher diese Kreise, diese Zeit, diese Prüfung, dieser Vergilius.
Seit jenen Oktobertagen war sie bei mir, so greifbar, als säße sie neben mir mit ihrem schweren, preußischen, rothaarigen Kopf auf dem gebogenen Hals und ihren kräftigen Schultern, so greifbar, als starrten ihre großen, tiefblauen Augen unverwandt in die meinen.

Und natürlich sollte ich sie wiedersehen. Aber das ist eine andere Geschichte, die ihr zu gegebener Zeit auch zu hören bekommen werdet. Ihr müßt Geduld haben: ich gebe mich nicht mit Zahnpastareklame ab.
Ihr werdet es zu hören bekommen, das Ganze, wie wir auf einem Hohlweg nach links abbogen, wie sie die Führung übernahm und mir voranging, und wie wir schließlich einen Schimmer des sternenübersäten Nachthimmels sahen.
(Warum sollte ich mit einer gewohnten Regel brechen, wenn ich weiß, daß es euch unterhalten könnte?)
Ja, ich liebte sie. Aber ich tausche nicht eine lebendige Sprache gegen eine tote.
Es wurde natürlich, ich hatte es die ganze Zeit schon gewußt, ein furchtbarer Winter. Die Schneestürme lösten einander ab, das Thermometer vor dem Haus sank auf zwanzig, neunundzwanzig, dreißig Grad. Über die spiegelglatten Landstraßen glitt in kleinen Strudeln und Strömen der aufgewirbelte Schnee.
Man lieferte uns dem Winter aus.
Das Autofahren auf den spiegelglatten Winterstraßen, im Schneetreiben, wenn gerade die erste Dunkelheit hereinbricht, versetzt mich in einen eigentümlichen Zustand der Ausgelassenheit.
Wenn man in der Dämmerung an einem sehr kalten Januartag auf einem großen västmanländischen See von einem lange genug anhaltenden Schneesturm überrascht wird und die Richtung verliert . . .
Welche Wollust!
Ganz allmählich, in diesem Winter, diesem Januar, in den wenigen hellen Stunden zwischen Sonnenaufgang und Son-

nenuntergang, mitten in dem Frost meines vierunddreißigsten Winters wurde mir, glaube ich, zum ersten Mal in meinem Leben bewußt, in welch ungeheurem Ausmaß meine Phantasie im Dienste des Todes stand. Nicht nur in seinem Dienst stand: von ihm geknechtet worden war.
Ich bin überzeugt, daß ich schon als Vierjähriger mit dem Selbstmord als einer Möglichkeit zu rechnen begonnen habe, als realistische Komponente meines Lebens, als etwas Zugehöriges.
Es gab eine Formel: Ich will sterben –
und diese Formel war immer zur Hand, um mich freizumachen von der Welt, sie war da an den schwarzen Dezembermorgen, wie ein kleiner bitterer Tropfen im Blut (wie der kleine bittere Tropfen der Beerenwanze), sie war in den nackten Zweigen, in den stierenden Fenstern, sie war in meiner Prosa, sie war in den Zeilen meiner Gedichte, in meiner müden Stimme.
Alles andere kam und ging, aber diese Formel blieb.
Alles andere kam und ging, aber der Tod blieb. Ich war ein Teil im Zusammenhang des Todes, und der Tod bewies etwas.
Aber was?
Etwas.
Er machte mich ruhig. Zu seinem Preis machte er mich ruhig.
Und ich! Ich Tor ließ es geschehen!
Und begriff nicht, daß ich damit von vornherein zum Kreis der Verräter zählte.
Die Bombergeschwader flogen über die Schauplätze der Welt und streuten ihren Tod aus, ihre Ruinen, ihre dunklen, verkohlten Kadaver. In den kilometertiefen Kühlkellern in abgelegenen Forschungsanlagen, hinter Stacheldraht und von wilden Hunden bewacht, lagerte der Tod von Millionen in hochvirulenten Bakterienbomben. Und er erschreckte mich nicht. Ich hatte zu sehr teil an ihm, ich rechnete mit ihm als einem Teil der Möglichkeiten dieses Lebens.
Denn eben dieser Tod hatte sich schon längst
(O Wollust!)
meiner bemächtigt, er war in meinen Därmen und Nieren, und spät am Abend, wenn der Tabakrauch dicht in einem Zimmer hing, war er gegenwärtig als ein fremder und bitterer Duft im Rauch. Er war mein eigenes Bild vom Zusammenhang und der Ordnung der Welt. Ich hatte teil an ihm. Und er erschreckte mich nicht.

Und so wurde ich mir darüber klar, daß es nicht einen Tag gab, nicht einen einzigen gewöhnlichen Alltag mit Telephongesprächen und Gängen zu Postämtern und soziologischen Studien in der Warteschlange der Weinhandlung und angebrannten Beefsteaks im Restaurant Nimbus und Autofahrten und der

Nase im Katalog der Königlichen Bibliothek und den eigentümlichen Schornsteinaufsätzen in ein paar vergessenen Vierteln der vornehmen westlichen Stadtteile von Västerås, ich sage, nicht einen einzigen Tag, an dem nicht dieses
Ich will sterben
irgendwie im Hintergrund gegenwärtig war, wie das Geräusch entfernter Stimmen im Telephonhörer, die einen mitten im Gespräch stören, und ebenso selbstverständlich wie bei jemand anders die Gewohnheit, an der rechten Augenbraue zu zupfen oder sich den Bart zu kämmen, genau so eine Gewohnheit war diese Formel
Ich will sterben
und es war dasselbe Gefühl wie wenn man eine Quittung unterschreibt, um irgendeinen Gegenstand aus einem Lager ausgehändigt zu bekommen, wo man sich Werkzeuge und Spaten für irgendein bemerkenswertes Vorhaben holt, und in diesem
Ich will sterben
war meine Geborgenheit verbrieft, meine Unabhängigkeit von all den anderen, die schließlich nach Belieben mit mir umspringen konnten, mich verlassen, mich verachten, mich mißhandeln oder mich lieben, wie es ihnen gerade gefiel, da ich doch letztlich immer die höhere Karte haben und jedes Spiel gewinnen würde, und darum war ich ausgeschlossen
Ich will sterben
und darin war nicht nur mein eigener Tod beschlossen, sondern auch der Tod der anderen, denn zutiefst bedeuteten diese Worte nichts anderes als daß von vornherein jede Hoffnung aufgegeben, die Wette verloren, der Ausgang von vornherein festgelegt war.
Ich war ein Teil im Zusammenhang des Todes, ich hatte mich zu seinem Verbündeten machen lassen. Zwischen mir und den Bombergeschwadern, den virulenten Bakterien in ihren Kühlkellern, den Gefangenenlagern mit ihren Scheinwerfern und elektrisch geladenen Stacheldrahtbarrieren, zwischen mir und den schwarzen Rauchsäulen dieses Dezenniums gab es eine Verbindung, eine Übereinstimmung.

Und das war der innerste, der letzte Kreis:
Ich sah mein eigenes Gesicht, es trat deutlich hervor, es war kein Zweifel mehr möglich, daß es meines war.
Ich sah es an, und was ich sah, war Tod.

Ja selbstverständlich liebte ich sie.

Gesicht

(Jetzt im März 1970: Ich kann die Ereignisse nicht mehr in der Reihenfolge erzählen, in der sie tatsächlich stattgefunden haben: sie durchdringen einander.
Der Anfang: Duft von Regen, von Frühling, von Nebel, von trockenen Bergen, die der Regen durchtränkt. Mit diesem Frühling beginnen, zaghaft, die siebziger Jahre:)

Gesicht, weibliches, auf den Ellbogen gestützt und über mich gebeugt, als ich erwache. Diese großen blauen Augen haben mich lange, vielleicht eine halbe Stunde lang betrachtet, während ich schlief, als wollten sie ergründen, ob ich irgendein Geheimnis hätte. Ich habe kein Geheimnis.
Aber dafür fällt das Sonnenlicht durch eine orangefarbene Gardine und beleuchtet das Gesicht, so daß ich all seine kleinen roten Sommersprossen, die Fältchen, die kräftigen Lippen, die kleinen, energischen Linien um den Mund herum sehe. Und durch das halboffene Fenster ist mitten im Februar ein Spatz zu hören, es ist eine sehr ruhige Straße, sehr ruhig, mit ruhigen Häusern, ruhigen Bäumen und von weit her die Geräusche von Schulkindern in einer Volksschule, Volksschulkinder fangen immer sehr früh am Morgen an, ob es nun Winter ist oder Frühling.
Es ist so früh, daß ich mich nicht mehr daran erinnern kann, wo ich bin, oder wer es ist, der mich ansieht. Gleichwohl akzeptiere ich es, gesehen zu werden; ja, wahrhaftig, ich lasse mich ansehen, und es ist ganz selbstverständlich, daß jemand mich ansehen mag. Und als ich dieses Gesicht sehe, denke ich über all die fremden Menschen nach, all die fremden Gesichter, die es geformt haben, all die fremden Jahrhunderte, die es in sich schließt.
Ich finde mich vor eine Frage gestellt, die ich nicht beantworten kann.
Im Sonnenlicht hebt sich deutlich jede der kleinen rötlichen Sommersprossen ab, ein Schimmer der großen, unregelmäßigen Zähne ist zu sehen, eine Locke fällt in die gerunzelte, mächtige Stirn, und das Gesicht sieht mich weiter ruhig an, während ich aufwache, und mein Gesicht wacht ruhig weiter auf.
So wie wenn ein fürcherlicher Lärm viele Stunden lang angehalten hat, eine Druckpresse, die sehr lange in Betrieb war, oder vielleicht ein Schiffsmotor auf einer sehr langen Schiffsreise, und dieser Lärm dann aufhört, und man sich erst nachdem es still geworden ist darüber klar wird, daß der Lärm da war, ohne daß man ihn überhaupt noch bemerkt hat.
Gerade so wird es still.

In diesem Winter dauert ein und derselbe Schneesturm praktisch Tag für Tag an, von Mitte Februar bis Mitte April.
Mitte Februar begab ich mich auf eine Irrfahrt durch die Städte, Flugplätze und Bahnhöfe Zentraleuropas, die mich zu einem einsamen Ort am Lago Maggiore führte. Ich saß dreißig Tage lang in einem Turm (einem Turm, über den ich noch mehr erzählen werde) – blauer Rauch stieg über den Weinbergen auf, zögernd zog Nebel über den großen See, in der frühlingshaft feuchten Luft schlugen die Blüten der Salweide aus, eine um die andere. Hier gab es nicht mehr nur einen einsamen Spatz auf einem Baum, sondern einen Chor von Vögeln.
Spät in einer Märznacht kam ich nach Schweden zurück: immer noch tobte der gleiche Schneesturm wie in der Nacht, in der ich abgereist war.
Nach zehn Tagen fuhr ich nach Zürich, um einem Regisseur ein Stück zu erklären, das er im Theater inszenieren sollte: die Kastanien schlugen aus, wir tranken Kaffee und Tee auf der warmen Terrasse eines Gartenlokals: die Worte flogen leicht und frisch durch die warme Luft.
Am Tag darauf, und da hatten wir schon Anfang April, war ich wieder in Schweden: der gleiche Schneesturm tobte.
Es war, als wollte er mich auf irgendeine subtile Art *zur Ordnung rufen.*

Herrgott! Ordnung, Ziel, Zusammenhang, Konsequenz in einem Leben, das die Außenwelt nicht einmal einen Augenblick lang eine Kontinuität, einen Zusammenhang wahren läßt!
Selbst mein Gedächtnis ist seit zwei Jahrzehnten gespalten, zerstückelt, es hat sich, um zu überleben, den Umständen angepaßt, so daß ich mich an ganz verschiedene Dinge in einem Park in Västerås, an einem Schreibtisch in Stockholm erinnere, wenn ich einen einsamen Spatz vor einem halboffenen Fenster in Berlin höre.
Das, woran ich mich an dem einen Ort erinnere, läßt sich unmöglich an dem andern ins Gedächtnis rufen: und von mir fordert man einen Zusammenhang!
(Sacht, teilnahmsvoll, freundlich:) »Die ganze Nacht lang hast du im Schlaf geredet, sehr unruhig, in einer fremden, eigenartigen Sprache, die ich nicht verstehen kann.« (Tröstend, erklärend:) »Vermutlich war es Schwedisch.«

Es geht auf Mitte Februar zu, der gleiche Schneesturm: auf dem Speicher der großen wissenschaftlichen Bibliothek in Mittelschweden treffe ich einen Archivarbeiter, den ich wiedererkenne. Es ist mein alter Freund und Schulkamerad G., der intelligenteste und vielversprechendste Schulkamerad, den

ich je hatte. Er kommt mir sehr freundlich entgegen, wir halten einander mit aufrichtiger Herzlichkeit eine ganze Minute lang an den Händen. Aber wie um Himmelswillen ist er hier gelandet?
Ich suche in seinem Gesicht nach den Spuren irgendeiner Katastrophe, finde aber nur Freundlichkeit und aufrichtige Freude, mich zu sehen.
Im Januar hat er nach meiner Telephonnummer gesucht, sie nicht gleich gefunden, da ich nie einen Titel benutze, hat daraus geschlossen, daß die Nummer geheim sei und deshalb die Fernsprechauskunft nicht angerufen.
Jetzt sagt er natürlich nicht, was er gewollt hat.
Was hat er gewollt?

Ein Gefühl, daß alles eilt, immer mehr eilt, daß Liebe, Wärme, Vertrauen nottun: daß wir dies alles sehr schnell etablieren müssen, ohne Rücksicht auf alle Regeln und gegen den Willen derer, die uns daran hindern wollen, die uns vorschreiben wollen, wie diese Sprache zu sprechen sei.

Jetzt habe ich sein Gesicht, fragend, freundlich, ganz deutlich vor mir. Es sind nur drei Minuten oben auf dem Speicher einer Bibliothek, wo die Archivarbeiter sich aufhalten. Ich kann ein Bild davon festhalten, sehr deutlich, fünfzig, sechzig Sekunden lang, es füllt sich von selbst mit den Einzelheiten. Dann verschwindet es wieder.

Eine mnemotechnische Übung. Auch die Liebe kann als eine mnemotechnische Übung angesehen werden.

Ein Heimatland ist nichts anderes als ein System von Gewohnheiten. Das Überraschende, manchmal Überwältigende an einer Reise in ein fremdes Land ist, daß man gezwungen wird, sie zu ändern, ob man will oder nicht. Eine Neurose ist nichts anderes als ein System von Gewohnheiten. Eine entschlossene Übung mit unseren eigenen Erinnerungen würde — sie nicht verändern —, denn das können wir nicht, würde uns aber vollkommen klarmachen, daß unsere Leben verändert werden müssen.
Wahrscheinlich war es dies, worauf die psychoanalytische Schule aus war. Da sie einen Gesprächsstoff für den Arzt und den Patienten brauchte, erfand sie also die »Neurose«.

Mit dem gleichen Nachdruck, mit dem Kant fragt:
— Sind also synthetische Urteile a priori möglich? muß ich wieder und wieder fragen:
— Ist also Liebe in dieser Gesellschaft möglich?

Lautet die Antwort auf Nein, so müssen wir einen neuen Menschen, eine neue Welt erschaffen.
Dies und nichts anderes ist die schreckliche Einsicht, zu der mich die Erforschung meiner selbst gebracht hat. Wenn ihr bereit seid, mir noch ein wenig Geduld zu schenken, werde ich auch das Beweismaterial vorlegen, das vielleicht noch ausstehen mag.

Ich bin mir natürlich klar darüber, daß dieses Ergebnis mir auch Gelächter und Verachtung einbringen wird. Ich habe diese Konsequenz sehr wohl bedacht und bin bereit, sie auf mich zu nehmen.

(Mnemotechnische Übung: Material vom Dezember 1968, der okkupierte Teil des Jordantales:)
Gesicht, das von einer Taschenlampe beleuchtet wird. Kopfbedeckung aus Wolle, weder Käppchen noch arabische Kopfbedeckung, also weder ein Jude noch ein Araber. Vermutlich gehört dieses Gesicht einem Drusen.
Rechts im Graben liegt sein Lieferwagen, mit den Rädern nach oben, die sich immer noch drehen. Aus dem Laderaum ergießen sich leere Apfelsinenkisten wie aus einem Füllhorn.
Aus irgendeinem unbegreiflichen Anlaß hat der Mann versucht, einen militärischen Straßenposten gewaltsam zu durchbrechen (Nagelteppich, Soldaten in Wollpullovern mit tschechoslowakischen Maschinenpistolen, Kohlenfeuer am Wegrand, sternklarer Himmel und nur +3 Grad C), hat sich aber im letzten Moment eines anderen besonnen und ist natürlich direkt in den Graben geschlittert.
Wie gewöhnlich *weiß* ich, daß dies geschehen wird, schon als seine Scheinwerfer zum ersten Mal oben am Hang auftauchen, und bewege mich mit meinem Dolmetscher unter einem Vorwand dreißig Meter weiter fort, ein paar Minuten bevor das Unglück geschehen ist. Der Soldat in der Straßensperre wirft sich nach rechts. Hätte er sich nach links geworfen, wäre er gestorben. Er hätte sich natürlich ebensogut für links entscheiden können.
Der Mann, der weder Jude noch Muslim, sondern vermutlich Druse ist, sitzt jetzt auf einer Kiste am Feuer. Während der diensttuende Offizier seine Papiere prüft und die Soldaten untersuchen, was von seinem Wagen übriggeblieben ist, übernehme ich es (in meiner Eigenschaft als neutraler Journalist), die große, ungefährliche Fleischwunde über seinem linken Augen zu verbinden. Das über das Auge herunterströmende Blut behelligt ihn sehr, da Blut auch eine Salzlösung ist.
Seltsamerweise kann ich das ganz genau nachfühlen, da ich

mir selbst einmal eine große Wunde an genau der gleichen Stelle zugezogen habe, 1956 bei einem Fahrradunglück in der Nähe von Järlåsa. Dies zu erklären, würde jedoch Lizentiatkenntnisse der arabischen Umgangssprache erfordern. Ich halte die Taschenlampe in der linken Hand, den Wattebausch mit Desivon oder was zum Teufel die israelische Heimwehr auch immer in ihren Verbandskästen hat, in der rechten Hand.
Um zu zeigen, daß ich nicht ängstlich bin, reibe ich fester als nötig mit dem Wattebausch über die Wunde.
Um zu zeigen, daß er nicht ängstlich ist, hält er den Kopf vollkommen still.
Ich bemerke, daß ein starker, unverkennbarer Haschischduft aus seinem Mund kommt. Der Mann riecht nach Haschisch wie eine Diskothek in der Stockholmer Altstadt.
Ich lege jetzt eine Mullbinde über die Wunde, kann sie aber nur festmachen, indem ich sie das linke Auge ganz bedecken lasse.
Das rechte Auge sieht mich jedoch weiter mit einem forschenden, fragenden Ausdruck an. Während ich in dieses einsame Auge blicke, das wahrscheinlich von der Taschenlampe stark geblendet wird, grüble ich über all die fremden Jahrhunderte nach, die es in sich schließt.
Die Frage, die man mir stellt, kann ich nicht beantworten.

(Mnemotechnische Übung: Mädchen von 1958:) April 1958, Frühlingsabend, jenseits der Straße der Fyris, im Frühlingshochwasser rauschend, braun von Schlamm, barbarisch in seiner eigenen Fracht aus weggeworfenen Erinnerungen an den Winter badend, die vom Fjärdingen und Svartbäcken und von den schrecklichen Slumvierteln in der Gegend des Seminars her kommen: leere Kisten, zerknitterte alte Zeitungen, Präservative, abgerissene Blätter aus Notizbüchern, abgetriebene Embryos, alles muß er mit sich führen und sich darin wälzen.
Blaues Licht, schwacher Wind, dünne Frühlingsabendwolken, die kommen und gehen, parodistische Abendwolken, parodistische ferne Jugend!
Ich kannte damals diese Ingrid Bergström seit zwei oder drei Wochen: ein langer, schmaler, magerer mädchenhafter Körper, ein etwas gebeugter Rücken, kleine Brüste, langes Haar, und tatsächlich, wenn ich mich recht erinnere, kleine braune Sommersprossen (aber nicht so viele) auf den Schultern.
Über sich selbst im unklaren, freundlich, launisch und natürlich voll von gewaltigen Ambitionen, die allzu verworren sind, um verwirklicht zu werden.
An einem Abend im April 1958 soll ich »früh nach Hause

gehen«. Sie hat irgendeine Prüfung, auf die sie sich vorbereiten muß. Das behauptet sie wenigstens.
Eine einzige Lampe leuchtet in dem dämmrigen Zimmer. Sie sitzt auf ihrem Sofa, in einem Wollpullover und langen Hosen.
Ich bin schon fast an der Tür, da überkommt mich irgendein Impuls.
Ich renne beinahe zurück und lege für einen Augenblick den Kopf in ihren Schoß.
Da sagt sie:
– Wie kindisch du bist.

Auf dem Heimweg bin ich natürlich fest entschlossen, niemals zurückzukehren.
Aufgabe: Wie sieht ihr Gesicht aus, als sie das sagt? Ich kann mich unmöglich daran erinnern, ich kann es nicht festhalten.
Die Frage, die man mir stellt, kann ich nicht beantworten.
Der Anfang. Die Form, in der wir die Liebe empfinden, ist der Anfang.
Wir gleichen alle diesen Familien, die man überall antrifft, die das Nordische Familienlexikon haben, aber nur den ersten Band:
»A – Asunden«.

Die Risse in der Lügenmauer

Sie ist nie geborsten, es war ein allzu mächtiges Bauwerk, aber da war ein Riß, mit bloßem Auge nicht wahrnehmbar, der eben noch nicht dagewesen war. Würde er sich verbreitern?
Februar 1970: das Feuer in meinen Kachelöfen focht einen ungleichen Kampf mit dem Frost aus: die Kinder gingen nicht mehr ins Freie. Der Himmel wurde grün vor Kälte.
Immer noch konnte man jeden Abend die Streikführer vom Erzbergwerk auf dem Fernsehschirm sprechen sehen. Ihre Sprache wurde immer deutlicher, immer reiner.
Die Menschen wollten keine Kinder mehr sein.
Eine Wahrheit hatte bei ihnen Fuß gefaßt; sie standen da und sprachen, und ihre lebendige Sprache vibrierte bis in die lebendigen Kapillaren und Zellen der Gesellschaft hinein.
Es fiel noch mehr Schnee.
Wir besitzen unsere Sprache nicht. Sie kommt zu uns oder läßt uns im Stich, und vor allen Dingen dürfen wir niemals glauben, daß wir uns verstecken können.
»Man soll keine Geheimnisse haben.« (Strindberg)
Im Traum sah ich Johanna Becker, groß und schwer und vor-

gebeugt, in der Winterdämmerung auf Skiern unterwegs über das weiße Eis des Åmänningen, mit einer roten Zipfelmütze zielstrebig unterwegs zu der kleinen Insel Gerholmen, wo die Hauptperson in »Der eigentliche Bericht über Herrn Arenander« verschwindet und mit anonymer Stimme erzählt, wie er ein Boot auf der Insel birgt.
Auf dieser Insel liegt tatsächlich ein geborgenes Boot, leck nach vielen Wintern und Sommern. Es wurde tatsächlich von mir geborgen. Was hatte sie dort zu suchen?
In diesem Traum brachte ich sie mit Fridtjof Nansens Tante in Verbindung. Warum? (Delacroix: »Die Freiheit auf den Barrikaden«. Sie ist die Frau mit der Fahne.)
Ich schickte ihr einen Brief und beschrieb das alles und schloß mit der Frage, was sie denn, so zielstrebig, in meinen Träumen zu suchen hätte.
Irgendwo war die Lügenmauer gesprungen, der Riß war durchlässig. Würde er größer werden?
Mit jedem eiskalten Tag wurde mir immer deutlicher bewußt, daß meine Trauerarbeit, meine Untersuchungen keine private Angelegenheit mehr waren. Das erschreckte mich: waren wir alle, ich sage *alle*, in diesen Monaten daran beteiligt, ohne es selbst zu wissen?
Als die Zeiten sich wendeten und diese Gesellschaft sich schließlich zu fragen begann, welche Mächte sie okkupiert hätten, da stellte sich diese Frage auch mir. Keine Laune, keine seltsamen hormonellen Veränderungen, nichts als die blanke Notwendigkeit zwang mich, nach den Quellen der Angst zu suchen. Es gab keine andere Möglichkeit mehr, als sich die Frage zu stellen, wer man sei.
Ich stellte sie mir und entdeckte, in welch einem erschreckenden Ausmaß die Antwort von anderen bestimmt war.
Es fiel noch mehr Schnee.
An den Tagen, die ich zu Hause verbrachte, fiel es mir schwer, zu arbeiten, zu lesen, es fiel mir sogar schwer, Notizen für einen Artikel zu machen. Es war ein Zustand, in dem Sprache weh tat.
Wenn die Dunkelheit anbrach, lag ich gewöhnlich auf dem roten Sofa in meinem Arbeitszimmer, ich hörte Berlioz zu, ich wußte nicht mehr, wozu er gut sei, außer daß er mich an etwas erinnerte, was ich vor langer Zeit einmal gewollt haben mußte, und mir zum Bewußtsein brachte, daß ich aus einem langen und hartnäckigen Schlaf aufgewacht war, ob ich wollte oder nicht. Da ich nicht wußte, wozu diese Musik gut sei, schrieb ich einen Artikel über sie.
Ich konnte, im Halbdunkel, stundenlang daliegen, und unentwegt quälten mich Erinnerungen ganz bestimmter Art:
(Ich sehe mich selbst, irgendwann in den Jahren 1961-63, ein

frisch ernanntes Genie, mit vielen Hms, nasal und zerstreut einen Vortrag auf dem Katheder irgendeiner Volkshochschule halten, Gott weiß wo, über Poesie und Semantik, oder irgendetwas anderes, was ein einfallsreicher Veranstalter per Telephon mit mir abgesprochen hat, und je länger ich rede, desto deutlicher wird mir bewußt, wie eine dünne Schicht von Feindseligkeit mich von meinen Zuhörern trennt und sie von mir.
Dieser hm-machende, zerstreute, arrogante Typ bin nicht ich, und sie sind auch nicht sie selbst, und die Sprache, die ich spreche, ist weder die meine noch die ihre, und draußen fällt ein herbstlicher Regen.
Es gibt allzu viele, die unsere Gedanken für etwas anderes benutzen wollen. Das ist eine der Voraussetzungen dafür, daß man mich zum Reden aufgefordert hat: daß ein gewisses Maß an Unverständnis zwischen meinen Zuhörern und mir herrscht. Das ist es, wozu ich benutzt werde.
Nur ein Millimeter trennt uns davon, die Wahrheit zu erkennen.)

Februar: nach einem Besuch im Dramaten, dem Stockholmer Stadttheater, wo ich irgendein Stück rezensiert habe, an das ich mich nicht mehr erinnere, und nachdem ich meine Rezension an die Zeitung durchtelephoniert habe (ich schreibe sie gewöhnlich in irgendeinem Café in der Nähe des Theaters und gebe sie so schnell wie möglich durch: ich liebe Theaterkritiken, weil sie mich zwingen, von meinen Erlebnissen zu berichten, lange bevor ich mit ihnen fertig bin, und ich daher über sie berichten kann, ohne daß es weh tut. Denken tut immer weh, und bei mir geht es immer mit einem gewissen trockenen Schmerz in der Zwerchfellgegend einher, und darum stöhne ich oft so laut in Zügen und Flugzeugen, daß freundliche ältere Damen kommen und mir schmerzstillende Mittel anbieten, die ich dann annehmen muß, weil ich ihnen niemals die Wahrheit erklären könnte, ohne mich lächerlich zu machen. Aber Theaterkritik tut nicht weh, und theoretisch gesehen könnte ich sie in uneingeschränkten Mengen produzieren: es sind ja nur Menschen, die man beschreibt, und Menschen sollte man uneingeschränkt beschreiben können) gehe ich nachdenklich heim in die Hagagatan.
Jetzt bin ich wieder nicht ehrlich. Es stimmt zwar, daß ich auf dem Heimweg in die Hagagatan war, aber das war natürlich nicht das eigentlich Interessante. Das waren vielmehr meine vagen Versuche, den fragmentarischen, undeutlichen Eindruck von einem schwer zu definierenden Mädchen zu formulieren, das durch irgendeinen Zufall auf dem Sitz neben mir gelandet war und deren tiefes Lachen in keiner Weise mit ihrem Aussehen übereinstimmte. Ich hatte nicht ein einziges Wort mit

ihr gewechselt (diese idiotischen Regisseure, die nicht wissen, was sie tun, wenn sie im Theater alle Pausen streichen), gleichwohl hatte sie aber meinen Eindruck von diesem Abend entscheidend bestimmt, da wir die ganze Zeit über vorsichtig unsere Schultern aneinandergedrückt hatten, in dem verzweifelten Versuch zu ergründen, welche rätselhaften Barrieren uns trennten.

Auf dem Heimweg überkamen mich Verzweiflung und Depressionen angesichts all dieses Lebens, das vorsichtig an uns vorbeistreift, und eine heftige, fast biologische Neugier auf all diese Geheimnisse, die sich in den anderen abgekapselten Zellen in einer Gesellschaft abspielen müssen, die dadurch funktioniert, daß die Menschen fast lautlos aneinander vorübergehen.

(Nie kann ich meine Kollegen nachmittags mit ihren Aktenmappen und Taschen vom Verlag nach Hause gehen sehen, ohne insgeheim darüber betrübt zu sein, daß ich nicht die Fortsetzung ihres Tages sehen darf, und das, obwohl ich im Grunde genommen weiß, daß der unsichtbare Teil ihres Lebens kaum fesselnder ist als der sichtbare Teil.)

Ich ging also heim in Richtung Hagagatan, da es ein Donnerstagabend war, und um mich herum entfaltete die Stadt ihr geheimnisvolles, abgekapseltes Kasernendasein. Es fiel Schnee. Als ich in die Hagagatan einbog und mich dem Haus Nummer 16 näherte, in dem die alte Wohnung liegt, hörte ich durch den dämpfenden Schnee lautes Rufen, Grölen und Schreien.

Vor der Tür standen zwei Männer, betrunkene finnische Matrosen, wie mir schien, und zerrten energisch an der Klinke. Hinter der Tür, mit einem auffallend weißen Gesicht, vielleicht war es auch der Zorn, der es so weiß machte, stand ein kleines, zorniges Frauenzimmer: sie muß etwa in meinem Alter gewesen sein. Sie entwickelte, trotz ihrer Kleinheit, eine furchtbare Kraft und schaffte es tatsächlich, die Tür trotz der vereinten Anstrengungen der Matrosen (oder was sie nun waren) zuzuhalten, bis nur noch Zentimeter fehlten, um sie ins Schloß schnappen zu lassen. Und das wollte sie offenbar.

Sie trug einen schwarzen, adretten Wintermantel, an einem Arm hing ein großes Einkaufsnetz (wer kauft schon nachts um halb zwölf Lebensmittel ein?), die Lippen waren mit irgendeinem unbeschreiblichen lilafarbenen Lippenstift bemalt, der die kosmetische Entsprechung zu den neobrutalen Leichtbetonfassaden in der Architektur darstellt. Das Mädchen, die Frau oder die Dame hatte insgesamt einen vagen Zug von Hysterie, von aufgestacheltem sozialen Ehrgeiz an sich, ich wußte schon im voraus, daß, wenn sie zu reden anfinge, sie in einem affektierten Falsett reden würde.

Auf der anderen Seite der Glasscheibe standen die finnischen Matrosen, der eine klein, mitten im Winter ohne Kopfbedeckung, in einer abgetragenen Lederjacke, mit einem blonden Haarschopf, der schon lang keinen Kamm mehr gesehen hatte, und großen, seichten, treuherzigen blauen Augen, die jetzt irgendwie ganz verzweifelt durch die Türscheibe starrten. Der andere war größer, er trug eine Sportmütze und einen Sommermantel mit verschlissenen Ärmeln. Sein Gesicht war narbig, das Augenlid ein wenig geschwollen.
Mein Eintreffen löste allgemeine Verwirrung aus. Beide Seiten ließen die Tür los und ich blieb auf der Schwelle stehen, genau zwischen den Matrosen und der Dame. Alle nahmen es für gegeben, daß ich in dem Haus daheim sei.
Mir wurde sofort klar, daß ich in eine Falle geraten war.
Man würde mich zum Handeln zwingen, ich würde Partei ergreifen müssen. Ich wußte schon vom ersten Augenblick an, von welcher Seite die Forderungen kommen würden, und ich wußte, daß der anderen Seite meine Sympathie gehörte. Ich wußte, daß ich unwiderruflich dazu verurteilt war, auf der falschen Seite zu kämpfen.
Vermutlich würde man mich ziemlich übel zurichten. Mitten in der aufsteigenden Angst spürte ich einen unbeschreiblichen Überdruß. Ich zog die Möglichkeit in Betracht, ganz ruhig meinen Weg ins Haus fortzusetzen, die Treppen hinauf, und so zu tun, als sei nichts geschehen.
— Dem Himmel sei Dank, daß Sie gekommen sind, sagte die Dame.
Sie sprach tatsächlich mit affektierter Falsettstimme und mit häßlichen verschwommenen Vokalen, genau wie ich es erwartet hatte.
— Kann ich irgendwie behilflich sein, sagte ich.
— Diese beiden Strolche versuchen, in das Haus einzudringen, sagte die Dame mit einer Stimme, die vor Empörung bebte.
— Diese Dame sagt, daß Sie ins Haus einzudringen versuchen?
— Wir wohnen hier, sagte der kleinere Matrose mit entschlossener Stimme.
Auch er hatte erkannt, daß die Weichen schon gestellt waren, daß er nur kämpfen konnte oder verlieren.
— Ja, damit ist das Problem doch wohl gelöst, sagte ich.
— Sie wohnen gar nicht hier, sagte die Dame.
— Wir werden hier bei einem Kumpel wohnen, sagte der Matrose mit dem geschwollenen Augenlid. Diese Schreckschraube versucht, uns am Hereinkommen zu hindern. Es ist so verdammt kalt. Wir müssen zu unserem Kumpel, damit wir bei ihm pennen können.
— Nehmen Sie sich in acht, sonst werde ich dafür sorgen, daß

die Polizei kommt, kreischte die Dame mit neu aufflackernder, hysterischer Energie.
Mir war klar, daß jeden Augenblick einer der Nachbarn aufwachen und ins Treppenhaus schauen könnte. Das würde noch größere Anforderungen an mich stellen.
— Aber was ist denn so schlimm daran, sie zu ihrem Kumpel zu lassen, sagte ich.
Die Dame stieß ein Wutgeheul aus, so unartikuliert, daß ich wußte, sie würde sich auf mich werfen und mich kratzen, wenn ich ihr widerspräche.
— Sehen Sie denn nicht, daß das Strolche sind. Widerliche Fuselstrolche, die hier eindringen wollen.
Die Strolche zitterten vor Kälte in der erzwungenen Untätigkeit. Die Schneeflocken waren feinkörniger geworden; ein Schneesturm war im Anzug.
Trauer und Müdigkeit regten sich in mir wie Kinder. Es wurde ganz still, nur das Geräusch des Windes war zu hören und von weit her ein Bus auf der Odengatan. Bis zur Ankunft der Schneeräumer mit ihren klappernden Pflügen und ihren schweren lärmenden Traktoren waren es noch viele Stunden hin.
Über den Stadtteilen im Zentrum leuchtete der Himmel in seinem gelblichroten, kranken Winterlicht.
Hätte die blondierte Dame nicht darauf bestanden, daß ich Anteil nehmen, sie schützen, weiß Gott, vielleicht sogar Rache an ihnen üben sollte, so hätten sie leicht irgendwo auf dem Boden in der Wohnung da oben übernachten können. Der stellvertretende Redakteur von Bonniers Litterära Magasin war verreist. Der letzte amerikanische Deserteur hatte sich mitsamt seiner verschlissenen Tasche kurz vor Weihnachten zu irgendeiner Volkshochschule in Sörmland davongemacht.
Der Himmel begann am Horizont ins Grünliche zu spielen. Es würde wieder eine Eisnacht werden.
Jetzt, im Februar, transportierte die Polizei jeden Morgen von den Gittern der U-Bahnschächte, aus verlassenen Industriegebäuden, oder aus den verschmutzten Schlupfwinkeln unter den Brücken steifgefrorene tote Körper ab.
Es war nicht auszuschließen, daß die beiden rotäugigen, nach Brennspiritus duftenden Finnen in die morgige Ernte eingehen würden.
Die Ausgesperrten sahen aus, als würden sie gleich zu weinen anfangen.
Die Dame dachte ganz konzentriert nach. Unter halbgeschlossenen Augenlidern wälzte sie irgendeinen Plan. Ich war mir darüber klar, daß sie mit irgendetwas Teuflischem, Widerlichem herausrücken würde.
Die Lösung kam überraschend. Mit erneuter hysterischer Kraft

und mit einem Wutgeheul warf sich die Dame gegen die Tür.
Diesmal wäre sie zugeschnappt, wenn der Kleine nicht die Fingerspitzen dazwischengehabt hätte.
Aufheulend vor Schmerz und Erniedrigung warf er sich ins Treppenhaus hinein, das von seinem Geschrei widerhallte. Der Kumpel folgte ihm ängstlich nach. Die blondierte Dame suchte hinter meinem Rücken Schutz. Ich war es, den er schlagen mußte.
Er war übermüdet, unterernährt, angetrunken. Ich war wohlgenährt, glasklar, gesammelt.
Als ich behutsam seinem Schlag auswich, fiel er ganz einfach vornüber auf die Treppe und blieb so liegen. Der Kumpel zerrte ihn wieder auf die Füße. Ich steckte mir die Brille in die Manteltasche und machte mich für die Fortsetzung bereit.
Es gab keine Fortsetzung.
Der Ausgesperrte massierte wimmernd seinen Ellbogen, den er sich offenbar beim Sturz angeschlagen hatte. Der Kumpel zerrte ihn hinaus. Er tröstete ihn mit ein paar finnischen Worten, wieder und wieder. Es klang einlullend, wie ein Kinderreim, ein Trostvers, ein Gutenachtlied.
Als die Tür hinter ihnen zuschlug, war der ganze Himmel grün.
Ohne mich umzudrehen, nahm ich meine mütterliche Aktenmappe und begann, die Treppe hinaufzugehen.
Kaum hatte ich die erste Hälfte der Treppe geschafft, als die Blondierte mich einholte. Sie zog mich am Ellbogen.
— Erlauben Sie, daß ich mich bei Ihnen bedanke. Gott, war ich glücklich, als Sie kamen!
Ich sah ihr ins Gesicht, und es strahlte förmlich von einem Gefühl, das wohl Glück gewesen sein muß.
Zu meinem Entsetzen sah ich, daß es nicht mehr ganz so häßlich war. Es strahlte vor aufrichtiger Dankbarkeit.
Das war zuviel für mich.
Ich raste die restlichen Treppenstufen hinauf, hantierte ungeschickt mit dem Schlüssel, bis ich endlich die Tür aufbekam.
Ich lag lange angezogen, hellwach auf dem Rücken im Bett und starrte mit bereits eiskalten Augen die Wasserflecken an der Decke an.
Das war ein Wendepunkt.
Jahre der Trauer und der Unklarheit lagen hinter mir.
Ich mußte leben oder fliehen. Den Riß konnte ich nicht länger verleugnen.

Die Schneestürme toben über Nordeuropa

Hoch über den heftigen Schneestürmen, die über ganz Nordeuropa tobten, die Wege zuschütteten und in den großen Städten den Verkehr stillegten, flog lautlos in seiner Höhe das silberne Flugzeug. Es schwenkte nach Norden und passierte ein weiteres Sturmzentrum östlich von Hamburg, bog dann in den nördlichen Luftkorridor ein, der nach Berlin führt.
Weiter nördlich, in Öresund, schoben sich Treibeismassen vom Bottnischen Meerbusen heran, die Fähren blieben mit hilflos dröhnenden Triebwerken vor Helsingör liegen. Und noch weiter nördlich, in den västmanländischen Wäldern, starben Hirsche mit blutigen Hufen an ihren schneebedeckten Futterkrippen, stürzten die Bäume mit einem langsamen, melancholischen Geräusch um, das in den treibenden Eismassen verschluckt wurde und erstarb, sanken die Devisenreserven, wurden die Feuilletonseiten unter Druck gesetzt, kämpften die Sekten, wurden die Lehrpläne vereinfacht, traten die Komitees zusammen, verstummten die Demonstranten.
Und ich? Ich wechselte den Schauplatz.
In der rechten Tasche der dicken braunen Reisejacke hatte ich einen Kamm, einen Kalender, der für die nächsten fünf Wochen keine Termineintragung aufwies, einen Schlüssel zu einem Turm in der Gegend des Lago Maggiore; er gehörte einem kleinen, freundlichen, schwedischen Margarinedisponenten, der jahrelang nicht mehr dort gewesen war (»modernes Badezimmer von Gustavsberg, bequeme dicke rote Teppiche auf der Treppe, die sich innerhalb der meterdicken langobardischen Steinmauern durch vier Stockwerke hochwindet«), das kleine abgenutzte Adreßbuch mit Hunderten von Telephonnummern und Adressen, in der rechten Westentasche dreitausend Kronen, die den Vorschuß für ein Hörspiel darstellten, in der linken Jackentasche eine sehr kleine, lederbezogene Taschenlampe . . .
(Der elegante ältere Herr im Kaufhaus NK zeigte mir alle erdenklichen Modelle, angefangen mit halbmeterlangen, phallusähnlichen, die für Wettsegler auf dem Meer und für Rohrleger gedacht waren, bis zu eigenartigen kleinen Konstruktionen, die am Schlüsselbund einer Dame befestigt werden sollten.
– Wozu werden Sie sie eigentlich brauchen?
– Um eine verrostete Eisenpforte zu öffnen, an einem Ort, wo es vermutlich stockdunkel ist.
– Aha, ich glaube, dann wird diese hier am besten passen. Man bezeichnet sie als *Reisetaschenlampe.*)
Die mütterliche Aktenmappe wölbte sich vor lauter Büchern, Papieren, Isländerpullovern, Unterhosen zum Wechseln, No-

tizblöcken, Kugelschreibern, Pfeifenreinigern, Anschovisbüchsen.

Wie zur Besinnung kommen?

Der Kapitän machte mit einer undeutlichen, norddeutschen metallischen Stimme über den Lautsprecher darauf aufmerksam, daß die Maschine im dichten Schneegestöber möglicherweise nicht würde landen können. Die Passagiere flüsterten besorgt miteinander. Ein paar Minuten später versprach er, jedenfalls einen Versuch zu machen. Die mächtigen Landeklappen an den Flügeln glitten heraus, die Geschwindigkeit verringerte sich, internationale Flugsicherungs-Systeme und Radiopeilgeräte dirigierten uns durch den schmalen Korridor. Irgendwo tief unten mußte die weitläufige Stadt liegen.
Von den Lichtern war nichts zu sehen. Die Passagiere bewegten sich unruhig in ihren Sitzen, die fetten Herren aus Hamburg und Lübeck mit ihren gefältelten Specknacken husteten nervös aus ihren Sesseln heraus.
Nur ich blieb ruhig. Ich hatte ja kein Ziel.

Ich weiß nicht, ob es für mich das Wichtigste ist, zur Besinnung zu kommen.

Das freudianische Proletariat verkriecht sich in seine Schlupfwinkel, streichelt sich gegenseitig die Seelen, wie man Katzen streichelt, läßt sich zum Klang melancholischer Stimmen, die mit warmem Vibrato aus meterhohen Lautsprechern vom Aufruhr singen, in dem blauen Rauch orientalischer Harze versinken.

Ich weiß trotz allem nicht, ob ich zum freudianischen Proletariat gehöre.

Die Luftbremsen versetzten die Maschine in heftige Schwingung. Gleichgültig dachte ich an die kurze Landebahn unter uns, die zwischen dichten Wohnvierteln eingezwängte alte Exerzierheide. In den Tagen der Luftbrücke, kurz vor Beginn der seltsamen fünfziger Jahre, als alle drei Minuten Kohl und Kartoffeln mit dem Flugzeug eingeflogen wurden, muß es auch Schneestürme gegeben haben.

(Meine Frau auf dem Stockholmer Flughafen Arlanda, in Wollschals eingehüllt: wenn du einen Ort findest, wo es wärmer ist als fünfzehn Grad, mußt du mir telegraphieren. Bis dahin bleibe ich hier und kümmere mich um meine Prüfungen. Sie hat seit den fünfziger Jahren unentwegt Prüfungen abgelegt: ist es nicht arabische Umgangssprache, so ist es numerische Analyse.)

Nun, lieber Freund, die Zinngrubenarbeiter auf der Hochebene von Bolivien, was machen die, wenn sie von Neurosen heimgesucht werden?

Das freudianische Proletariat, es flieht . . . und bestätigt damit seine Stellung als Proletariat.
Und das sogenannte »Innenleben«, zeichnet es sich nicht gerade dadurch aus, daß es uns nicht zwischen Illusion und Wirklichkeit unterscheiden läßt?
Die Wirklichkeit entsteht erst dann, wenn man mit dem Kopf gegen die Wand rennt, erst dann, wenn man auf Widerspruch trifft. »Die Hölle«, sagte der eifrige Sartre, »das sind die anderen.«
Die anderen, das ist die Wirklichkeit, sage ich.

Und jetzt tauchten endlich die Lichter auf, erschreckend nah unter uns, die Luftbremsen versetzten die ganze Maschine in eine starke Vibration. Und mitten in dem dichten Schneetreiben landeten wir, unter vollem Einsatz der Schubumkehr, in Berlin.
Ich ließ meine Taschen in der Aufbewahrung und sprang in einen Bus. Die Straßen lagen fast verödet da, dann und wann kämpfte sich ein Auto mit flackernden Scheinwerfern durch das dichte Schneegestöber. Jetzt würde es eine Weile dauern, bis wieder Flugzeuge landen könnten. Die Kirchenglocken tönten von allen Seiten schwach durch den Schnee: es mußte wohl Samstagabend sein. Durch die langen, verlassenen Straßen fegte kreuz und quer der Schnee: man konnte nicht mehr ausmachen, woher er kam.
Ich stieg am Bahnhof Zoo in die Buslinie 25 um und fuhr durch die dichter werdende Dunkelheit nach Friedenau hinaus.
E.'s Haus lag dunkel an einer Vorstadtstraße, jenseits der Gartenpforte war der Schnee unberührt, die kleine Klingel an der Haustür war festgefroren. Es konnte Monate her sein, seit jemand die Tür geöffnet hatte. Im Schein der spärlichen, gelben Straßenlaternen, die unruhig im Wind schwankten, machte die ganze Straße einen seltsam menschenleeren, furchteinflößenden Eindruck. Was sollte ich hier?
Es war nicht mehr Oktober, es war Mitte Februar.
E. mochte sich auf irgendeinem anderen Kontinent befinden.
Und plötzlich erkannte ich, daß ich diesen sonderbaren Abstecher nach Berlin nur aus einem einzigen Grund gemacht haben konnte, um nämlich eine Art Wiederholung herbeizu-

führen, eine »gjentagelse«, wie der geplagte Kirkegaard sagt, um noch einmal, wie bei meinem letzten Besuch, diese plötzliche Erleichterung zu spüren, in der meine ganze Trauerarbeit, meine Unruhe, alles, was seither geschehen war, seinen Ursprung hatte.
Irgendwo, tief drinnen im Labyrinth des Winters, mußte ich falsch gewählt haben, an einer unmerklichen Stelle hatte ich irgendeinen Gedankenfehler gemacht, der mich ganz einfach zum Ausgangspunkt zurückgeführt hatte.
Es gab für mich nicht den geringsten Grund, hier zu sein. Der Wind pfiff durch die Straßen, die gelben Laternen schaukelten im Wind. Mitten in den Schneesturm mischte sich der diskrete Geruch nach Steinkohlenrauch, der immerzu über Berlin liegt.
Ich fühlte mich nicht verzweifelt. Ich fühlte mich enttäuscht.
Dieser sonderbare Zirkel würde beliebig lange weitergehen können.

An der Friedrich Wilhelmskirche unten gelang es mir, ein freies Taxi zu finden. Es schlitterte lebensgefährlich im Neuschnee auf der Stadtautobahn nach Steglitz, der Chauffeur schien fast beleidigt, daß jemand unter diesen Umständen überhaupt seine Dienste in Anspruch nehmen wollte. Am Schöneberger Rathaus gab er ganz einfach auf. Ich bezahlte ihn ohne besondere Freigebigkeit und suchte mir vorgebeugt meinen Weg durch die kleinen Straßen westlich vom Steglitzer Volkspark. Der kleine Kanal lag gefroren da, Lastkähne steckten im Eis fest, im Park flatterten unruhig ein paar verfrorene Enten, und man hörte die klagenden Laute irgendeines größeren Vogels, sie klangen wie ängstliche Hilferufe.
Der Schneefall ließ plötzlich ein wenig nach, der Wind flaute ab, der Mond schien durch die schneebedeckten Baumwipfel im Park.
Ich fand das Haus einzig mit Hilfe der Erinnerung. Zwei mächtige Birken standen unten am Gartentor. Sie bewegten sich unruhig in dem immer schwächer werdenden Wind. Es mußte früher einmal ein Patrizierhaus gewesen sein. Zwischen der Außenpforte und der Eingangstür war eine Zeitung eingeklemmt; ich trat ein. Der intensive Geruch nach Bohnerwachs stach mir in die Nase, bizarre Stahlstiche aus der wilhelminischen Ära schmückten das Treppenhaus. Ihre Tür war angelehnt.
Ich trat ein und zog die Tür hinter mir ins Schloß.
Durch die halboffene Tür zwischen dem Vorplatz und dem Arbeitszimmer sah ich sie in einem tiefen Sessel sitzen. Sie las anscheinend, beim Licht einer orangefarbenen Lampe. Das rote, schwere Haar fiel kupferglänzend zu beiden Seiten her-

unter und ließ ihr häßliches, schweres, wunderbares Profil nur ahnen. Offenbar war sie allein, rechnete aber so fest damit, daß jemand kommen würde, daß sie nicht einmal den Kopf hob, als sie meine Schritte im Vorplatz hörte. Ich legte den Mantel ab, von dem der Schnee in schweren Fladen auf den Bastteppich des Vorplatzes fiel, zog meine nassen Schuhe aus, die sonst unvermeidlich dem Teppich im Arbeitszimmer geschadet hätten, und ließ mich zu ihren Füßen nieder.
Sie schrak zusammen, warf das Buch zur Seite und sah mich streng mit ihren großen dunkelblauen Augen an.
Ihre Socken, aus gelbem Frottee, dufteten nach Steinkohlenrauch, Küchendunst, Bohnerwachs. Die kurze sommersprossige Hand strich mir übers Haar. Sie hatte braune Kordsamthosen an (sehr abgetragen) und einen orangefarbenen Pullover.
Ihr Haar hatte den gleichen Steinkohlenduft wie ihre Füße.
Nachdenklich ließ ich meine Finger über ihren Kopf wandern: ich ahnte das gewaltige Gehirn unter dieser mächtigen Wölbung.
Draußen hatte es wieder zu schneien begonnen. Ich hörte einen Spatz, ja es muß ein Spatz gewesen sein, in einer der Birken vor dem Haus zwitschern.
Ruhig, ergeben fast, schob sie mich zur Seite und sagte mit ungewöhnlich tiefer, deutlicher Altstimme:
— Es wäre sicher schwer, deine Mutter zu sein.

Sie machte sich in einer Ecke des Zimmers mit irgendetwas zu schaffen, verschwand, kam zurück.
Durch das Zimmer tönten, viel zu laut für Nachbarn, für die Nacht, für die Zeit, für die Gelegenheit, und doch ganz richtig, die jubelnden, glanzvollen Soprane der Einleitungschöre zu Mozarts Krönungsmesse.
Gegen sechs Uhr morgens hörte ich den Spatz im Baum noch einmal singen. Er mußte die ganze Nacht dort gesessen haben.

Ein Frühstück in Preußen

Du, der du Tausende von Kilometern von hier hättest sein sollen, du, der du ein verschlossenes Haus hättest öffnen sollen, du, der du zu dir selbst hättest zurückkehren sollen, um endgültig festzustellen, an welchem Punkt du in die Irre gegangen bist, du sitzt nun, während immer noch Schneesturm herrscht, schon den dritten Tag im tiefsten Preußen und frühstückst.

Im Osten, Norden, Westen und Süden die verschneiten Straßen der Deutschen Demokratischen Republik, gestutzte Weidenalleen, Traktorenstationen, Landwirtschaftskollektive. Der Wind pfeift durch mörtelduftende Baustellen am Alexanderplatz, die Volkspolizisten frösteln in ihren Pelzen und fingern mit Wollhandschuhen an ihren runden russischen Maschinenpistolenmagazinen, die Schneeräumer klappern auf den Dächern, noch ungeübt in ihrer Tätigkeit. Im Westen gehen die Studenten mit ihren langen Schals und ihren kleinen Goldrandbrillen zu ihren Vorlesungen an der Freien Universität, die Professoren streiken, die Dozenten verfassen Manifeste, klein wie schwarze Punkte spazieren verwegene Herren über das schon tragfähige Eis der Westberliner Binnenseen, und auf der kleinen Wiese am Wannsee laufen die Hasen aufgeschreckt über den verharschten Schnee!
Die Wahrheit ist weit von hier.
In den großen hellen Räumen, wo die gelben Gardinen das Licht filtern, wo es mild nach Bohnerwachs duftet und schwere staubige Bücher in den Regalen mit Tausenden von kleinen Zetteln zwischen den Seiten den schnitzelbestreuten Weg zeigen, den man gehen muß, um so etwas wie einer Wahrheit näherzukommen, ist es so still wie in einer Kirche. Johanna Becker wendet den fetten preußischen Schinken, schlägt noch ein Ei in die Pfanne und serviert das alles auf grobem schwarzen Brot. Noch herrscht tiefer Winter. Das schwere rote Haar hat sie unter einem Seidentuch verborgen, wegen des Bratendunstes, ihre resoluten, sommersprossigen, klugen Hände zünden den kleinen Rechaud an, auf dem die Teekanne stehen soll.
Sie sieht ganz einfach schrecklich aus. Sie lächelt eins ihrer seltenen Lächeln. Über dem Küchentisch hängt ein vergilbtes Papier mit der kleinen Devise:
ES WIRD MIT SPRINGER BÖSE ENDEN
und daneben zwei kokette, gehäkelte Biedermeiertopflappen an einem gelben Messingknauf. Es summt und rauscht in der Gasflamme des Durchlauferhitzers. Kirchenuhren schlagen.
— Das ist eine friedliche Stadt.
— Ja, sehr friedlich. Und gestern hat der Senat ein Gesetz verabschiedet, das den Gebrauch von Handgranaten und Schnellfeuerwaffen gegen Demonstranten gestattet.
— Ich meine: hier ist es friedlich.
— Das ist selten.
— In Stockholm benutzen die Damen keinen Büstenhalter mehr. Er ist seit 1968 verschwunden.
— Ich will meinen gern wegwerfen.
— Die Zeitschriften gehen ein, die Rundfunkredakteure werden gefeuert, wenn sie sich nicht an geheime vervielfältigte

Weisungen halten, die Demonstranten wird man mit Handgranaten empfangen. In Stockholm darf man keine Handgranaten werfen, weil es vielleicht nie nötig sein wird, die Kritiker verkünden mit viel Geschrei, daß wir wieder zur Literatur zurückkehren müßten, die Tschechoslowakei wurde am 21. August 1968 okkupiert, es gibt kein Glück, das länger währen könnte als drei Tage, es war verantwortungslos von mir, Kinder in die Welt zu setzen, da ich nicht weiß, ob sie bis zum Erwachsenenalter in dieser Welt am Leben bleiben werden. Ich fürchte mich, ich bin voller Verachtung, ich glaube nicht an deine Theorien vom Überbau, ich bin nicht sicher, ob deine Lehre vom Mehrwert mehr ist als nur die halbe Wahrheit, ich habe nicht teil am Krieg in Vietnam. Deine Freunde finde ich dogmatisch, humorlos, in sektiererische Auseinandersetzungen verstrickt.

Vielleicht schon in zehn Jahren wirst nicht nur du, werde auch ich mich so unmöglich, so unwirklich ausnehmen wie die Menschen des Jahres 1848, als alles möglich war, sich im Jahre 1860 ausnehmen. Die große Chance ist nun schon verpaßt. Die große Freiheitsbewegung ist 1968 gestorben, und du und deine Freunde wissen das. Und trotzdem tut ihr so, als ginge es euch nichts an.

Und ich weiß nicht, wie ihr es überhaupt noch schafft, ich weiß nicht, woher ihr euren Mut nehmt, ich weiß nicht einmal, ob ihr so ganz recht habt, und dennoch weiß ich, daß bei euch die Wahrheit ist, wenn auch eine Wahrheit, die es noch nicht gibt. Ich werde dich lieben bis in meinen Tod. Du bist die Freiheit auf der Barrikade, du bist die einzige Form der Hoffnung, die es gibt, du bist der einzige Mensch, der mich streng wie ein Richter ansehen kann und mich dennoch Mut fassen läßt.

(Und ich vergrub noch einmal den Kopf in ihrem Schoß, der nach Kordsamt und Bratendunst duftete. Sie strich mir leicht mit der Hand über den Nacken und ich spürte, daß mich nichts auf der Welt mehr würde erschrecken können.)

— Du hast ein sehr schönes Profil, weißt du das? Du erinnerst mich oft an eine Stelle aus Thomas Manns »Herr und Hund«. Weißt du, an welche?

— Nein.

— Es ist die Stelle, wo Bauschan, der Hund also, einen Hasen aufspürt und ihn herumjagt, bis etwas Phantastisches geschieht: der Hase kommt und legt den Kopf in Thomas Manns Schoß, und er sagt, jetzt war der Hase Hund, und ich war sein Herr.

Ich weiß nicht, wieviel Zeit meines Lebens ich damit zugebracht habe zu verachten.

— Nein, du hast große Angst.

– Es ist nicht Angst. Es ist wirklich Verachtung. Ich verachte schlappe Schöntuerei, vorsichtige Zeitungsartikel, billige Erfolge, schlechte Logik, unklare Sprache, trübe Sentimentalität, ich verachte die öffentliche Lüge, ich verachte den Anti-Intellektualismus, den Haß auf alles, was nach Denken aussieht, und ich verachte alles in mir, was daran teilhat.
– Dann hast du also doch Angst.
– Warum denn?
– Weil du dich mit alldem abgefunden hast.
– Du findest meine Angst nicht nur lächerlich; wie ich sehe, findest du auch, daß es eine altmodische Angst ist. Was kümmert dich meine altmodische antiquierte liberale Selbstverwirklichung? Was kümmert es dich, ob sich jemand frei *fühlt*, ob Raum wird für Liebe, Wärme, Reife oder nicht. Für dich spielt das keine Rolle: für dich ist das Wesentliche nicht, welches Maß an Empfänglichkeit, an Einfühlungsvermögen, an aufrichtiger Klugheit ich in meinem Leben erreichen kann, du hast andere Ziele vor Augen, und die betreffen die Allgemeinheit . . .
(Nie, niemals werde ich vergessen, wie furchtbar streng sie mich ansah.)
– Du irrst dich. Ich wünsche mir nichts mehr als Liebe, Wärme, Hoffnung.
Aber ich glaube nicht, daß du dies jemals auf eigene Faust wirst verwirklichen können.
Die Nase im Haar ihres Nackens vergraben, so daß die häßlichen entzündeten Pickelchen darauf sich nur ein paar Millimeter vor meinen Augen befanden und aussahen wie eine rätselhafte Berglandschaft auf einem fernen Himmelskörper, fuhr ich fort (und spürte, wie Verzweiflung und Geborgenheit sich wahnwitzig miteinander vermischten):
– Die Hölle, das sind die anderen.
– Die anderen, das ist unsere einzige Hoffnung.
– Und wir.
– Sind ihre einzige Hoffnung.
– Und die Geschichte?
– ist nicht nur ihre Geschichte. Es ist auch die unsere.
– Was nützt das in Kambodscha, wenn die Amerikaner in ein paar Monaten zum Angriff übergehen?
Schweden. Eisenerzfelder, weiße Nächte, Neutralität zuerst Deutschland gegenüber, dann Amerika und Großbritannien gegenüber, eine Stadt, die sich auf den Postkarten über ein paar eigentümliche Inseln mit Brücken dazwischen hinstreckt, unruhige Dichter, Bild von dir und deinem Hund unter weißen Birken, und der Hund ist schwarz, und du hast noch nie einen Menschen sterben sehen . . .
(behutsam hielt ich ihr Ohrläppchen zwischen meinen Lippen)

– Du hast unrecht. An einem frühen Morgen im Jahre 1956 in Uppsala habe ich meine Wirtin sterben sehen. Sie bekam eine Gehirnblutung, als sie gerade in ihrer engen Küche stand und sich ihren ekligen Morgenbrei kochte, und beim Sturz hat sie sich an dem harten Herdrand ihre Schläfe und das Auge zerschmettert, und der Brei lief über den Herd, da der Topf weiter vor sich hinkochte und schließlich überlief und die ganze Wohnung mit dem schrecklichen Geruch nach Angebranntem füllte. Da gingen ein jüngerer jämtländischer Student mit Namen Enquist und ich ganz still in die Küche und sahen den großen unförmigen Körper mit einem auf unnatürliche Weise eingeknickten Bein in dem feierlichen Morgenlicht daliegen.
Und wir wußten beide, daß es ein verfehltes, ein durch und durch unglückliches Leben gewesen war. Sie war mit zwanzig von ihrem Verlobten verlassen worden und hatte, eingeschlossen in eine stickige, übelriechende Wohnung, vierzig Jahre damit zugebracht, Studenten auszuschimpfen, die die Gardinen verräucherten, oder sich mit ihrer Schwester zu zanken.
Sie pflegten in dem Vorplatz vor meinem Zimmer zu stehen und sich zu zanken, und an einem bestimmten Punkt ihres Gezänks wechselten sie immer von der ersten in die dritte Person über, und jetzt, da sie tot war, war das Zimmer voll von dem Geruch nach angebranntem Brei und dem Altfrauengeruch, und als ihre Schwester von der Markthalle nach Hause kam (es war in Uppsala, wo dies geschah), hatten der andere Student und ich schon nach Leuten telephoniert, die sie nun abholen kamen.
Ich weiß, daß du Tote zu Hunderten gesehen hast, steifgefrorene Körper in ausgebrannten Panzerwracks, tote Flüchtlinge in zusammengeschossenen Kolonnen im Winter an Sachsens Straßen, und daß du ein achtjähriges Mädchen warst, als du das sahst
aber es ist der gleiche Tod.

– Du mißverstehst mich.
Ich rede nicht so viel vom Tod; ich frage mich, warum du dich so dafür interessierst.
– Weil ich mir jahrelang gesagt habe, daß der Tod mein Verbündeter ist. Und ich meinte natürlich meinen eigenen Tod.
– Aber du hast vergessen, daß . . .
– Ja.
Daß man nicht der Verbündete des Todes sein kann, ohne mit allem, was Tod heißt, im Bunde zu sein.
– Aber du liebst doch deine Frau, deine Kinder?
– Ja. Wie Schwalben, die in der Dämmerung eines Sommer-

abends um eine alte Kate fliegen oder wie etwas, was mich aus einem unruhigen Schlaf weckt, wie die Ruhe an gewissen sehr frühen Sommermorgen, aber

— Aber?

— Aber ich habe nie gewagt, sie zu stören.

— Womit?

— Mit dem Tod.

— Ich denke so viel über dich nach, wie ich schon lange über keinen Menschen mehr nachgedacht habe,

(wir befanden uns jetzt unter dem Frühstückstisch auf dem gelben Teppich, sie hatte den schweren Kopf ganz vertrauensvoll an meine Brust gelehnt)

und da ist etwas, was ich schwer begreifen kann.

— Und das wäre?

— Du fürchtest dich, fürchtest dich sehr. Und es gibt tausenderlei Dinge, vor denen man sich fürchten kann, das stimmt schon.

— Ja.

— Aber das ist es nicht, du fürchtest dich vor etwas anderem. Und das, das ist etwas, wovor man nicht die geringste Angst zu haben braucht. Du hast Angst, nicht vor Polizeiknüppeln, nicht vor Einzelzellen aus Zement, nicht vor brennenden Dörfern, nicht vor den Bombergeschwadern, die die Küsten ferner Länder anfliegen.

Du hast Angst davor, dich lächerlich zu machen. Du hast Angst vor dir selbst.

— Dann will ich damit aufhören.

Sehr lange sah uns der bleiche Wintervormittag ganz still liegen, bevor die allerkleinste Bewegung uns an den Tag verriet. Und während ich mir noch eine Scheibe des duftenden Brotes aus dem betagten Toaster nahm und sie dick mit duftendem Honig bestrich, den fleißige Bienen irgendwo da draußen in der flachen Arbeiter- und Bauernrepublik gesammelt haben mußten, die uns auf allen Seiten umgab, setzten wir unser unterbrochenes Gespräch fort. Sie legte sich eine weiße Baumwolljacke um die starken runden Schultern, um die schweren Brüste. Der Tee war kalt geworden und schmeckte jetzt bitterer, donnernd fiel die Post in den alten braunen Briefkasten an der Außentür. Sie machte keine Anstalten, sie holen zu gehen.

— Weißt du übrigens, daß ich von den böhmischen Königen abstamme?

— Nein.

— Und von wilhelminischen Majoren, nazistischen Obersten, klavierspielenden Damen, zigarrenrauchenden Gutsbesitzern . . .

— Ein entfernter Vorfahre von mir mußte nach Amerika fah-

ren, weil er bei einer Schlägerei einen Mann totgeschlagen hatte.
— Du willst mich aufziehen.
— Es gibt eine Geschichte, antwortete ich. Hingegen glaube ich nicht an Vorfahren. Sie sind die Geschichte, nicht mehr, nicht weniger. Hinter dir kann ich die Verbündeten des Todes sehen, Generationen auf Generationen, angefangen mit den Rittern, die Müntzers Bauern niedergeschlagen und mit den Füßen nach oben in den Rauchfang gehängt haben, bis hin zu den Panzerdivisionen bei Kursk. Das bedeutet, daß du in der Geschichte verankert bist, aber nichts weiter. Und nicht mehr, als ich selbst in der Geschichte verankert bin.
Sie kaute mit gutem, mit gierigem Appetit an dem letzten Honigbrot. Die Wangen hatten Farbe bekommen, ihre frischen weißen Zähne glänzten über dem Honig, die schwellenden roten Lippen glänzten. Noch nie habe ich jemand mit solch einem Appetit essen sehen.
Und zwischen den Bissen sagte sie etwas Unverständliches.
— Was hast du gesagt?
— ?
— Du ißt so, daß ich nicht verstehen kann, was du sagst. Du mußt erst fertigkauen!
Das tat sie, und endlich konnte ich verstehen, was sie zu sagen hatte.
— Werde nie zum Verbündeten des Todes.

Ich nickte still. Und einen Augenblick lang lächelten wir einander an, als hätten wir erst jetzt erkannt, wer wir sind.
Da schlugen alle Uhren elf.

Die Schneestürme lassen langsam nach

Die riesige Flughafenhalle war voll von wartenden Passagieren in dicken Wintermänteln. Der Schneesturm flaute allmählich ab, die Lautsprecher verkündeten, daß die ersten Maschinen schon wieder gestartet seien. Wir kamen in letzter Sekunde an, und unter souveräner Mißachtung von Beulen und Stoßstangen stieß Johanna Becker mit ihrem schrecklichen kleinen Wagen in eine Parklücke hinein.
Wir bahnten uns einen Weg durch die Volksmenge. Fette Specknacken rauchten dicke Zigarren, Herren mit dunklen Hornbrillen und flachen administrativen Aktenmappen schimpften am Schalter der Pan American herum, um mit der ersten Maschine wegzukommen. Eine dünne alte Dame mit einem Papageienkäfig in der Hand bekam einen hysterischen

Anfall und wurde laut weinend weggebracht. Der Papagei war grün, giftgrün, mit einem giftig gelben Schnabel.
— In meinem Elternhaus, sagte Johanna Becker, hatten wir zwei starke Hunde, drei Schildkröten, einen Käfig mit Wellensittichen, einen Käfig mit einem Papagei, zwei Aquarien und ein Kätzchen.
— Ich glaube dir, sagte ich. Alle Deutschen sind verrückt, und diejenigen, die in Berlin wohnen, sind besonders verrückt. Du bist in einer Menagerie aufgewachsen. Du bist eine Löwin.
— Und du bist ein Monstrum.
— »Es gibt Monstren, die gut sind.«
— Das glaube ich überhaupt nicht.
— Oh doch. Und »eines Abends, wenn das ganze Universum rot wie Purpur ist, werden sie aufwachen und dich mit ihren sanften Augen ansehen.«
— Tatsächlich.
— Das steht in einem Gedicht von Eugène Guillevic, einem bretonischen Dichter, geboren 1907, seit den Tagen der Widerstandsbewegung Mitglied der kommunistischen Partei Frankreichs, wohnhaft in der Nähe der Rue des Quatre Vents, in einer kleinen Wohnung mit vier Katzen.
— In der Nähe der Rue des Quatre Vents hat einmal ein Professor der Staatswissenschaft versucht, mich zu verführen, als ich nach der Vorlesung mit ihm nach Hause gegangen war, um mir ein Buch von Plechanow zu borgen.
— Und was hast du da getan?
— Ich habe ihm einen Blumentopf an den Kopf geworfen und einen Eimer Wasser über ihm ausgeschüttet.
— Ces Allemands, ils sont affreux.
— Ich war sehr häßlich, hatte schadhafte Zähne und viel zu große, abstehende Ohren. Er hat mich beleidigt. Er wußte, daß ich häßlich bin.
— Du bist sehr häßlich. Und gerade deshalb finde ich, daß du schön bist. Du bist sehr mutig. Polizisten werden dich von ihren Pferden herunter auspeitschen, man wird dich schlagen, dich treten, wenn du im Rinnstein liegst, man wird dich internieren, dich in Betonzellen sperren. Es gibt kein schöneres Gesicht als deins.
Zur Antwort nahm sie meine rechte Hand und grub mir in einem so plötzlichen Anfall von Verlassenheit, Trauer, Schmerz, Wehmut, ja sogar Liebe, die Zähne in den Zeigefinger, daß ich laut aufschrie und sich rechts und links die Leute nach uns umdrehten und uns nachsahen. (Und noch heute sind die Spuren von diesen lebendigen frischen Zähnen tief in meinen Finger eingegraben, und ich sehe sie in diesem Augenblick, während er über die grünweißen Tasten der Schreibmaschine hüpft.)

Als sie den Finger bluten sah, küßte sie ihn leicht und wickelte ein Taschentuch mit kindlicher Spitze darum. Mir wurde klar, daß wenn ich auch nur einen Augenblick länger geblieben wäre, ich für immer geblieben wäre.
Ängstlich um meine Wunde bemüht, verschwand ich durch den Zoll.
Ich sah sie stehen, allein, breitbeinig, wehmütig. Auf dem roten Haar saß ein unbeschreibliches, kokettes Hütchen aus schwarzlackiertem Bast, von derselben Art, wie sie meine Großmutter Emma in den dreißiger Jahren zu tragen pflegte. Aus den tiefen blauen Augen strahlte eine wunderbare Wärme.

In einer Wolke von eiskaltem, kristallisiertem Schnee hob die Boeingmaschine ab und bog in den Luftkorridor A über Preußen ein, von den geheimen Radarsystemen vieler Länder bewacht.
In einer halben Stunde würden wir in Frankfurt sein.
In Zürich fiel kein Schnee mehr, aber auch dort gab es keinen Frühling. Ich fuhr in die Stadt, leer, fast glücklich, stellte meine Taschen in dem riesigen, eigentümlich gemütlichen Bahnhof ein, ging die Bahnhofstraße hinauf. Privatbanken und Uhrmacherwerkstätten, nackte Bäume, ein Café, wo ich hungrig jenen Wurstsalat aß, der in den Arbeiterkneipen in Zürich immer ganz unten auf der Speisekarte steht.
Zwei ländliche Jünglinge, weder Knaben noch Männer, scherzten laut mit der Servitrice in dieser bizarren Sprache, die Schwyzerdütsch genannt wird, und einige der kehligen, zischenden Konsonanten erinnerten mich einen Augenblick lang an die geheimnisvolle hebräische Sprache und riefen so schmerzhaft, so heftig eine Erinnerung wach, daß es mir die Tränen in die Augen trieb.
(Eine Nacht in Jaffa. Ich gehe Hand in Hand mit A., einer sephardischen Dame, durch die schmalen Straßen und Treppen der arabischen Kasba, auf der Suche nach ihrer Schwester, die sich in einer der Haschischhöhlen in den Obergeschossen der Häuser befinden muß, und es kommt ein ungeheurer Gewitterregen, eine Glühbirne explodiert wie ein Gewehrschuß in der Gasse vor uns, und wir lachen und laufen durchnäßt und glücklich durch den Regen, laufen und laufen und lachen unbändig. Und haben keine Namen mehr.)
Und es ist sonderbar und zugleich so typisch für die Natur des Gefühls, nicht für diese zurechtgelegten Gefühle, die man in Romanen findet, sondern für die wirklichen, die unkontrollierbaren und scharfsinnigen Gefühle, die mehr über uns wissen als wir selbst, daß mich während der ganzen restlichen Reise die furchtbarste Leere, die entsetzlichste Sehnsucht quälte,

nicht nach der tiefen, mütterlichen Wärme, die mich eben noch umschlossen hatte (und die mich vor der Verzweiflung gerettet hatte), sondern nach dieser anderen, fernen, ekstatischen Erinnerung.

Unsichtbar begleitet von A., einer sephardischen Dame, ging ich auf die Straße hinaus (und wurde erst an der Tür von dem pickligen schweizerischen Frauenzimmer aufgehalten, das hartnäckig fünf Franken und vierzig Rappen für meine Koteletts und mein Bier von mir verlangte). Sie schmiegte sich an mich, schmiegte ihre unendlich schmale, kühle Hand in meine, neigte ihren wunderbaren, vollendeten Kopf auf dem langen schmalen Hals zur Seite und lachte ihr leises Lachen. Goldschmuck glitzerte an ihren Ohrläppchen, kleine grüne Steine klirrten an ihrem kunstvollen Gürtel, sie bewegte sich mit tanzenden leichten Schritten, und gleich würden taubensanft gurrend die ersten hebräischen Worte von ihren Lippen kommen.

– Oh nein. Mir kannst du nichts vormachen, sagte ich. Du bist meine Anima, das Weibliche, das tief in meiner Seele wohnt, und das ich schützen und bewahren muß. Du bist der Frieden, die Liebe, das Glück.

Du bist die bessere Zukunft der Menschheit, der Sinn der Utopien. Daß du dich mir zeigst, ist ein gutes Zeichen, ein Friedenszeichen, ein Zeichen dafür, daß ich wieder lebe, daß der Frost keine Macht über mich hat. Aber mach mir nichts vor, bitte!

Sie folgte mir mit tanzenden, leichten Schritten bis hin zum Bahnhof, der jetzt am Abend freundlich beleuchtet war. Und noch vom Fenster des Italienexpresses aus sah ich ihre schmale Hand, mit kunstvollem jemenitischen Schmuck besteckt, zum Abschied winken.

In der dichter werdenden Dämmerung glitt der eigentümlich leere Zug (nur eine amerikanische Dame mit lilagetöntem Haar schlief in einer Ecke des Abteils) auf die Eisenbahnbrücke über die winterliche Limmat hinaus, der Vollmond schien über der Kuppel des Observatoriums, und die Temperatur fiel sichtlich, so daß über der Alpenkette im Süden der Himmel grün wurde.

Ich blickte zurück, in mein Leben hinein, und wußte nicht mehr, ob es glücklich war oder unglücklich, verlogen oder aufrichtig. Ich wußte nur, daß es nicht mehr selbstverständlich war, daß die Kälte am Ende siegen würde.

Zerstreut, ohne zu lesen, blätterte ich in der rührigen *Neuen Zürcher Zeitung*. Krisen im Mittleren Osten und erneute Überraschungsangriffe auf Vietnam füllten die Seiten.

(Und die Erinnerung an ein paar Kirschbäume in Västerås,

am Anfang der fünfziger Jahre, wenn man zur Schule radelte, und die langen Paradigmen der griechischen Grammatik, in denen die Sprache sich kristallisierte und ihre uralten Geheimnisse preisgab, und die Kirschbäume, und der Staub oben im Speicher des Schultheaters, und die sonderbare, kleisterartige Farbe, die zum Bemalen der Kulissen benutzt wird, und Fürsorglichkeit und Liebe allem Lebendigen gegenüber, und Kirschbäume, und das Gefühl von einem heimlichen Gift im Blut, und etwas mit Zeit, und daß nur nicht . . .)

Zwischen schneebedeckten Dörfern hindurch kletterten wir jetzt rasch bergauf. In eineinhalb Stunden würde der schnelle, pünktliche D-Zug (so ganz anders als unsere eigenen, unterentwickelten Eisenbahnen mit ihren Lügenfahrplänen, ihren stillgelegten Bahnhöfen und einstündigen Verspätungen) in Olten sein, dem Ort, an dem Friedrich Dürrenmatts poetischer und zutiefst pessimistischer Kriminalroman »Das Versprechen« seinen Anfang nimmt.

In der dünneren Luft wurde der Himmel immer grüner. Nach und nach kamen die Sterne hervor. Die Schneewehen an der Bahnlinie, die dann und wann im Lampenlicht irgendeiner einsamen Station auftauchten, türmten sich immer riesenhafter auf; ein Meter, zwei Meter, drei Meter . . .

Bald leuchteten die Gletscher mit geheimnisvollem Licht im Schein des Mondes. Die amerikanische Dame schlief, oder vielleicht war sie schon tot. Die Brille baumelte ihr an sinnreichen Kettchen um den Hals, ein Buch war von ihrem Schoß herabgeglitten. Ich unternahm einen kleinen Spaziergang in dem geheizten Wagen, bis hin zur Tür des Speisewagens mit dem Schild

NICHT FÜR GASTARBEITER

und auf dem Rückweg nahm ich ihr Buch auf, das zu Boden gefallen war, und legte es ihr vorsichtig in den Schoß. Sie hätte meine Mutter sein können, nein, meine Großmutter, ich kann mir ihre gequetschte schrille Sopranstimme vorstellen, man hatte sie gezwungen, ihr ganzes Leben lang ein kleines Mädchen zu bleiben, ein kleines Mädchen mit gequetschter, sich einschmeichelnder Sopranstimme, und zumindest ein paar von ihren Enkeln würden im nächsten Sommer oder in irgendeinem anderen Sommer oder vielleicht schon im Mai durch die Kugeln der helmbewehrten Polizeiarmeen in Berkeley oder Cornell fallen, und ich nahm, wie gesagt, ihr Buch auf und legte es vorsichtig auf ihren Schoß zurück und las

Henry David Thoreau, »Walden oder Leben in den Wäldern«

und legte es vorsichtig zurück, ohne sie zu stören, und legte ihr den lilafarbenen Schal um die Schultern zurecht und setzte mich wieder auf meinen Platz und las die Todesanzeigen in der Neuen Zürcher Zeitung.

(Was hilft es einem Menschen, seine Sensibilität, seine Fähigkeit zur Liebe, Wärme, Freiheit zu entfalten, wenn die Welt Liebe, Wärme, Freiheit nicht *zuläßt?* Und ist Liebe überhaupt möglich in dieser Welt?)
Nun bremste der Zug, fast lautlos zwischen den meterhohen Schneewällen, vor einer Station ab. Auf dem erleuchteten Bahnsteig tauchten starke, bärtige junge Männer auf, Rucksäcke auf dem Rücken und schwere Skier mit scharfgeschliffenen Stahlkanten auf der Schulter.
Wir hatten Göschenen erreicht, wo der gewaltige Sankt Gotthardstunnel beginnt, der zu der Zeit entstand, als der Suezkanal gebaut wurde und Nordenskjöld die Nordostpassage durchquerte. Und ich dachte an Strindbergs »Das Märchen vom Sankt Gotthard« über den Gemsjäger aus dem Kanton Uri, der sich in ein Mädchen aus Schwyz verliebt und ihr verspricht, durch den Berg zu kommen.
»Denn er hatte ihren Willen bekommen«
(Werden wir durch den Berg gehen? Oder wird der Berg auf uns fallen? Tief drinnen in tiefen Tunneln wird die Schwerkraft der Dinge von den sie umgebenden Bergmassen beeinflußt.)

Am anderen Ende des Tunnels, in Airolo, sah ich die Sterne wieder.

Und dann? Dann? Ja, nun beginnt meine Erzählung sich schließlich dem Ende zu nähern, und obwohl noch viel zu erzählen ist, weiß ich, daß das, was noch aussteht, nichts anderes ist als ein Ende. Es ist ein regenschwerer Tag im Juli 1970, an dem ich dies schreibe. Durch die Espen in der Gemeinde Väster Våla weht ein schwacher Wind, die Fische gehen ins Netz, an den alten ausgetretenen Wegen entlang wachsen die gleichen Erdbeeren wir früher, das Holz der alten Zäune verblaßt zu Silber wie früher, es sind noch viele Kräuter aus der vorsommerlichen Flora da. In diesem Jahr gibt es viel Rotschwingel, dieses weiche, rötliche Gras, das in trockenen Gegenden wächst und von dem es heißt, es prophezeie Krieg. Der Briefträger kommt auf seinem kleinen Rundgang vorbei und überreicht feierlich Zeitungen und Briefe, die ich jetzt mit schwächerem Interesse öffne. Ich bin *der Zeit hinterher,* ich spüre weder Trauer noch Hoffnung, ich schreibe, weil ich erzählen muß, aber ohne Trauer und ohne Freude.
Denn dies alles hat mich verlassen und ist jetzt anderswo.
Jetzt hat jemand anders die Aufgabe, Spiegel zu sein. Die Kinder spielen im hohen Gras mit Fahrradschläuchen und Reifen (ich habe die Reifen all meiner Fahrräder erneuert, denn wenn der große Krieg kommt, wird es kein Benzin für

mein Auto mehr geben, und kommt er nicht in diesem Herbst, dann kommt er in einem anderen Herbst.) Und *es hat mich wieder verlassen*, und der Wind geht durch das Gras, das hohe västmanländische Gras, durch die Wiesen Västmanlands, durch die *Pratis Vestmanniae*. Und alles ist gut, und ich schreibe meine Erzählung zu Ende, bis zu dem Punkt, an dem es Zeit ist, zu schließen. Und ich bitte euch demütig: mißtraut mir nicht!

Also: im anderen Ende des Tunnels, bei Airolo, sah ich die Sterne wieder.

Der Turm in Cannobio

In Locarno stieg ich aus dem Zug und ging auf die Straßenseite des Bahnhofs hinaus. Es duftete nach Kräutern, die Blätter knospender Bäume bewegten sich in der lauen Luft.

Der Schnee war fort, die Schneestürme waren verstummt, sie waren weit fort, auf der anderen Seite der Alpenmauer.

Ein älterer, würdevoller Taxichauffeur nahm mir die Taschen und die mütterliche Aktenmappe ab und versprach, mich über die Grenze zu bringen.

(Erst viel später sollte mir klarwerden, was für einen unverschämt hohen Preis er verlangte, im Vergleich mit den italienischen Taxifahrern auf der anderen Seite.)

Der gewaltige Lago Maggiore schimmerte im Mondschein. Der kleine scharfe Scheinwerferkegel des Zollbootes glitt über das Wasser, in lebensgefährlichen Windungen schlängelte sich die Straße durch die Felsen an der Westseite des Sees entlang. Die italienischen Carabinieri blinkten im Mondschein mit ihren Taschenlampen; der Taxichauffeur lehnte sich heraus und erklärte:

— Das ist ein Schwede, er will zu einer Villa auf der anderen Seite.

Aber die Carabinieri gaben sich damit nicht zufrieden: sie fahndeten nach palästinensischen Terroristen aus der Schweiz.

(Ich habe in den letzten zehn Jahren bisher noch keinen Zoll passieren können, ohne daß die Zollbeamten sich augenblicklich wie die Habichte mit ihren Stichprobenkontrollen auf mich stürzen. Sie mögen meine Augen nicht, und ich habe daraus gelernt und habe seit einem Jahrzehnt nicht einmal eine Flasche Wein geschmuggelt.)

— Was ist denn das hier?

— Das sind Bücher, Tenente.

— Aber das ist doch ein Karton?

— Ja, gute Bücher bewahrt man in Kartons auf.

– Das ist mir nicht bekannt. Sie müssen den Karton öffnen. (Woher kommt nur dieses abscheuliche, *beschämte* Gefühl, wenn andere Leute einem die Habseligkeiten durchwühlen? Ich *fühle* mich als Verbrecher, genauso, wie man sich als Verbrecher fühlt, wenn man allein in einer dunklen Gasse einem Polizisten begegnet.)
– Das ist Racine.
– Ist er Kommunist?
– Nein. Er ist Jansenist.
– Was ist das?
– Das steht nicht auf Ihrer Geheimliste. Jetzt hören Sie mal gut zu. Und ich schlug das Buch aufs Geratewohl irgendwo auf und las im Schein des Mondes, der eine breite glitzernde Bahn über den See warf, während immer mehr Carabinieri aus dem kleinen weißgestrichenen Zollhäuschen strömten, die wunderbaren Verse aus Bérénice, mit dem feierlichen, rhetorischen Tonfall, der bei den Schauspielern an der Comédie Française noch heute üblich ist:

»He bien! régnez, cruel; contentez votre gloire:
Je ne dispute plus. J'attendais, pour vous croire,
Que cette même bouche, apres mille serments
D'un amour qui devait unir tous nos moments,
Cette bouche, à mes yeux s'avouant infidèle,
M'ordonnat elle-même une absence éternelle.
Moi-même j'ai voulu vous entendre en ce lieu.
Je n'écoute plus rien; et pour jamais, adieu.
Pour jamais! Ah! Seigneur, songez-vous en vous-même
Combien ce mot cruel est affreux quand on aime?«

Die Carabinieri, sprachkundig genug, romanisch genug in ihrem gewohnten Sprachbereich, um das, was sie da hörten, sehr gut zu verstehen, lauschten atemlos. Der Hauptmann selbst kam heraus, die Jägermütze in der Hand und flüsterte dem Leutnant zu:
– Was ist denn das?
– Das ist ein schwedischer Schriftsteller. Er will zu einer Villa auf der anderen Seite von Brissago.
Von einer fernen Klosterkirche her schlug es jetzt zwölf. Mit tränenerstickter Stimme, es waren meine ersten Tränen, seit ich das schreckliche Gymnasium verlassen habe, wo ich jeden Morgen über den hoffnungslosen, verlorenen Tag weinte, der vor mir lag, die ersten Tränen, deren ich seit 1955 fähig war, fuhr ich fort:

»Dans un mois, dans un an, comment souffrirons-nous,
Seigneur, que tant de mers me séparent de vous?

Que le jour recommence er que le jour finisse,
Sans que jamais Titus puisse voir Bérénice,
Sans que de tout le jour je puisse voir Titus!
Mais quelle est mon erreur, et que de soins perdus!
L'ingrat, de mon départ consolé par avance,
Daignera-t-il compter les jours de mon absence?
Ces jours si longs pour moi lui sembleront trop courts.«

— Bravo, Signore, rief der Hauptmann mit plötzlicher Begeisterung. Bravissimo! Sie müssen nach Cannobio fahren und Ihr Werk vollenden! (Trotz der späten Stunde hatte sich hinter uns eine beträchtliche Autoschlange angesammelt.) Ich schluckte meine Schluchzer herunter, schwenkte meine karierte Sportmütze durch die Luft und rief mit lauter Stimme: es lebe das freie Italien! Es lebe der flammende Geist Garibaldis! Genossen Carabinieri, ich werde das freie Brissago, das voll ist vom verpflichtenden Andenken an den großen Leoncavallo, von Euch grüßen!
Unter den Hurrarufen der Soldaten passierte ich die Grenze.
Nur der schweizerische Taxichauffeur wirkte ein wenig griesgrämig. Er räusperte sich mehrmals, als wollte er etwas sagen, schien es sich aber jedesmal wieder anders zu überlegen. Schließlich wandte er sich mir mit finsterer Miene zu und sagte:
— Monsieur, Brissago haben wir vor zehn Minuten auf der anderen Seite der Grenze passiert. Brissago liegt in der Schweiz! Brissago gehört jetzt und in alle Zukunft zum freien Kanton Ticino der Schweizerischen Eidgenossenschaft!
Cannobio lag in der nächtlichen Dunkelheit verlassen da. Es war jetzt fast ein Uhr. Ratlos hielten wir auf dem kleinen Markt vor der Kirche an.
— Und wie finden wir zu Ihrer Villa, sagte der Taxichauffeur.
— Das weiß ich nicht, sagte ich. Ich habe sie noch nie gesehen.
Nervös sah der Chauffeur sich um. Aus einem Fenster drang Gelächter und Gegröle.
— Sie heißt La Toretta und muß auf der anderen Seite des kleinen Flusses oder Baches liegen, der »Il Cannobino« heißt, sagte ich.
(Vor ein paar Tagen, während Johanna Becker unterwegs war, um Hackfleisch und Zwiebeln zu kaufen, hatte ich in ihrer Bibliothek eine Mappe mit hervorragenden, zerfledderten deutschen Generalstabskarten gefunden, auf denen es von eingezeichneten kleinen roten und blauen Quadraten und Rechtecken wimmelte, und sie waren mir eine große Hilfe gewesen.)
— Wir müssen nur nach rechts abbiegen, dann einer Hecke bis zur Kuppe eines Hügels folgen, der 754 Meter über dem

Meer liegt, und dann über eine Hängebrücke fahren, sagte ich. Der Mann tat wie ihm geheißen, und meine Anweisungen stimmten natürlich bis ins kleinste Detail. Die Hängebrücke tauchte im Mondschein auf. Nur war sie einen halben Meter breit, bestimmt für alte Frauen mit einem Reisigbündel auf dem Rücken, für einen einzelnen Esel. Die Villa mußte mindestens fünf Kilometer weiter oben liegen.

Wir kehrten zu der kleinen Piazza zurück. Aus dem offenen Fenster drang immer noch Gelächter und Gegröle. Mit dem Chauffeur zusammen sah ich zum Fenster hinein. Es muß irgendeine Art Cafélokal gewesen sein, aber nur für eine geschlossene Gesellschaft bestimmt; durch den dichten Tabakrauch konnte ich Weinflaschen, einfache Gläser, braungebeizte Stühle erkennen, und auf den Stühlen eine Gesellschaft von lärmenden Kartenspielern.

Niemand nahm von uns Notiz: ja, ein eisiges Schweigen breitete sich aus. Die Kartenspieler hatten abgetragene altmodische Jacken und schwarze Hosen an. Lange Schnurrbärte hingen ihnen in die knochigen, dunklen Gesichter. Ein Schild an der Wand verkündete, daß hier Cannobios Taxifahrer ihr Hauptquartier hätten. Ein gelblicher Hund schlief in einer Ecke.

— Liebe Freunde, sagte ich. Ich suche ein Haus, einen alten Turm, der La Toretta heißt. Er soll irgendwo auf der anderen Seite des Cannobino liegen und man kann ihn bei der Dunkelheit unmöglich finden.

Ein wölfischer Mann am oberen Tischende betrachtete mich mit fast angeekeltem Desinteresse. Der Älteste prustete los, als hätte ich etwas unbeschreiblich Komisches gesagt.

In diesem Augenblick wurde mir bewußt, daß ich seit meinem Frühstück in Preußen nichts mehr gegessen hatte. Mit gierigen Blicken betrachtete ich eine Platte mit ausgetrockneten Schinkenbroten.

— Übrigens, sagte ich, da liegen ja ein paar Butterbrote. Sind Sie sicher, daß Sie die noch brauchen? Ich könnte mir sonst durchaus vorstellen, mich ihrer anzunehmen.

(Man würdigte mich nur eines mürrischen Schweigens.)

Ich umkreiste die Butterbrote. Die Stille im Raum war jetzt total. Der schweizerische Taxichauffeur stand vorsichtig abwartend in der Tür.

— Ich könnte mir durchaus vorstellen, eine Kleinigkeit dafür zu bezahlen, sagte ich.

Aber sie sind ziemlich trocken; viel wird es nicht. Fünfzig Lire, würde ich sagen.

— Diese Butterbrote, sagte der größte und wölfischste der Herren am Tisch, gehören il Padrone, und er würde nicht begeistert sein, wenn Sie sie aufäßen.

Ein lautes Lachen der Wolfsmeute begleitete diese Erwiderung.
Mir wurde klar, daß weitere Vorstöße mich zu Demütigungen zwingen würden. Und irgendetwas Uraltes in mir rief laut: um Gotteswillen, schnell, demütige dich, mach dich lächerlich, kriech am Boden entlang, leck ihnen die Schuhe, mach komische Grimassen, sing ein lustiges Lied, biete dich an, ihnen das Kartenspiel abzuheben, mach sie glauben, daß du ihre politischen Ansichten teilst (sie sind natürlich allesamt Schwarzhemden), daß du den Papst liebst und Mussolini bewunderst, sing die Arie des Herzogs aus Rigoletto mit dem unendlich langgezogenen hohen C.
Die Wölfe sahen mich weiter mit unverhohlenem Interesse an.
Einsamkeit, Enttäuschungen, Bitterkeit, Feigheit des ganzen letzten Jahrzehnts lasteten in diesem Augenblick auf mir. Auf der kleinen Piazza draußen bellte ein Hund, der schweizerische Chauffeur, der möglicherweise Unheil witterte, rauchte draußen vor der Tür resigniert eine Zigarette, die Kartenspieler hatten ihr Blatt aus der Hand gelegt.
Nein. *Jetzt ist Schluß mit den Demütigungen.*
— Richten Sie Ihrem Padrone aus, sagte ich, daß der Revisor der Staatlichen Verkehrsinspektion nach ihm gefragt hat und daß er morgen früh um sieben, nein, nicht um sieben, um sechs Uhr wiederkommen wird.
Und ohne ein Wort der Erklärung verließ ich die verwirrten Kartenspieler.
Dreihundert Meter weiter unten auf der Straße kam ein weißhaariger, singender alter Mann in ausgefransten Kleidern dahergeschwankt. Wenn mich nicht alles täuschte, war er tatsächlich so betrunken, daß er auf der Straße umgefallen und eingeschlafen wäre, wenn ich ihn nicht gerade noch im rechten Augenblick am Ellbogen gepackt hätte.
— La Toretta, oh, daran kann ich mich sehr gut erinnern, das ist der kleine weiße Turm bei dem Hügel am Weg nach Traffiume hinauf.
In meiner Jugend bin ich oft da vorbeigekommen, wenn ich zu einem Mädchen unterwegs war, das oben im Dorf wohnte.
— Gibt es eine Autostraße dorthin, sagte sacht der schweizerische Chauffeur, ganz geknickt durch die Mißerfolge.
— Autostraße? Doch, das muß es geben.
Er setzte sich zu uns in den Wagen und füllte ihn mit einem ungeheuer intensiven Duft nach Rotwein, Knoblauch, altem Bock und ich weiß nicht was noch alles.
Sobald er in die Wärme des Autos kam, schien er einschlafen zu wollen. Ich brachte durch diskretes Schütteln wieder Leben in ihn.

– La Toretta?
– Oh, La Torretta, an den Frühlingsabenden bin ich daran vorbeigegangen, es muß vor dem Krieg gewesen sein, 1908 oder 1909, als der ganze Weg voller Apfelblüten war, sie fielen herunter wie Schnee.
– Und die Autostraße?
– Ja, fahren Sie genau nach Süden, nach Brissago zu, und nach der großen Brücke biegen Sie links ab.
Das taten wir und kamen auf eine schmale Straße zwischen weißgekalkten Häusern. Es war jetzt fast zwei Uhr, das Auto kam mit knapper Not zwischen den Hauswänden durch, aufgeschreckte Hunde rannten bellend vor uns her.
– Gilda hieß sie, oder hieß sie gar nicht so? Sie verließ mich wegen eines Alpenjägers aus Traffiume, aber im Frühjahr 1908 bin ich diesen Weg jeden Abend gegangen.
Sie glauben mir nicht?
Und ohne eine Antwort abzuwarten, begann er mit heiserer, fast fauchender Greisenstimme etwas zu singen – O Cielo, si può morir – was ich erst nach geraumer Zeit als eine Arie von Donizetti wiedererkannte. Der Mond schien über die Weinberge, in allen Dörfern bellten Hunde, und am Februarhimmel leuchteten die Sterne mit ihrer ganzen überwältigenden Klarheit. In der Ferne wieherte ein Pferd, und als der Wagen jetzt auf einem schlammigen Weg hielt, der offenbar die Trennungslinie zwischen zwei Weinbergen bildete, hörte man auch das Jaulen flinker kleiner Füchse im Dunkeln. In meinen Eingeweiden tobte der Hunger, die Erinnerung an die Schinkenbrote war noch lebendig und dies alles durchdrang mit halluzinatorischer Deutlichkeit die Erinnerung an das morgendliche Frühstück in Preußen, an Johanna Beckers gütige, verzweifelte, geduldige tiefblaue Augen, die mir etwas sagen zu wollen schienen, was mit Worten nicht zu sagen war. Es gab hier kein einziges Haus, doch, jetzt kam der Mond hinter einer Wolke hervor und der alte weiße Turm auf seinem Hügel wurde sichtbar. Der alte Mann war eingeschlafen, Speichel tropfte aus seinem Mundwinkel, der schweizerische Chauffeur half mir mit erschöpfter Miene die Taschen an einem hohen Zaun mit Eisenpforten abzuladen. Ich erinnerte ihn freundlich, aber bestimmt daran, daß wir von vornherein einen festen Preis dafür vereinbart hatten, daß er mich vom Bahnhof in Locarno bis zu dem Haus brachte, erklärte mich aber bereit, ihm weitere 10 Franken für all seine Mühe zu bezahlen. Seltsamerweise protestierte er nicht. Mit mürrischen, mißtrauischen Blicken sah er zu, wie ich geschickt die kleine Taschenlampe aus der mütterlichen Aktenmappe und den Schlüsselbund aus der Tasche fischte. Das uralte, verrostete Schloß – stimmte es wirklich, daß es seit acht Jahren niemand

mehr geöffnet hatte, oder hatte ich das nur geträumt – protestierte bereits, als der Schlüssel hineingesteckt wurde, der schweizerische Chauffeur sah immer mißtrauischer aus. Die Spaliere der Weinberge glänzten im Mondschein, die kleinen Füchse jaulten, die Hunde bellten, ein Pferd wieherte irgendwo ganz in der Nähe im Dunkeln.
– Ist das nun das richtige Haus oder nicht, fragte ich mich und wurde mir sofort darüber klar, daß man das nur auf eine einzige Art feststellen konnte, indem man nämlich probierte, ob der Schlüssel ins Schloß paßte. Falls es ein Fehlschlag war, würde überdies der Taxichauffeur – mit jedem Augenblick wurde seine Haltung feindseliger – die Polizei rufen: zweifellos würde man mich verhaften. Wie sollte ich jemals beweisen können, daß ich in ehrbaren Geschäften unterwegs war?
(Halb unbewußt hatten wir uns in den sechziger Jahren so darauf eingestellt, in einem Polizeistaat zu leben, daß wir den Übergang überhaupt nicht bemerkten und jetzt mit der größten Selbstverständlichkeit damit rechneten, ins Gefängnis geworfen und an Betonwänden mißhandelt zu werden, als sei das die selbstverständlichste Sache der Welt.)
Ich riskierte es, den Schlüssel abzubrechen: mit einer letzten entschlossenen Drehung meines starken, breiten Handgelenks (das mit ziemlich dichtem Haarwuchs bedeckt ist) öffnete ich das uralte Schloß, und ließ die Pforte aufschwingen. Mit einem Grunzen kehrte der Chauffeur zum Auto zurück, und gerade, als er vor dem Tor wenden wollte, wachte der alte Mann auf, steckte den Kopf zum Fenster heraus und rief:
– Gilda, die Apfelblüten fallen auf dein langes schwarzes Haar, deine Schritte sind wie ein Tanz, deine schmalen Händchen schimmern so weiß im Mondschein, und der Alpenjäger ist 1916 gestorben und Gilda im nächsten Frühjahr im Kindbett und ich gehe nie mehr an La Torretta vorbei, nie mehr, hören Sie, nie mehr unter der Apfelblüte nach Traffiume!
Signor, hören Sie? Signor, verstehen Sie mich, verstehen Sie, daß ich sage, daß das Leben unerträglich ist? Haben Sie das verstanden? *Unerträglich!*
Ich sah, wie der davonfahrende Wagen ein feines, silberhelles Staubwölkchen in dem immer intensiveren Mondlicht aufwirbelte.

Aus der Nähe erschien der Turm riesengroß. Er war tatsächlich ganz rund; drei Stockwerke hoch und mit einem Dach aus schwarzem Schiefer obenauf, schien er bis zum Sternenhimmel aufzuragen.
Ich kletterte die schroffen Steinstufen hinauf, steckte den zweiten, kleineren Schlüssel ins Schloß, und dann leuchtete die Taschenlampe in einen Vorplatz mit eichengetäfelten Wän-

den. Ich drehte an einem Schalter, und elektrisches Licht flammte auf. Ich schleifte meine Taschen herein und schloß mit einem Seufzer der Erleichterung die Tür hinter mir.
Eine Wendeltreppe schlängelte sich zwischen den Stockwerken hoch. Meine Schritte hallten im Treppenhaus wider. Abgesehen von vereinzelten Spinnennetzen schien alles noch in einem unveränderten Zustand zu sein. Altmodische englische Jagdszenen schmückten die Wände. In der kleinen Bibliothek fiel Verputz auf den schweren Eichenschreibtisch, als ich den Bretterboden überquerte.
Durch das Fenster sah ich die unsteten, glitzernden Lichter ferner Orte an den Alpenhängen. Ich stieß ein Fenster auf und lüftete den Muff aus. Der leichte Wind der Februarnacht strich durch das frische junge Gras. Die Luft war kristallklar. Die kleinen Füchse jaulten in den Weinbergen.
Durch ein Wirrwarr von Spinnweben tastete ich mich in die Küche hinunter. Da lag eine viele Jahre alte Kolonialwarenrechnung, oder war es ein Merkzettel, den jemand dort vergessen hatte. Das Papier war vergilbt und hatte sich mit seinen verblassenden Bleistiftzeichen zusammengerollt, und es erinnerte mich wieder an den nagenden Hunger, den ich spürte.
Das Geschirr war säuberlich hinter Glas in den schönen grünen Schränken an den kreisrunden Wänden aufgereiht (die Küche lag zur Hälfte unter der Erde), und hinter einer der Türen konnte ich eine verstaubte Flasche Wermut und ein Paket englischer Kekse ausmachen. Sie waren strohtrocken, aber immer noch eßbar.
Und zum ersten Mal seit dem Frühstück setzte ich mich zum Essen: Wermut und Kekse, bis ich den Hunger nicht mehr ganz so stark spürte.
Ich muß einen Augenblick über dem Küchentisch eingenickt sein: ein sonderbarer Typ tauchte auf, bärtig, bebrillt, in kurzen *Lederhosen*, und stellte sich als »Dr. Gustafsson aus München« vor. Er ließ sich unaufgefordert nieder und begann ein fürchterliches Gespräch über moderne schwedische Lyrik, in dem er behauptete, daß er Artur Lundkvist über alles bewundere. Er vertiefte sich immer mehr in die stilistischen Raffinessen von »Weißer Mann« und »Brücken der Nacht« und regte sich jedesmal auf, wenn ich Lundkvists Sammlungen nicht exakt auseinanderhalten konnte. Ich schlich mich diskret ins Badezimmer hinaus, um wenigstens für einen Augenblick diesen unerträglichen Schwätzer mit seiner etwas heiseren, schleppenden Stimme und seinem weichen, geschwätzigen bayerischen Dialekt zu entkommen, aber das Badezimmer war besetzt von einem riesenhaften, schnurrbärtigen, schweinsrosa Artur Lundkvist. Er badete, daß der Dunst in gewaltigen Wol-

ken im Raum stand, das Wasser lief über den Rand der Wanne wie aus einem Füllhorn, und er war eifrig damit beschäftigt, sich mit einer ungeheuren Rückenbürste den mächtigen Rücken zu schrubben. An den Handtuchhaken hatte er einen Lorbeerkranz gehängt, dessen trockene Blätter sich jetzt in der plötzlichen dampfenden Wärme lösten und nach und nach zu Boden fielen. Die ganze Szene hatte einen unbeschreiblichen Charakter von uralter Ländlichkeit, von dem Oktoberschlachtfest der Bauern aus Göinge und altnordischen Riten.
Mit einem Schreckensgeheul sprang ich vom Küchentisch auf und raste sämtliche Treppen hinauf. Der leere Turm hallte fürchterlich von meinen Schritten wider: irgendetwas wollte mir weismachen, daß Wölfe mich verfolgten, ohne daß irgendwelche Wölfe zu sehen waren.
Ich machte mir das eiskalte Bett im Schlafzimmer zurecht, entdeckte, daß die Füße steif wie Eisklumpen waren, stand auf und holte ein Paar Frotteesocken aus der Aktenmappe und merkte, daß sie nicht mir gehörten sondern Johanna Becker. Blind vor Einsamkeit und Angst in diesem kalten, abgelegenen Turm, isoliert von allem, was mir eben noch nah zu sein schien, erschreckt von meiner eigenen Vergangenheit, erschreckt von der sich verdunkelnden Welt der Zukunft, übermüdet nach einem der längsten Tage meines Lebens, wie ein Astronaut im leeren Raum schwebend, drückte ich in der pechschwarzen Dunkelheit blindlings wie ein Kind diese gelben, etwas flauschigen Frotteesocken an die Nase.
Ihr Duft nach Bohnerwachs, Bratöl, Steinkohlenrauch und der unendlich leichte Duft eines fremden Lebens folgten mir bis in den Schlaf.
Ich stand am nächsten Morgen auf, als es noch dunkel war. Ich stellte meine Reiseschreibmaschine auf den Tisch. Eine Wolke von Verputz fiel von der Decke herunter. Ich wischte ihn mit einer einzigen Handbewegung weg und spannte einen Bogen Papier in die knirschende, unwillige Maschine. Es konnte nicht später sein als sieben Uhr.
Langsam, unendlich langsam, wie aus der Tiefe der Ereignisse dieser letzten Monate heraus, begann ich zu schreiben:
»Über den Flußtälern von Rhein und Main lag die blaugraue Schicht der schwefeldioxydfarbenen Luft wie ein Deckel. Frankfurts chemische Industrie mischte eine tückische kleine Dosis von tödlichem Gift in die Luft.«

Meine Trauerarbeit war zu Ende. Eine andere Trauer hatte begonnen. Mit dem zunehmenden Tageslicht traten draußen vor dem Fenster immer mächtiger, immer ferner die Gipfel der Alpen hervor.
Bald war es heller Tag.

Literatur der Gegenwart

Ilse Aichinger
Die größere Hoffnung (1423)
Meine Sprache und ich (2081)

Emile Ajar
Du hast das Leben noch vor dir (2126)
Monsieur Cousin und die Einsamkeit der Riesenschlangen (2174)

Rose Ausländer
Im Atemhaus wohnen (2189)

Wolfgang Bächler
Traumprotokolle (2041)

Johannes Bobrowski
Levins Mühle (956)

Beat Brechbühl
Nora und der Kümmerer (1757)

Joseph Breitbach
Bericht über Bruno (1752)
Die Rabenschlacht und andere Erzählungen (1914)

Günter de Bruyn
Buridans Esel (1880)

Charles Bukowski
Aufzeichnungen eines Außenseiters (1332)
Fuck Machine (2206)

Hermann Burger
Schilten (2086)

Elias Canetti
Die Blendung (696)
Die gerettete Zunge (2083)
Die Provinz des Menschen (1677)
Dramen (7027)

Truman Capote
Andere Stimmen, andere Räume (1941)
Eine Weihnachtserinnerung/ Chrysanthemen sind wie Löwen (1791)
Die Grafharfe (1086)

Ingeborg Drewitz
Wer verteidigt Katrin Lambert? (1734)

Hubert Fichte
Versuch über die Pubertät (1749)

Ota Filip
Die Himmelfahrt des Lojzek aus Schlesisch-Ostrau (2012)

Bruno Frank
Tage des Königs und andere Erzählungen (1708)

Erich Fried
Warngedichte (2225)

Gerd Gaiser
Schlußball (402)

Günter Grass
Der Butt (2181)

Literatur der Gegenwart

Lars Gustafsson
Eine Insel in der Nähe von Magora (1401)
Herr Gustafsson persönlich (1559)
Sigismund (2092)

Peter Härtling
Eine Frau (1834)
Zwettl (1590)

Peter Handke
Der Hausierer (1125)

Joseph Heller
Catch 22 (1112)
Was geschah mit Slocum? (1932)

Stefan Heym
Der König David Bericht (1508)
5 Tage im Juni (1813)
Der Fall Glasenapp (2007)
Die richtige Einstellung und andere Erzählungen (2127)

Edgar Hilsenrath
Der Nazi & der Friseur (2178)

Aldous Huxley
Schöne neue Welt (26)

Eyvind Johnson
Träume von Rosen und Feuer (1586)

Erica Jong
Angst vorm Fliegen (2080)
Rette sich, wer kann (2457)

Hermann Kant
Die Aula (931)
Das Impressum (1630)

Marie Luise Kaschnitz
Tage, Tage, Jahre (1180)

Walter Kempowski
Immer so durchgemogelt (1733)

Walter Kolbenhoff
Von unserm Fleisch und Blut (2034)

August Kühn
Zeit zum Aufstehn (1975)
Münchner Geschichten (1887)

Günter Kunert
Tagträume in Berlin und andernorts (1437)

Reiner Kunze
Der Löwe Leopold (1534)
Die wunderbaren Jahre (2074)
Zimmerlautstärke (1934)

Siegfried Lenz
So zärtlich war Suleyken (312)

Jakov Lind
Der Ofen (1814)